리벤지 게임

리벤지 게임

이인규 장편소설

푸른고래

작가의 말

몇 해 전 서울 및 수도권 일변도의 문화 권력과 집중을 배격하고, 지역의 가치 재조명과 지역 문화예술인의 창작에 관한 새로운 대안 마련을 위해 '경부울 문화연대'가 전격적으로 출범하였습니다. 그때 저를 비롯한 지역의 몇 작가분(소설가, 시인, 동화 작가)들이 출범 취지에 맞게 지역 스토리의 발굴과 2차 저작물 확장을 염두에 두고 '스토리위원회'를 만들어 '유토피아로 가는 여정'이라는 스토리집을 발간하는 등 활발한 활동을 하였습니다.

이 소설은 그즈음에 첫발을 디뎠습니다. 당시 자신의 어머니를 살해한 아버지의 딸, 가정폭력의 피해자가 '우리 아빠를 사형시켜 주세요'라는 국민청원을 올린 걸 보고, 저는 충격과 고심 끝에 집필을 결심하였습니다. 신자본주의 체제하에서 돈과 욕망에 매몰된 현대인들의 그릇된 세태 고발 및 사랑 없는 결혼의 비참한 최후와 그로 인한 가정파괴 등의 문제해결을 소설로 풀어보고자 하는 순전한 심정이었습니다.

그렇게 저는 소설과 영화에 흔히 등장하는 '복수(revenge)'라는 키워드

(Key Word)를 새로운 시각에서 조명하고 순 소설의 문학성, 장르 소설의 대중성을 결합, 흥미진진한 스토리텔링을 통해 새롭고 다양한, 지역에 특화된 콘텐츠를 개발하여 시너지(Syngyer) 효과를 높이는 방안을 마련하였습니다. 이 시도가 맞아떨어진 것인지, 당시 올렸던 온라인 플랫폼(한국콘텐츠진흥원 '스토리움')에 어떤 중견 영화 제작사에서 연락이 와, 이 작품을 영화로 만들자는 제안이 있었습니다. 하지만 수차례에 걸친 화상회의 끝에 약정서까지 썼지만, 결과는 안타깝게도 불발이었습니다.

그런데도 이후, 저는 이 소설에 대한 희망의 끈을 놓지 않고 부분 개작을 통해 마침내 이 작품을 세상에 내어놓습니다. 결과는 알 수 없지만, 흔한 지역 작가로서, 조금 남다른 귀촌 작가로서 최선을 다했다고 자부하며, 이 소설의 첫 장을 펼치는 순간 기발한 스토리텔링과 흥미진진한 전개에 전율을 느낄 수 있을 것입니다.

"타인의 욕망을 욕망하라", 하는 자크 라캉의 말이 문학(소설)이 시들해지는 이 시대에 무심하게 들리지 않습니다. 한때 전 국민의 취향 저격과 정서 함양에 이바지했던 문학의 대표적인 장르인 소설은 이제 다양해진 콘텐츠(장르(웹) 소설, 웹툰, 유튜브 등)에 속수무책이 되고 있습니다. 작년에 한강 소설가의 노벨 문학상 수상 이후, 한국 문학계 위상이 올라가면서 국내에서 상당한 붐이 불었지만, 여전히 문학(소설) 하는 자와 출판업계는 고전을 면치 못하고 있습니다. 그럴 때마다 지역 작가인 저로서는 안타까움을 분출하지만, 한편으론 더욱 일반 대중(독자)에게 다가서는 좋은 작품을 쓰고자 하는 노력을 기울여봅니다.

그런데 이런 저의 노력이 가상한지, 이 작품집이 나올 때쯤 한국콘텐츠진흥원 '스토리움'에서 진행하는 〈추천 스토리 X 세 번째 프로젝트(출판 분야)〉에 저의 또 다른 장편소설(스토리) '블랙 매직'이 선정되었다고 연락이 왔습니다. 많은 작가가 선망하고 권위 있는 기관에 선정 확정된 저의 다음 작품도 기대해주시길 바랍니다.

끝으로 이 소설의 추천사를 기꺼이 수락하신, 한때 저의 문학 스승이자 부산 소설가협회의 거장, 김하기 소설가와 지난해 부산 소설가협회 사무국장을 역임한 동료 작가, 황인규 소설가 두 분께 지면을 통해 다시 한번 감사드립니다. 덧붙여 '경부울 문화연대'의 오래된 끈으로 이 작품을 발간해주신 시인이자 문화 기획자인 푸른고래의 오창헌 대표께도 고맙다는 인사 건넵니다.

덧붙여 2018년 저의 첫 디지털 앨범(음원 8곡)에 이어 올해 출판사의 획기적인 음악 사업의 하나인 소설 OST로, 저의 아홉 번째 음원(작사 이인규, AI 작곡 오창헌, 편곡/디렉터 김학주) '그 사람' 두 가지 버전을 유튜브에 공개합니다. '이인규 장편소설 리벤지 게임'을 검색하여 소설과 함께 즐기면 좋겠습니다.

2025년 늦은 가을

지리산 산청에서
소설가 이 인 규

추천의 글

이인규 작가는 일찍이 산 높고 물 맑은 산청에 터를 잡고 새소리와 바람결을 벗 삼아, 삶과 문학을 하나로 잇는 길을 걸어왔다. 벌써 수십 권의 책을 쓴 대작가가 된 그의 성장을 지켜본 나로선 그의 성취를 바라볼 때마다 마음 깊은 곳에서 자부심을 느낀다.

작가가 쓴 이번 신작은 '복수와 용서'라는 인간의 근원적 주제를 정면으로 응시한다. 소설은 한 여인의 복수심에서 비롯된 연쇄적인 탈옥 사건을 중심으로 전개되지만, 단순한 범죄극이 아닌, 인물들이 겪는 상처와 그로 인해 뒤틀린 사랑, 그리고 인간 존재의 불가해한 욕망을 정밀하게 해부한다.

이 작품의 가장 큰 미덕은 치밀한 구성과 놀라운 서사적 긴장감이다. 탈옥이라는 비현실적인 사건조차 현실적 개연성으로 설득하며, 각 인물의 심리와 행위를 정교하게 맞물리게 한다. 형사, 탈옥수, 피해자, 가해자, 그리고 그들을 얽어매는 과거의 그림자까지 — 한 사람의 선택이 다른 인물의 운명을 바꾸는 서사는 단 한 줄의 허투루 된 문장 없이 긴박하게 이어진다.

독자는 처음부터 끝까지 숨을 죽인 채, 복수의 칼끝이 향하는 진짜 방향이 어디인지 묻게 된다.

이인규 작가의 문장은 지리산의 맑은 계곡물처럼 시원하고, 그 사유는 산의 능선처럼 깊고 단단하다. 덕분에 독자는 무거운 주제를 다룬 소설임에도 불구하고 쉽게 다가가고 끝까지 몰입할 수 있다. 또한 작가는 신자본주의 사회 속에서 사랑과 인간관계가 얼마나 쉽게 거래되고 파괴되는지를 통렬하게 고발하면서, 동시에 그 속에서도 인간이 여전히 사랑을 꿈꾸는 존재임을 보여준다. 현실보다 더 사실적이고, 허구보다 더 진실한 이 소설은 오늘을 살아가는 우리 모두의 내면을 비추는 따뜻한 겨울이 될 것이다.

2025년 10월

소설가·문학박사 김 하 기

추천의 글

이인규 작가의 『리벤지 게임』는 범죄소설이다. 시작은 클리셰를 따르지만 갈수록 스케일이 커지고 사건은 복잡해진다. 그러면서도 이야기의 전개가 산만해지지 않고 사건의 얼개가 갈수록 촘촘해진다. 마치 넓게 퍼진 그물이 점차 조여지듯 정교한 플롯으로 수렴해 가는 것이다. 서두의 돌발적인 사건이 다소 작위적이지만 사건의 이면이 드러나면서 소설은 단순한 스릴러가 아닌 우리 사회의 병적인 환부를 비추는 고발문학이 된다. 물질만능주의, 야수성, 폭력성이 적나라하게 드러나면서 인간의 어두운 내면을 입체적으로 그려내고 있다. 이 지점에서 『리벤지 게임』는 싸구려 범죄소설을 뛰어넘는다.

술술 읽히는 문장, 숨 돌릴 새 없는 전개, 톡톡 튀는 대화, 읽는 내내 활자 밖으로 튀어나올 것 같은 캐릭터들은 탐스러운 고명처럼 독서욕을 자극한다. OTT와 경쟁해야 하는 요즘 소설에서 '재미'와 '속도'는 미덕이 아니라 필수다. 『리벤지 게임』은 재미와 속도가 서로를 견인하며 빛의 속도로 몰입하게 만든다. 마쓰모토 세이초의 사회파 미스터리와 켄 폴릿의 호쾌한 스릴러가 합쳐진 것 같은 수작(秀作)이다. 오랜만에 넷플릭스를 따돌릴만한 콘텐츠를 만났다. 그래서 이 가을이 행복하다!

2025년 10월

소설가 황 인 규

소설 OST

그 사람

1

이인규 작사, 오창헌 AI작곡, 김학주 책임편곡

울 어 버 렸 죠
그 사 람 이 날 울 리 ~
고 그 사 람 이 날 떠 났 ~ 죠 그 사 람 이 날 버 리 ~
고 그 사 람 이 날 울 렸 죠 그 사 람
그 사 람 그 사 람 이 그 사 람
그 사 람 그 사 람 이 그사람

차례

프롤로그

진술서

아마 이건 그의 지난한 형사 시절, 마지막 사건이 될 듯하였다.

길다면 길고, 짧다면 짧은 경찰 생활에 유의미한 마침표를 찍을지, 아니면 엉뚱한 결과가 나올지 아직은 알 수가 없는 노릇이었다.

올해 연말에 부산시 서부 경찰서 형사팀장인 최림은 퇴직 예정이었다. 그래서인지 조사실의 분위기는 오늘따라 긴장감이 음습했고 창문 하나 없는 도심 외딴곳의 모텔 방처럼 조용한 분위기였다. 천장에 휑뎅그렁한 백열등과 책상 하나와 의자 두 개 외엔 아무것도 놓여있지 않은 방이었다. 따라서 보는 눈에 따라 조사실이 아닌, 남의 눈을 피해 불륜을 저지르는 밀회 장소 같은 느낌이 들었다.

그건 피의자로 앉아있는 자가 두 번이나 교도소를 탈옥하고 유력한 방송에 보도되었지만, 그의 눈엔 그저 평범한 청년이었다는 사실에 기초하고 있는지도 모른다는 다소 선의적인 편견 때문이었다.

최림은 조사실 문을 열고 들어가면서 피의자의 표정을 슬쩍, 스캔해봤다. 하지만 아무리 봐도 놈은 여느 강력 범죄자 같은 느낌이 전혀 없었다. 되려 깎아 놓은 조각상처럼 잘생긴 외모에 선한 눈매 그리고 운동선수 못지않은 탄탄한 체격에 절로 감탄이 나올 정도였다.

'이런 놈이 전국을 떠들썩하게 만들었던 희대의 탈옥수?'

최림은 불과 몇 시간 전, 놈의 체포를 위해 공항으로 급파된 부하 형사들과의 통화를 기억했다. 서장실에서 회의 끝에, 서장으로부터 이런 중차대한 사건은 자신이 직접 맡으라는 지시가 떨어진 후였다.

"김 형사, 놈이 맞아?"

"네, 맞습니다. 순순히 자백했으며 전혀 반항하지 않았습니다. 그런데 이상한 게 있습니다."

"뭔데?"

"사흘만 시간을 달라고 애원했습니다. 중국에 가서 꼭 할 일이 있다고 합니다. 그게 관철되지 않으면 묵비권을 행사하겠다고 합니다."

최림은 김 형사의 말에 코웃음을 쳤다. 그간의 경험으로 비추어 긴급 체포된 범죄자가 그렇게 요구하는 건 매우 이례적이었다. 무엇보다 묵비권을 행사하겠다는 건 범죄자가 아직도 자신의 엄중한 상황을 잘 이해하고 있지 않다는 방증이었다.

'여기가 어디라고 감히 묵비권을 행사한다?'

그는 입술을 앙다물고 김 형사에게 명령했다.

"닥치라 하고 당장 압송해 와! 내가 직접 심문하겠다."

최림은 피의자가 경남 진주교도소에서 출옥한 후 수사권이 자기 관할로 넘어올 때 즉시 출국금지를 시킨 게 맞아떨어졌다고 생각했다. 놈의 본적과 주소지가 이곳 부산시이기 때문이었다. 놈은 두 번째 탈옥으로 경찰에 체포되어 추가 징역까지 살았지만, 이 사건의 주모자가 아직 체포되지 않았다. 즉 놈과 함께 탈옥한 정태수와 범죄 모의 죄 또한 제대로 법의 심판을 받지 않은 상태였다.

최림은 업무수첩을 탁자 위에 탁, 하고 떨어뜨리며 놈의 앞에 앉았다. 그런데도 놈은 눈 하나 깜빡하지 않고 반대편 벽을 응시하고 있었다.

"조이섭! 날 알고 있지?"

"네? 제가 형사님을요?"

놈은 1년 반 전에 두 번째, 탈옥 후 병원에 있을 때 그를 만난 게 기억나지 않는 모양이었다. 하긴, 놈이 지금 제정신일 리 만무했다.

"기억이 나지 않나 봐. 그때 병원에서 날 봤으면서도……. 됐고! 정태수 지금 어디 있나?"

정태수는 놈과 동반 탈옥한 자였다. 그날 최림의 앞에 있는 놈은 현장에서 체포하였지만, 정태수는 연기처럼 사라져 아직도 그의 행방을 모르는 터였다. 최림은 책상 위에 있는 노트북의 전원을 켰다. 그런데 놈은 그가 묻는 바의 대답 대신 절박한 목소리로 애원했다.

"제발, 보내주십시오. 사흘, 네, 사흘이면 됩니다."

최림은 이게 조사실에서 심문받는 피의자와 '기 싸움'이라고 생각했다. 그래서 다시 나지막이 다시 물었다.

"정태수 어디 있냐고!"

"……."

하지만 놈은 꿈쩍도 하지 않았다. 몇 차례 반복된 질문에도 아무런 소용이 없자, 최림은 이런 놈들은 원래 이렇다고 생각하여 유리창을 통해 자신을 보고 있는 형사에게 오른손 집게손가락을 아래로 떨어뜨렸다. 녹화하지 말라는 암시였다. 그런데 이 신호를 놈이 눈치챈 모양이었다. 최림이 자리에 일어서서 놈의 뺨을 한차례 때리려 했으나 놈은 슬쩍 피하고 말았다.

'이런 썅놈이!'

이번엔 화가 난 최림이 멱살을 잡을 때, 놈이 소리쳤다.

"아이고, 선상님! 알겄습니다. 알겄다고요! 시벌!"

'뭐지? 경상도 놈이 갑자기 호남 사투리를?'

"아, 거, 거시기, 말로 합시다. 말로!"

놈은 되려 그의 팔을 잡고선 자리에 돌아가서 앉으라고 요구했다. 이런 놈의 모습에 최림은 어이가 없었다. 제대로 때리지도 않았는데 벌써 포기하고 수사관의 요구를 순순히 따르는 피의자를 여태껏 본 적이 없었기 때문이었다. 그래서 최림은 행여 이 자가 덩치도 있고 단단한 체격이지만, 폭력에 매우 취약한 자가 아닌가, 하고 의심했다. 아니면 전과가 없는 거로 봐선, 태생적으로 범죄자가 아니고 평범한 시민이 아닐까, 하고 생각했다.

"좋아. 한 번 더 묻겠다. 정태수는 지금 어디 있나? "

최림은 의외로 일이 잘 풀려간다고 생각하며 단도직입적으로 물었다. 어차피 그의 처지에선 앞에 앉은 놈이 목표가 아니라, 놈과 동반 탈옥한 후 1년 반 동안 행방이 묘연한 정태수가 목표였다. 그런데도 놈은 아까의 말만 되풀이했다.

"사흘만 시간을 주십시오. 그 약속만 지켜지면 모두 다 말하겠습니다."

"뭐야? 이런!"

최림은 놈이 자신을 농락한다는 생각에 벌떡 일어나 이번엔 주먹으로 면상을 날려버렸다.

'퍽!'

그러자 조사실 문이 열리면서 득달같이 직원들이 달려들었다. 그중엔 조사가 궁금하여 잠시 들른 서장도 있었다.

"이봐! 최 팀장. 지금 시대가 어느 시대라고 피의자에게 폭행이야? 응!"

겨우 마음을 추스른 최림은 서장 앞에서 자세를 바로잡았다.

"죄송합니다. 제가 잠시 흥분했나 봅니다. 차분하게 조사할 터이니 나가 계십시오."

최림은 서장에게 겸연쩍은 웃음을 지어 보였다. 그 사이에 직원들은 바닥에 쓰러진 놈을 재차 의자에 앉혔다. 그러자 서장은 최림을 조사실 구석으로 데리고 갔다.

"그래, 최 팀장! 자중하시고 말로 해요. 말로. 그리고 말이야, 이건 내가 관여할 바는 아니지만, 저놈이 계속 묵비권을 행사한다면, 놈의 요구대로 한 사흘 시간을 주는 게 어때요?"

서장의 말에 최림은 깜짝 놀랐다.

"네? 그게 무슨 말씀인지?"

"놈의 여권을 보니 중국행이더군요. 그래, 알다시피 우리가 잡을 놈은 사실, 저놈보다 정태수이지 않소?"

"그야 그렇죠."

최림이 수긍하는 빛이 보이자 서장은 빙그레 웃었다.

"까짓것, 놈이 중국으로 출국할 때 우리 직원 두어 명을 붙이면 되지 않소? 내가 미리 중국 공안 쪽에 선을 대겠소. 그러니 살살 달래서 한 번 잘해 보세요. 분명히 그곳에 정태수가 있어요."

서장의 말에 최림은 고개를 숙였다. 그러지 않아도 그도 최악의 경우, 역시 이런 방법을 생각하고 있던 차였다.

"일리가 있는 말씀입니다. 알겠습니다. 그렇게 하겠습니다."

최림은 서장과 직원들이 나간 후, 마음을 다잡고 재차 신문을 시작했다. 그새 놈도 그와 서장의 말을 얼핏 들었는지 의자를 당겨 앉았다. 아까 한 대 맞은 데에 대한 원망은 없는 듯 보였다.

"처음부터 다시 시작한다. 이름과 주소!"

그러자 놈은 아까의 멍청한 표정과 달리, 당당한 표정으로 되물었다.

"약속하시는 겁니까?"

"그래, 네가 어떻게 진술하는가에 따라서."

최림이 날카로운 눈빛으로 놈을 째려보자, 놈은 확신이 드는지 입을 열기 시작했다.

"이름 조이섭, 주소는 부산시 서구 충무동 1234번지"

최림은 피의자가 말한 내용을 조서에 기록하면서 미리 준비해 온 놈의 사건 일지를 슬쩍 바라보았다.

"탈옥 동기는?"

"……."

"다시 묻겠다. 탈옥 동기는!"

"몇 번째를 말씀하시는 겁니까?"

놈은 되려 최림에게 되물었다. 일순 당혹스러웠지만, 최림은 평정심을 찾았다.

"하긴 넌 두 번이나 탈옥했지. 그런데 내가 알고 싶은 건, 정태수와의 동반 탈옥을 말하는 거야. 그래, 그러니 당연히 두 번째지."

"복수입니다. "

"복수? 누구에게?"

"……."

놈이 다시 입을 다물자, 최림은 타이핑을 멈추고 놈을 슬쩍 노려보았다.

"정민채인가?"

그러자 놈이 살짝 당황하기 시작했다.

"……"

"왜? 정민채라고 몰라?"

최림은 둘 사이에 분명히 무언가 있다고 생각했다. 그런데 이상한 일이었다. 놈이 갑자기 거친 호흡을 내뱉더니 머리를 떨었다. 그러다가 놈은 경련이 오는지 몸까지 바르르 떨더니, 결국 입에 거품을 물고 쓰러졌다. 이번에도 조사실 문이 활짝 열렸다.

"에이! 팀장님, 어찌하셨기에 또!"

최림은 어이가 없었다.

"아니야, 난 아무 짓도 안 했다고. 이런, 니미럴!"

"……."

한 시간 뒤, 최림은 이번에 볼펜 두어 자루와 A4 용지 수십 장을 들고 다시 조사실로 들어갔다. 놈은 직원에게 응급조치를 받고 담요를 두른 채 의자에 앉아 있었다. 최림은 가지고 간 볼펜과 종이를 탁자 위에 올려 두었다. 그리곤 위엄있고 나지막하게 말했다.

"이 사건의 전 과정 그러니까 두 번의 탈옥 동기와 과정 그리고 결말 부분을 A4 지에 상세하게 기록한다. 즉, 이 사건을 어떻게 시작하였고, 또 정태수와 왜 동반 탈옥했는지의 과정을 날짜별로 작성하란 말이다."

최림의 말에 놈은 이번엔 다소 겁먹은 표정으로 되물었다.

"그러면 약속을 지키실 겁니까?"

최림은 대답 대신에 고개를 끄덕였다.

"그야, 네가 진술서를 얼마나 진실감 있게 잘 쓰느냐에 달렸다. 밥과 담배는 넣어줄 터이니, 지금 시작한다. 알았어?"

최림이 조사실을 나가자 작심한 듯 놈은 볼펜을 잡았다. 그리곤 최림이 말한 대로 범행의 전 과정을 쓰기 시작했다.

평범했던 이혼남이었지만, 이로써 어떤 팜므파탈 같은 여자의 의뢰에 의한 어처구니없는 그의 '동반 탈옥 사건'이 세상에 상세하게 알려지게 되었다. 따라서 그의 진솔한 진술서는 오롯이 이 소설의 주인공인 조이섭의 주관적인 관점에서 쓴 '1인칭 시점'임을 미리 밝힌다.

Monologue 1
나는 이혼남, 바람둥이 조이섭이다

아주 흥미로운 구인 광고였다.

나는 그만 눈이 번뜩 뜨여 뚫어지게 그 문구만 바라보았다. 오랜 백수 생활 끝에 날 이토록 흥분시킨 광고는 아래와 같았다.

'교도소 탈옥 성공 시 5천만 원 지급. 배짱 두둑한 분 모집'

부차적인 조건은 탈옥 후 '탈옥 성공 보고서' 1부를 제출하는 거였다. 탈옥성공기가 책으로 나올 시 인세의 30% 추가 지급한다는 문구는 날 더욱 흥분시켰다. 국내 굴지의 취업 사이트인 잡코리아나 워크넷 등에선 볼 수 없는 이 구인 광고는 십여 년을 행정고시에 목을 매었지만, 아직도 시험 준비하는 친구, 서평이 얼마 전 내게 알려준 정보였다.

며칠 전 아르바이트 한탕으로 얼마간의 돈이 생긴 나는 고시원에서 생활하던 녀석에게 소주 한 병과 돼지껍데기 한 접시를 사주었다. 대수롭지 않은 술과 안주였지만 돈 나올 데가 없던 녀석은 소주 한 잔을 마실 때마다 내게 황송한 표정을 짓더니, 이 이색 취업에 대해 말해주었다.

'5천만 원?'

번듯한 직장을 가지고 있거나 돈깨나 있는 한량들에겐 얼마 되지 않을 수 있지만, 나 같은 사람에겐 정말 큰돈이었다. 지금까지 5천만 원이 아니라, 5백만 원도 제대로 벌어 보지 못한 나로서는 감지덕지할 금액인지라, 구인광고 맨 밑의 의뢰자 전화번호를 얼른 수첩에 적었다. 책 어쩌고, 저쩌고 하는 것으로 봐서 의뢰자는 출판사 관계자 혹은 작가일 것으로 추정했다. 어떻든 나로서는 그쪽이 과연 약속을 지킬 것인가 말 것인가에 신경을 곤두세웠다. 행여 교도소에 들어가서 요행히 탈옥했다가 그쪽에서 모른 척한다면 만사 물거품이 될 것이 뻔했다.

서평과 헤어진 후, 나는 목소리를 가다듬어 그쪽에 전화했다.

'뭐야?'

그런데 전화를 받은 상대방은 의외로 여자였다. 그것도 나긋나긋하면서 매우 여린 목소리를 가진 소녀 같은 목소리를 가진 여자였다. 나는 혹시 출판사의 경리 아니면 유명 작가의 비서 정도로 여겼는데, 여자는 분명 자신이 의뢰자라고 말했다.

'이 어린 여자가 대표 아니면 작가?'

나는 잠시 머리를 굴리고 있는데 여자는 내게 간단한 이력서를 가지고 내일 자신이 지정한 카페로 몇 시까지 나오라, 하며 전화를 끊었다.

전화를 끊고 나서 나는 고민에 빠졌다. 그 여자의 정체가 무엇인지, 내가 이 일을 잘할 수 있을까의 문제가 아니라, 이력서에 별달리 쓸 내용이 없다는 점이 날 곤혹스럽게 만들었다. 물론 학력란에는 비록 지방대학이었지만 쓸 게 있었다. 하지만 그 뒤가 문제였다. 지금은 이혼했지만, 한때 잠시 살았던 아내가 약국을 운영할 적에 아침, 저녁으로 셔터 내리는 일 빼고는 직장을 다닌 적이 없었기 때문이었다. 그래도 그 칸들을 비워 놓을 수가 없어 '약국 운영 보조'라 쓸까 하다, 그건 내 자존심이 허락하지 않았다. 그래서 곰곰이 생각해보니 나는 아내와 이혼 후에 몇 번 회사에 취직한 게 기억이 났다. 그렇다 하더라도 가는 곳마다 3주를 못 버티고 자발적으로 나왔으니 이력서에 쓸 만한 사항은 아니었다. 이상하게도 나는 딱딱한 사무실 분위기와 답답한 조직 생활을 못 견뎠다. 하다못해 육체를 쓰는 공장에도 취업했으나, 그쪽에선 일주일을 못 버티고 뛰쳐나왔다. 매캐한 연기와 시끄러운 소리는 견디기가 더 힘들었다. 다행히 아내에게 받은 위자료가 짭짤해서 여태껏 그럭저럭 살 수는 있었다. 고민 끝에 나는 그동안 취미로 했던 소설 쓰기를 떠올려 그 칸에 '소설 창작활동'이라고 표기하였다. 지금까지 등단한 적이 없어 약간 창피했지만 어쩔 수 없었다.

여자와 만나기로 한 장소는 며칠 전 서평과 만났던 술집에서 그리 멀지 않았다. 차가 없던 나는 아침 11시경에 원룸을 나서 시내버스를 타고 약속 장소에 약간 늦게 도착했다.

카페 안쪽에 여자가 앉아 있었다. 어제 휴대전화로 내 사진을 그녀에게 보내주어서인지 여자는 금방 날 알아보고 손을 들었다. 여자는 젊고 예뻤다. 수인사를 나누고 자리에 앉자, 여자는 내게 이력서를 요구했다.

"소설가세요?"

'헉!'

나는 깜짝 놀라 손사래를 쳤다. 그러자 여자는 웃었다.

"상관없어요. 그 일만 성공하면 되니까. 그런데 선생님은 이 일을 할 만한 사람으로 보이지 않는데 할 수 있겠어요?"

그 말에 나는 바짝 긴장하여 여자에게 짐짓 연기할 수밖에 없었다.

"사실, 저는 이력서에는 없지만 젊은 시절에 그곳에 잠시 있었습니다. 그래서 누구보다 그곳 사정을 잘 알기 때문에 그 일을 잘 해낼 수가 있지요."

내 말에 여자가 갑자기 선글라스를 벗었다. 아주 예쁜 얼굴이었다.

"무슨 죄명이었죠? 설마, 살인이나 폭행은 아닐 테고 혹시 사기? 강간?"

'이런!'

여자의 발칙한 말에 나는 아무리 그녀가 의뢰자이지만 불쾌했다. 하필이면 그 많은 죄명 중에 사기요, 강간이라니. 나는 여자가 매우 무례하다고 생각되었다.

"학내 민주화를 외치다 잡혀간 겁니다."

그러자 여자가 내게 농담이었다며 호호, 하며 웃었다. 나는 여자가 내게 주민등록초본을 요구하지 않은 게 정말 다행이라 생각했다. 그러지 않았다면 그녀는 분명 내 신원을 조회할 게 뻔했다. 그보다 나는 이 젊은 여자가 왜 이런 일을 벌이는지 정말 궁금했다. 내가 몇 번이나 고민하다 이유를 묻자, 여자는 너무도 쉽게 대답했다.

"재미있잖아요."

그 말에 나는 그녀의 얼굴을 몇 번이나 쳐다보았다. 나이는 이십 대 후반쯤 보였고 성형한 티가 조금 났지만, 얼굴은 갸름하고 피부가 고왔다. 옷차림과 몸매 또한 TV에서 보던 탤런트와 별반 다르지 않았다. 이런 여자가 재미로 이런 일을 한다는 게 나는 도저히 믿기지 않았다.

그러거나 말거나 여자는 껌을 씹으며 내게 물었다.

"몇 개월 살 거예요? 반년? 아님, 한 일 년?"

여자는 나의 예상 복역 기간을 물었다. 나는 되려 그쪽에서 원하는 수감 기간을 물었다. 결국, 실랑이 끝에 나는 그녀와 조율하여 육 개월로 정했다. 나는 인터넷을 검색하여 어느 정도 죄를 지으면 육 개월을 사는지 알아봐야겠다고 생각했다. 여자가 착수금으로 5백만 원을 내밀면서 서류에 서명해 달라고 했다. 나는 돈에 눈이 뒤집혀 제대로 서류를 읽지 않고 내 이름 석 자를 날아가듯 적어버렸다. 여자는 일어서기 전에 내게 두 가지를 요구했다. 무슨 죄명으로 들어갈 건지와 언제 착수하는지가 결정되면 알려달라는 얘기였다.

여자와 헤어지자마자 나는 내 친구, 서평에게 전화를 걸었다. 녀석은 내 목소리를 듣더니 무슨 일인지 단번에 알아챘다.

"합격했구나. 축하해!"

"다 네 덕분이다. 이제 고생 끝, 행복 시작이야."

나는 카페 부근에 있는 시장 안으로 들어가 소주 한 병과 돼지껍데기 대신 수육 한 접시를 시켜 놓고 그가 오기를 기다렸다. 대낮이었지만 식당은 손님들로 꽤 붐볐다. 맨 안쪽에 앉아 먹음직한 수육으로 먼저 배를 채웠다. 확실히 수육은 돼지껍데기보다 훨씬 식감도 좋고 맛이 있었다. 소주 반병쯤 먹었을 때 그가 허겁지겁 들어왔다. 녀석은 땀을 삘삘 흘리고 있었지만, 얼굴에는 화색이 돌고 있었다.

"오! 이거 수육 아냐? 얼마 만에 먹어보는 거야?"

앉자마자 삼 분의 이 정도 남아 있는 수육을 일 분도 채 되지 않은 짧은 시간에 먹어 치우는 그를 보니 한편으로 마음이 아팠다. 나는 당장 수육 한 접시를 더 주문하고 소주도 한 병 더 시켰다.

"의뢰자가 뭐라 그래?"

녀석은 배가 차자, 겨우 내 얼굴을 보며 물었다.

"광고 난 것 그대로야. 교도소 들어가서 복역하다 탈옥에 성공하면 5천만 원 준다고 하네. 오늘 착수금 조로 5백만 원을 받았어."

"뭐? 5천만 원? 우와! 착수금까지 받았다고? 의뢰자가 뭐 하는 사람인데? 조폭? 아니면 대기업 회장?"

"아니, 그냥 여자야. 예쁜 여자."

예상한 대로 그는 내 말에 매우 놀랐다.

"여자?"

녀석은 이게 무슨 일인가 싶어 눈이 휘둥그레졌다. 우리는 그곳에서 수육 한 접시를 더 먹고 나서 밖으로 나왔다. 그날, 백수인 나와 고시 준비생인 그는 여러 선술집을 돌다, 마지막으로 이 도시에서 가장 물이 좋다는 룸살롱에서 밤을 새웠다.

새벽에 원룸으로 돌아온 나는 인터넷부터 검색하기 시작했다. 과연 어떤 죄를 저질러야 형기가 6개월 정도 되는지부터, 신입 재소자에게 가해지는 신고식이 요즈음도 있는지까지, 여러 가지 교도소 관련 사항을 알아보았다. 룸살롱에서 서평은 내게 아무 식당에 들어가 무전취식이나 길가는 여성을 성추행하는 죄를 권했지만, 솔직히 그런 것들은 내 취향에 맞지 않았다. 아무리 백수지만, 먹는 것과 여성 관련 범죄는 내 양심과 도덕에 관련된 사항이었다.

결국, 고민 끝에 나는 편의점을 털기로 했다. 마침 내가 사는 원룸 근처에 편의점이 하나 있었다. 그곳은 야간에 아르바이트생 한 명뿐이고, 손님이 거의 없어 범행을 저지르기에 안성맞춤이었다. 문제는 내가 어느 정도 죄를 저질러야 6개월을 살 것인지 감이 잡히지 않았다. 단순 절도는 내가 초범이고 편의점 주인과 합의만 하면 아무래도 집행유예가 나올 것 같아 특수절도와 강도상해를 생각했다. 그런데 거기까지 생각이 미치자 갑자기 나는 내가 지금 무슨 일을 벌이는 것인지 소름이 돋았다.

다음날부터 나는 편의점의 동태를 살피기 시작했다. 야간 아르바이트생의 면모와 그의 근무 시간 그리고 손님이 없을 시간 등을 확인했다. 가끔은 그 시간에 맞춰 담배나 술을 사는 등 실행에 차질이 없도록 만반의 준비를 했다. 야간 아르바이트생은 스물둘 정도의 남자였고 성격은 차분했다. 나는 그가 과연 갑작스러운 나의 강도행각을 어떻게 생각할까를 고민했다. 몇 번 얼굴을 마주친 서른 중반의 남자가 어느 날 돌변하여 자신을 위협한다면 그도 매우 당황스러울 것이었다. 그런 그의 당황스러움을 최소한 낮추기 위해 나는 그를 위협할 범행도구를 칼로 할 것인지, 아니면 장난감 총으로 할 것인지를 두고 심각한 고민을 시작했다. 최소한 그가 너무 놀랄 만큼은 되지 않아야 나도 강도로서 일말의 양심을 지키는 것이 되기 때문에, 나는 고민 끝에 끝이 뭉툭한 과도로 결정했다.

나는 스스로 D-day를 일주일 뒤, 일요일 밤 11시로 정했다. 왜냐하면, 다음 날이 많은 사람이 출근하는 날이고 학생이라면 등교하는 시간이기 때문이었다. 날짜가 결정되자 나는 그날 범행에 사용할 목장갑과 마스크를 대담하게 그 편의점에서 카드로 구매했다. 뭉툭한 칼은 평소 집에서 쓰던 내 지문이 잘 묻어있는 것으로 정했다.

그렇게 범행 장비를 사고 늦은 시간에 라면을 끓여 먹고 있을 때였다.

'따르릉.'

그 여자로부터 전화가 왔다. 여자는 뜬금없이 내가 사는 원룸 근처라며 잠시 나오라고 했다. 아직 반이나 남은 라면이지만 나는 아쉬움을 뒤로한 채 밖으로 나왔다. 원룸 저편, 희미한 가로등 밑에 그녀가 말한 까만 승용차 한 대가 서 있었다. 여자는 내가 조수석에 타자마자 아무 말 없이 휴대전화 한 대를 내게 건넸다. 짙은 화장에 마스크를 한 여자의 자태는 고혹적이었다. 은은한 향수 냄새가 차 안에 진동했다. 휴대전화를 만지작거릴 때 그녀는 시동을 걸었다.

"어디 갑니까?"

하고 물었지만, 그녀는 엉뚱한 소리를 했다.

"앞으로 내게 전화할 때 그 전화로 하세요. 회 좋아하세요?"

'회?'

세상에 회를 싫어할 남자, 아니 백수가 어디 있을까. 나는 겉으로 내색하지 않고 속으로 만세를 불렀다. 바닷가 근처에 왔을 때 그녀는 차를 후미진 곳에 세워두고 날 내리게 했다. 그녀는 차에서 무엇을 하는지 한참 후에 내렸다. 옷차림이 바뀌어 있었는데, 아까와는 달리 그녀가 입은 옷은 운동복이었다. 선글라스와 마스크는 여전히 착용하고 있었다. 몇백 미터 앞에 휘

황찬란한 조명을 한 횟집들이 보였다.

"좀 걷죠."

그녀는 그렇게 말하더니 갑자기 내 팔짱을 끼었다. 짙은 향수 냄새가 코끝을 찔렀다. 무엇보다 당황한 것은 그녀의 물컹한 가슴이 내 오른쪽 팔에 닿았다는 사실이었다. 아! 나는 나도 모르게 탄식을 자아내었다. 이게 얼마만에 느껴보는 감정인지 나는 눈앞이 아득했다.

"왜 흥분돼요?"

그러자 여자가 그렇게 말하고 혼자 까르르, 하고 웃었다. 이상한 건 그녀의 웃음소리마저 너무 예뻤다는 사실이었다. 나는 오른팔을 그녀에게 내어주고 어쩔 줄 몰랐다. 얼굴은 화끈거렸고 가슴은 벌렁거렸다.

"이혼하고 아직 혼자시죠? 그렇다면 몇 년을 굶었겠네요."

그 말에 나는 어이가 없었다. 당연히 나는 남자답게 화를 내었다.

"아니! 왜 남의 뒷조사를 하고 다니세요? 그러면 누가 좋아할 줄 압니까? 너무 하시네. 일만 잘하면 되었지, 내가 이혼한 것하고 이 일과 무슨 상관이 있다고. 그리고 몇 년 아니거든요! 올봄에도 어떤 여자랑 했거든요."

나는 말을 해놓고 아차, 했다. 그런 게 무슨 자랑이라고 올봄에 그 여자와 잠자리 이야기를 한 것인지 내가 생각해도 한심했다. 여자는 재미있는지 연신 고개가 뒤로 넘어갔다. 나는 남자다움을 보여주기 위해 오른팔을 그녀에게 과감하게 뺐다. 그런데 여자는 그런 나를 자신 쪽으로 당기더니, 이번에는 더 깊게 자기 팔과 얼굴을 내 쪽으로 묻었다.

"놀렸다고 생각하시면 미안해요. 그리고 뒷조사라고 생각하지 마세요. 의뢰인과 피 의뢰인의 신뢰 때문에 이섭 씨의 과거를 간단히 알아봤다고 생각하세요. 네? 이섭 씨."

여자는 자기 가슴을 더욱 내 쪽으로 밀었다. 육감적인 그녀의 가슴 때문에 나는 다리에 힘이 풀리면서 그만 그 자리에 주저앉고 싶었다. 그래도 나는 이 위기에서 벗어나기 위해 내색하지 않고 그저 헛기침만 해대었다.

바닷가 제일 끝에 있는 횟집의 맨 끝방이었다. 회와 소주가 나오고 종업원이 나가자 여자는 비로소 마스크와 선글라스를 벗었는데, 나는 그녀의 미모에 다시 한번 깜짝 놀라고 말았다. 여자는 이런 나의 마음을 분명 읽고 있었다.

"나, 너무 예쁘죠? 호호."

나는 이 여자야말로 남자 여럿을 죽일 수 있는 치명적인 '팜므파탈'이라고 생각했다. 그래도 나는 강인한 남자다움을 유지하기 위해 애써 웃음을 보이지 않았다. 여자는 그새 내 접시에 자연산 광어와 도다리 몇 점을 먹기 좋게 옮겨주었다.

'이게 무슨 속셈이지?'

나는 여자가 무슨 작업을 걸더라고 품위를 지키기 위해 안간힘을 썼다. 여자는 그렇거나 말거나 맥주잔 두 개에 소주를 가득 붓더니 한 잔을 내게 주었다.

"자, 건배! 오늘 먹고 죽어요!"

폭탄주도 아닌 맨 소주를 이렇게 잘 먹는 여자를 오늘 처음 보았다. 연거푸 몇 잔을 한 여자는 안주를 집는데 손이 떨리는 날 보고, 비로소 잔을 내리며 자신이 오늘 찾아온 용건을 말했다.

"D-day는 잡았어요?"

냉정하고 침착한 어조였다.

"네, 이번 일요일 밤 11시입니다."

"어떤 식으로 계획을 잡았죠?"

"집 근처 자주 가는 편의점을 터는 겁니다. 필요한 정보는 다 파악했습니다."

그러자 여자는 음, 하는 소리를 내더니 고개를 뒤로 젖혔다.

"강도 행각을 벌이시겠다? 자신 있으세요?"

"못할 게 뭐 있습니까? 까짓거 '모' 아니면 '도' 지요."

내 말에 여자는 소리 없이 살짝 웃었다.

"6개월 정도 살 형량은 충분히 되겠네요. 그렇게 하세요. 나머지 지원은 제가 다 알아서 할 터이니, 이섭 씨는 계획대로 움직이세요. 나머지 문제는요?"

여자가 애로사항을 물었으므로 나는 한 가지 걸리는 점을 솔직히 털어놓았다.

"문제는 제가 그곳에 들어가서 과연 6개월 만에 나올 수 있는지 그게 솔직히 좀 고민됩니다. 그곳 사정에 따라 2, 3개월 더 있을 수도 있는데."

"그렇다면 추가 비용이 더 필요하다는 말이죠?"

여자는 과연 천재였다. 내가 보기에 상대방의 마음을 읽는데 도가 트인 것 같았다.

"그런 셈이죠."

"알겠어요. 그럴 경우, 추가 비용을 생각해볼게요. 술 더하실래요?"

"그러죠."

그러나 여자는 고개만 끄덕이면서 일어설 채비를 했다. 나는 이게 무슨 경우인가 싶었다. 그러더니 망설임 없이 내게 말했다.

"남자들은 중요한 일을 앞두면 여자가 생각난다고 그러더군요. 한 잔 더 하시고 바로 옆 모텔로 가세요. 201호에 여자가 있을 거예요."

여자는 오만원권 지폐 10장을 탁자 위에 두고 간단한 눈인사를 한 뒤, 방을 빠져나갔다. 마스크와 선글라스를 다시 착용한 것은 당연한 일이었다.

그날 횟집을 나와 모텔로 간 뒤, 새벽에 그곳을 빠져나온 후로 나는 일요일 밤까지 꼼짝도 하지 않고 내 방에만 있었다. 인터넷으로 탈주 방법 등을 검색하기도 하고 편의점에서 강도질을 어떻게 할 것인가 모의 연습도 해보았다. 초조한 가운데 날짜는 금방 지나가 버렸다.

마침내 일요일이었다. 하늘이 날 돕는 건지 오후부터 비가 내리더니 밤이 깊어지자 폭우로 변했다. 한 치 앞을 분간하지 못할 빗속에서 나는 한 시간을 편의점 앞 골목에 우산을 쓰고 서 있었다. 11시가 가까워지자 편의점과 도로에 사람은 물론 차도 한 대 다니지 않았다. 비 때문에 편의점 안이 잘 보이지 않았지만, 안쪽에는 아르바이트생 혼자 밖에 없는 것이 확실했다. 나는 얼른 마스크와 장갑을 착용하고 모자를 앞쪽으로 눌러썼다. 편의점까지 걸어가는 일 분이 내게는 십 분처럼 느껴졌다. 우산 위로 떨어지는 빗소리가 어찌나 크던지 마치 비가 아니라 우박을 맞는 기분이었다.

편의점 입구에서 나는 깊은 심호흡을 한 뒤, 사내답게 자동출입문 버튼을 힘껏 눌렀는데, 이상하게 문이 열리지 않았다.

'뭐지?'

당황한 나는 몇 번이나 같은 방식으로 버튼을 눌렀지만, 문은 꼼짝하지 않았다. 그새 안쪽에 있던 아르바이트생이 무슨 일인가 싶어 문밖을 기웃거렸다. 나는 낭패다 싶어 그만 돌아서려는데 그가 쪽문을 열고 나왔다.

"손님! 야간에는 이 쪽문입니다. 빨리 들어오세요."

그제야 나는 평소 밤에 출입하던 쪽문이 생각났다. 아아, 이럴 수가! 나는 창피하기도 하고 쪽팔려서 고개를 들 수가 없었는데, 그때 아르바이트생의 목소리가 이상하다는 것을 알아차렸다. 내게 말을 건넨 아르바이트생은 분명히 여자 목소리를 내었다.

"아! 들어올 거예요? 말 거예요? 비도 지랄같이 쏟아지는데."

그의 호통에 더욱 당황한 나는 이러지도 저러지도 못한 채 한동안 서 있다가, 그가 들어가 버리자 쪽문을 박차고 들어섰다.

"뭐예요? 이리 비가 억수같이 내리는데. 빨리 안 들어오시고. 자! 여기 수건 있어요."

그 상황에서 나는 엉겁결에 그가 건네준 수건을 받았다. 그도 얼굴에 마스크를 하고 있었다.

'이게 뭐지?'

나는 잠시 마음을 가다듬고 한 번 더 심호흡하며 주머니 속의 칼을 만지작거렸다. 빨리 끝내야겠다는 마음을 먹은 순간, 누군가 편의점 안으로 들어왔다.

"어서 오세요"

"비가 엄청나게 내리네요. 담배 한 갑만 주세요."

생쥐 꼴을 한 웬 낯선 남자였다. 별수 없이 나는 그 남자가 나가기를 기다리며 재차 호주머니 속의 칼을 꼭 쥐었다. 남자가 나가자 나는 얼른 그가 있는 계산대 앞에 다가섰다. 호주머니에서 칼을 꺼내려는 순간이었다.

"오빠? 이섭 오빠?"

"……?"

날 오빠라 부르는 그는 서슴없이 내 얼굴에 손을 대더니 마스크를 밑으로 당겼다. 순간, 나는 일이 잘못되어도 한참 잘못되었다고 생각했다. 내 이름을 알다니? 나는 누구인가 싶어 선글라스를 벗었다. 그러자 그도 마스크를 벗었다.

'헉!'

"맞네, 이리 변장하면 내가 모를 줄 알고? 웬일이야? 아하, 비가 오니 날 데리러 왔구나. 조금만 기다려줘. 알바생이 오늘 조금 늦는다고 해서 말이야. 잠시 후면 올 거야."

아뿔싸! 그는, 아니 그녀는 내가 사는 원룸의 건물주 딸이었다. 건물주인 아버지는 딴 동네에 살면서 이 편의점도 운영하고 있었다. 그녀는 나처럼 이혼한 후 내가 사는 건물 1층 방을 사용하고 있었다. 평소 날 흠모하는지 시시때때로 내게 술 한잔 먹자고 조르는 철부지 이혼녀이었다. 아! 낭패였다. 그날, 결국 나는 그녀의 손에 이끌려 먹고 싶지도 않은 닭발과 순대를 먹는 바람에 내 계획은 실패로 끝났다.

그녀, 의뢰자인 민채로부터 전화가 온 것은 건물주 딸과 밤새도록 술을 마셔 종일 숙취로 고생하던 다음 날 저녁이었다. 일이 성공했냐는 그녀의 말에 나는 그날 갑작스러운 복통으로 편의점에 가지 못했다고 둘러대었다. 내 말에 그녀는 한동안 아무런 말도 없이 전화기만 들고 있었는데, 나는 행여 이 여자가 그날 사건의 전 과정을 다 알고 있다는 생각이 들었다. 알았다며 냉정히 끊는 여자의 목소리에 실망감이 짙게 배어 있었다. 나는 어쨌든 이 순간을 모면하려 그녀에게 다시 전화를 걸었다. 수화기 너머에서 아무 응답이 없었지만, 나는 다음 주엔 꼭 실행하여 성공하겠다고 온갖 너스레를 떨었다. 그러자 여자는 짧게 내게 말했다.

"다음번엔 실패해도 쓸데없이 여자와 술 먹지 말아요."

전화를 끊고 나니 온몸에 소름이 돋았다.

그날은 어김없이 찾아왔다. 다시 일요일 밤이 되었다. 이번엔 건물주 딸에게 전화를 걸어 오늘 밤 11시경 편의점에 누가 아르바이트하는지 미리 확인했다. 다행히 그 시간 아르바이트생은 늘 하던 그 어리숙한 남자였다. 나는 그때처럼 미리 편의점 근처로 가, 손님이 없을 때를 노렸다. 예전에 한차례 경험이 있어서 그런지 오늘은 하나도 떨리지 않았다. 과연 11시가 다 되어가자 편의점 앞은 조용했다. 나는 선글라스와 마스크를 착용하고 호주머니의 칼을 챙겨 단숨에 편의점으로 뛰어 들어갔다. 이번에는 정확히 쪽문을 활짝 열어젖혔다.

나는 다짜고짜 계산대 안쪽에 서 있는 아르바이트생에게 칼을 내밀었다. 원래 계획은 칼을 꺼내면서 "꼼짝 마!"라고 해야 하는데, 이상하게 목소리가 나오지 않았다. 그런데 녀석의 표정이 이상했다. 혼비백산까지는 아니더라도 분명 매우 놀라야 하는데, 녀석은 멀뚱멀뚱 내가 내민 칼을 보고 있었다. 나는 재차 위협적으로 보이기 위해 칼을 녀석 앞으로 더 내밀었다.

'어이!'

그런데도 녀석은 하나도 놀라지 않고 오히려 칼에 자기 손을 댔다.

"아저씨! 이건 아니잖아요."

나는 녀석의 의도를 몰라 잠시 멈칫했다.

'뭐야? 아니, 이 녀석이 내가 강도질하는 게 못마땅하다는 말이야?'

그래도 칼을 꺼내 들었기에 나는 사내답게 대담하게 소리쳤다.

"돈, 돈… 내놔!"

의도는 정확했지만, 난 바보같이 더듬거리고 말았다. 그런데도 녀석은 아까보다 더 황당한 얼굴로 날 쳐다보았다.

"내 참! 아저씨, 이건 우리 집에서 산 게 아니잖아요. 이 장갑, 마스크는 인정해요. 그때 아저씨가 직접 샀으니. 그런데 이 칼은 아니잖아요. 환불은 안 돼요."

나는 순간 당황하기보다 그냥 황망했다.

'뭐지? 이 상황은.'

"바쁜데 그냥 집에 가세요. 오늘 월말이잖아요. 주인아저씨 오기 전까지 마감해야 하거든요. 아! 뭐 필요한 것 있으면 사고 가든지요."

주인아저씨란 말에 나는 갑자기 정신이 몽롱했다.

"뭐? 주인아저씨가 오기로 했단 말이야?"

"네, 11시 정각에 오시기로 했는데, 아, 저기 오시네요."

그때였다. 육중한 몸짓의 주인이 날 보더니 반색하며 들어왔다.

"어이! 이섭 씨. 오늘 무슨 영화 촬영하는 거야? 밤에 무슨 선글라스며 마스크를 했냐? 무슨 일 있어?"

건물주는 내가 아무리 변장했어도 나인 줄 알아보았다. 그렇다면 내 앞에서 있는 이 녀석도 진작에 날 알아본 모양이었다. 나는 그만 맥이 확 풀려버렸다. 아! 나는 이리도 평범하게 생긴 얼굴인가. 그때 알바 녀석이 사장에게 주절거렸다.

"아저씨가 여기서 사지도 않은 칼을 환불해 달라고 하네요. 어림도 없는 일이죠. 안 그래요. 사장님?"

"물론이지. 잘했어. 공과 사는 구분하는 게 순리지. 이봐, 이섭 씨. 오늘 잘 만났어. 칼은 내가 새것으로 줄 테니, 나하고 술이나 한잔하지. 한잔하면서 할 말도 있고 말이야."

"무슨?"

"에이, 내 딸내미 있잖아. 그래, 지희. 이년 때문에 내가 못 살겠어. 오늘 나에게 요즘 이혼녀는 어떤 생각을 하며 사는지 좀 설명해 달라고. 조금만 기다려. 내 결산만 하고 같이 나감세."

낭패였다. 그날도 나는 건물주의 손에 이끌려 먹고 싶지도 않은 닭발과 순대를 먹음으로써 내 두 번째 계획은 또 실패로 끝나고 말았다. 하지만 한가지는 분명히 알았다. 건물주나 그놈의 딸은 닭발과 순대를 좋아했다.

나는 민채가 준 휴대전화를 아예 꺼두었다. 도저히 그녀를 볼 면목이 없었기 때문이었다. 두 번이나 실패하고 나니 오천만 원이고 뭣이고 간에, 그냥 착수금 오백만 원도 그녀에게 돌려주고 싶었다. 까짓것 내 인생에 언제 그리 큰돈이 있었다고 팔자에도 없는 강도질을 한단 말인가. 원래 바탕이 범죄와 먼 순수 이혼남이 그까짓 돈 오천만 원 때문에 강도질이 웬 말인가, 하고 생각하니 오히려 배짱이었다. 문제는 이미 써버린 착수금 오백만 원이었는데, 사실 이것도 내가 마음만 먹으면 충분히 마련할 수 있었다.

이유는 그날 건물주와의 술자리에 있었다. 편의점에서 뜻을 이루지 못한 나는 그가 아르바이트생과 결산할 동안 의자에 앉아 인생과 돈에 대해 깊이 생각하고 있었다. 내 비록 백수로 살지만, 남에게 허튼짓 한 번 안 하고도 여태껏 잘 살았다. 이혼남에 대한 사회적인 편견에도 불구하고 나름대로 재미있게 살았다. 아내가 준 합의금도 아직 남아 있고 가끔 알바 한탕 뛰면 서평이와 돼지껍데기 안주로 술도 한잔할 수 있었다. 그렇게 고민하고 있을 때 건물주가 나더러 나가자며 눈짓했다.

그와 간 곳은 그때 그 집이었다. 나는 행여 그가 다른 안주를 시킬까, 기대했지만 그는 역시 딸과 마찬가지로 닭발과 순대를 시켰다. 그때까지 솔직히 나는 매우 불쾌했고 기분은 영 찜찜했다. 그런데 그때였다.

"자네, 우리 딸을 어떻게 생각하나?"

건물주가 내 예상을 뛰어넘은 질문을 했다. 나는 무슨 말인지 대충 감 잡았지만, 몸값을 올리기 위해 짐짓 아무것도 모르는 척했다.

"어떻게 생각하다뇨?"

"에이! 이섭 씨. 우리 솔직해지자고. 우리 딸이나 자네나 다 같이 한 번 갔다 온 사람들이잖아."

"그건 그렇죠."

건물주는 그날따라 아주 친절했다.

"자, 자. 이것 좀 먹어봐."

그는 내 접시 위에 손수 닭발과 순대 한 점을 각각 두었다. 하지만 나는 그것들을 보는 자체가 싫었다.

"솔직히 저, 이런 것 안 좋아합니다."

"그러면? 뭘 좋아하는지?"

건물주의 눈썹이 살짝 올라갔다. 그건 분명히 내가 아주 값비싼 요리를 말할 줄 알고 미리 경계하는 표정이었다. 치사했다.

"돼지껍데기요!"

"으하하. 역시! 내가 그래서 자네를 좋아한다니까. 알았어. 일만 잘된다면야 돼지 껍데기가 문제겠어? 내가 더한 것도 사줌세. 자, 그러니까 아까 내가 물은 것에 대해 솔직히 말해보게."

"지희 씨야 솔직히 제게 과분하죠. 착하고 예쁘고 또, 몸무게도 저보다 많이 나가고 말이죠"

술을 마시는척하며 옆눈으로 건물주를 보니 아주 흐뭇한 표정이었다.

"그래, 그래. 솔직히 내 딸아이가 자네보다 몸무게는 많이 나가지만, 얼굴 하나는 끝내주지. 아주 예쁜 얼굴이잖아."

그새 건물주는 흥분했는지 얼굴이 벌겋게 달아올랐다.

"아니! 그래서 어르신께서 궁극적으로 제게 하실 말씀이 뭡니까?"

나는 시간이 없다는 걸 보여주기 위해 자꾸 시계를 봤다.

"아! 그래, 미안해. 내가 자꾸 질질 끌었지. 알았어. 내 단도직입적으로 말할게. 음… 내 딸아이랑 결혼해 주게!"

건물주는 말을 끝내고 나니 자신도 좀 멋쩍은 모양이었다. 헛헛한 기침을 몇 번 하다 내가 별말이 없자, 그는 조심스럽게 말했다.

"원룸 한 동과 편의점을 자네에게 주지."

나는 혹 꿈을 꾸고 있는 줄 알았다. 그러다 얼른 머리를 굴렸다.

'원룸 한 동이면 내가 사는 원룸 8채? 아니, 거기다 편의점까지?'

그래도 내가 별 반응을 하지 않자, 건물주는 애가 달았는지 자꾸 내 눈치를 보며 보챘다. 상황이 이쯤 되면 내가 한마디 하는 게 예의였다.

"어르신! 저는 결혼의 조건을 그런 건물이나 가게 따위로 저울질하지 않습니다. 제가 원하는 것은, 제가 진정 바라는 것은!"

건물주의 침이 꼴깍하고 넘어갔다.

"원하는 게 뭔가? 말해보게."

"사랑입니다."

나는 사내답게 그 자리에서 벌떡 일어나 뒤도 돌아보지 않고 밖으로 나와버렸다. 물론 집 근처 골목길에 와서야 이리 뛰고 저리 뛰며 개지랄한 것은 사실이었다. 그런데 아무리 생각해도 건물주의 딸, 지희는 내 스타일이 아니었다. 이혼한 전처의 반도 못 따라가는 얼굴이며 두 배나 되는 몸매뿐만은 아니었다. 그녀는 어찌나 성격이 지랄 같은지 나와 같이 원룸 생활을 하는 소시민들은 그녀의 목소리만 들어도 오줌을 지렸다.

그녀는 1층에 살면서 모든 입주자의 사생활에 간섭하고 참견했다. 자기보다 어린 여대생들이 짧은 치마를 입으면 고함을 질렀고, 남학생이 술에 취해 원룸 근처에 소변을 보고 있으면 두꺼운 허벅지로 그의 엉덩이를 갈겨주고, 분리수거를 조금이라도 소홀히 하면 당장 쫓아낼 기세였다. 물론 거기서 난 예외였다. 나는 그녀보다 나이가 많았고 그녀가 보기에 매력적인 이혼남이라는 이유였다.

그래도 내가 건물주의 제안에 혹한 이유는 당연히 내게 돌아올 보상 때문이었다. 아아! 그녀와 결혼하기만 하면 원룸 한 동과 편의점이 생기는데 까짓, 그녀의 외모와 성질이 무슨 걸림돌이 된단 말인가. 나는 너무 흥분해서 그만 의뢰자인 민채가 제시한 오천만 원이 눈에 보이지 않았다. 건물주는 내가 튕기기만 하면 자신이 제시한 조건, 이상도 줄 눈치였다. 그러므로 나는 그와 지희에게 고분고분할 필요가 없었다. 왜냐하면, 그녀는 나에게 푹 빠져있었으므로.

그다음 날 오후에 나는 돼지껍데기 집에서 서평을 만났다. 누가 먼저 만나자고 할 것 없이 우리는 동시에 전화하려다 한쪽이 먼저 받았다. 그는 내 상황이 궁금해서 했고, 나는 그에게 이 일련의 사건을 어떻게 처리해야 하는지 상의하고 싶었다.

"복도 많지."

서평이 돼지껍데기 다섯 개를 한꺼번에 씹다가 뱉은 말이었다. 그의 미어터지는 뺨에는 나에 대해 부러움과 질투가 가득했다.

"야! 미안하다. 너보다 많이 잘생겨서. 그래서 어떻게 하면 좋을까? 이 의뢰를 그만두고 본격적으로 그녀와 결혼 준비나 할까?"

서평은 내 질문에 한참 뜸을 들였다. 그도 그럴 것이 녀석은 한 사흘 굶어, 허기져서 말이 안 나왔기 때문이었다.

"그래도 신중해야 해. 왜냐하면, 네 말을 들어보니 의뢰자가 보통이 아닌 것 같아. 너 그때 서류에 서명했지? 지금 안 한다고 하면 분명 배상을 요구할 거야. 금전적인 배상이야 어떻게든 할 수 있지만, 폭력이 동반될 수 있단 말이야."

그의 말에 나는 깜짝 놀랐다. 하기야, 약속 이행이 안 되었으니 배상은 기본이었다. 그런데 웬 폭력? 거기까지 생각이 이르자 갑자기 몸이 오싹해졌다.

"그럼, 어떻게 할까?"

"일단 그 여자에게 솔직히 말해."

"뭘? 내가 지희랑 결혼하는 것?"

"미쳤냐? 그런 얘기를 하게. 내 말은 이번에도 실패했다는 것을 솔직히 고백하라는 거야. 그래서 그쪽에서 도저히 안 되겠다 싶으면 선수교체를 하는 거고. 아니면 네게 다른 방법을 찾게 하겠지. 아마 그쪽에도 다 생각이 있을 거야."

녀석의 말을 듣고 보니 일리가 있었다. 아직 시험에 합격을 못 했지만, 역시 녀석은 고위 공무원이 될 자격이 있었다.

서평의 예상은 정확했다. 그날 그와 헤어지고 나는 민채에게 전화했어야만 했다. 집으로 돌아와서 그녀가 준 휴대전화를 확인하니 여러 차례 전화가 와 있었다. 바로 전화를 걸까 하다, 술을 꽤 마신 터라 졸음이 와서 침대에 누워버리는 바람에 다음 날 아침까지 그만 전화하지 못했다.

일은 아침에 일어났다. 잠결에 목 주변이 서늘하여 눈을 떴는데 웬 건장한 사내 두 명이 자는 날 지켜보고 있었다. 그중 한 명이 내 목에 칼을 들이대고 있었다. 깜짝 놀란 나는 한 손으로 칼을 들이댄 사내의 손을 잡고 일어서려 했지만, 나머지 한 놈에게 그만 귀싸대기를 맞고 말았다. 그 바람에 목 언저리에 칼이 닿아 순식간에 피가 흘렀다. 사내는 말 없이 내게 손수건을 던지며 짧게 말했다.

"닦고 얼른 옷 입어. 나가게."

사내는 칼을 거두고 창밖을 살폈고 나머지 한 놈은 전화로 곧 출발한다고 말했다.

"어디로 간단 말입니까?"

"새꺄! 그런 것까지 알려줘야 해? 빨리 옷 안 입어!"

사내의 호통에 나는 재빨리 옷을 입으면서 이 모든 게 민채의 소행이라고 추측했다. 아! 어젯밤에 전화할걸…….

Monologue 2

수감번호, 2154번

검은 승합차에 올라타자마자 한 놈은 운전대를 잡고 다른 사내는 내 옆에 앉아 안대로 눈을 가렸다. 당황한 나는 찍소리도 못하고 눈을 가린 채 머리를 무릎 사이로 박았다. 얼마나 갔는지는 모르지만 사내 한 놈이 민채와 계속 통화를 하고 있었다. 이상한 점은 사내가 민채에게 아가씨, 라는 호칭을 쓰고 있다는 사실이었다. 일상적으로 아가씨, 라는 호칭은 오빠와 결혼한 여자, 즉 새언니가 손아래 여동생에게 쓰던지, 아니면 부잣집 딸에게 기사나 관리인이 쓰는 용어였다. 그런데 이 상황에서 조폭 같은 사내들이 민채에게 왜 그런 호칭을 쓰는지 통 이해가 되지 않았다.

이윽고 차가 도착한 모양이었다. 운전석에 있던 사내가 먼저 문을 열었다. 비릿한 바닷냄새가 코를 찔렀다. 이어서 옆에 있던 사내가 내 눈을 가리고 있던 안대를 풀더니 날 밖으로 끌어내었다. 어둠 속에 있다가 갑자기 밖으로 나오자 햇빛이 강렬하여 적응되지 않았다. 나는 눈을 비비며 여기가 어딘지 확인하려 애썼다. 그러나 몸은 생각대로 움직여 주지 않았다. 몇 발자국도 걷기 전에 현기증으로 몇 번이나 쓰러졌다, 일어났는지를 반복했다. 결국, 사내 둘이 날 부축하여 질질 끌고 갔다. 마침내 목적지에 도착했을 때 나는 정신이 들었다. 주위를 살펴보니 이곳은 갯바위가 많은 바닷가였다.

"아가씨, 데리고 왔습니다."

그중 건장한 사내가 여자에게 깍듯이 보고했다. 눈을 들어 여자를 보니 역시, 예상한 대로 민채였다. 그녀는 화롯불에 뭘 굽고 있었다. 냄새를 맡아보니 조개류 같은 해산물이었다.

"수고했어요. 한 분은 망을 보시고 다른 분은 여기 와서 이것 좀 구워주세요. 조개도 그렇지만 오늘따라 장어도 물이 올랐네."

나는 그 상황에서도 잘 익은 장어구이 한 점과 소주가 생각났다. 그녀는 간이식탁 앞에 놓인 의자에 앉았다. 멀리 식당이 있는 것으로 봐서, 이곳은 조금 떨어진 야외 테이블이었다.

"앉으세요. 해산물 좋아하시죠?"

그녀는 별 표정 없이 종이컵에 소주를 붓더니 내게 권했다. 나는 속으로 장어나 굽고 술을 주지, 안주 없이 어떻게 소주를 마시느냐고 생각했다. 그런 내 생각을 읽었는지 그녀는 사내에게 구워놓은 조개를 갖다 달라고 했다. 잘 익은 조개를 간이식탁에 올려놓고 날 째려보던 사내의 인상은 매우 더러웠다.

"먹어보세요. 물이 잘 올랐어요."

그녀는 먼저 나무젓가락으로 조갯살을 훔치더니 입으로 가져갔다. 화장기 없는 민얼굴이지만 여전히 그녀는 예뻤다. 나는 엉거주춤 젓가락으로 다른 조개를 집으면서 첫인사를 어떻게 해야 하나 고민했다.

"맛있네요. 그보다, 저기… 정말 죄송합니다. 진작에 연락을 드려야 했었는데."

나는 조개를 입에 넣어 우물거리다 겨우 말을 꺼냈다.

"또 실패했죠? 이번엔 여자의 아버지와 술을 마셨더군요. 두 분이 도란도란 무슨 이야기를 했죠?"

그녀의 말에 나는 화들짝 놀랐다. 아니, 어떻게 그날의 속사정을 환히 아는지, 솔직히 나는 심장이 벌렁거릴 정도였다.

"이야기는 무슨? 그냥 그 양반이 건물주라서 임대료 인상, 그런 것 때문에 몇 마디 했을 뿐입니다."

"그래요? 내가 잘못 들었나? 내가 듣기론 아주 좋은 조건으로 그 건물주께서 자기 사위가 되어달라고 간청했다던데."

그녀의 말에 나는 이제 온몸에서 식은땀이 흐르기 시작했다. 나는 순간, 그녀가 내가 가는 곳마다 도청하지 않았나 의심이 되었다. 아니, 지금도 내 몸 어디엔가 도청 장치가 되어 있는 것 같았다. 나는 그녀 모르게 내 손목에 찬 시계와 몸 전체를 더듬어 보았다.

"그런데!"

갑자기 그녀가 내게 큰소리를 쳤다. 그 바람에 망을 보던 사내와 장어를 굽던 사내가 동시에 날 쳐다보았다. 나는 불안해서 어쩔 줄 몰랐다.

"왜 내게 빨리 연락을 안 한 거죠? 왜! 내가 여자라서? 내가 너무 예뻐서? 이봐요. 이섭 씨! 당신 뭔가 착각한 건 아니죠? 이봐요! 장어 아직 멀었어요?"

나는 정신이 하나도 없었다. 그때 장어를 굽던 사내가 냉큼 대답했다. 정말 다행이었다.

"아, 네. 다 되었습니다. 갖다 드릴게요."

남자가 장어를 담은 접시와 가위 그리고 집게를 식탁 위에 올려놓자, 그녀는 장어를 먹기 좋게 자르기 시작했다. 그런데 장어를 자르는 모양새가 상당히 난폭했다. 아마 내게 공포심을 주려는 듯 보였다. 그녀는 그중 가장 난폭하게 자른 장어 한 점을 초고추장에 찍어 내 입가에 갖다 대었다. 코앞의 공포감에도 나는 번지르르한 기름내가 풍기는 장어 냄새에 그만 환장하고 말았다. 곧바로 입을 크게 벌려 먹으려 하자, 그녀는 유치하게 장어를 자기 쪽으로 당겼다. 나는 당황하여 그녀의 눈을 쳐다보았다.

"이틀 주겠어요. 만약 그날까지 해결하지 못하면, 당신은 이 장어처럼 될 거예요."

그녀는 내가 보는 앞에서 장어를 두 동강이 내었다.

이제 생각하고 말 여지가 없었다. 나는 그녀가 보는 앞에서 장어 5인분과 소주 3병을 게 눈 감추듯 먹고 그 사내들이 태워준 차로 원룸에 왔다. 이후 집에서 2차로 한 잔 더 하다가 다음 날 낮까지 줄곧 잤기 때문에 오늘은 무슨 일이 있어도 과업을 완수해야 했다.

커튼을 젖히니 해는 중천에 떠 있었다. 아직 술이 덜 깨어 숙취는 남아 있었다. 나는 욕탕에 물을 데워 오후 내내 물속에 있었다. 저녁이 되자 어지럽던 머리는 정상적으로 돌아왔고 술에 절었던 몸도 가벼워지는 것 같았다. 몸이 한결 좋아지니 배가 고팠다. 라면을 끓이는 동안 나는 범행에 사용할 옷과 마스크 그리고 칼을 다시 준비했다. 그런데 문제는 구수하고 얼큰한 라면 국물이었다. 분명 술이 깰 낮까지 한 방울의 술도 들어가지 않을 정도로 속이 거북했는데, 국물을 보자 갑자기 소주가 생각났다. 결국, 소주 두 병을 마시고 라면 국물까지 다 먹은 후에야 나는 얼큰해진 기분으로 원룸을 나섰다.

저녁 바람은 시원했다. 오늘따라 길거리에 여자도 많이 보였다. 내 곁을 스치고 가는 여자들의 화장품과 향수 냄새에 취한 나는 그러지 않아도 소주에 취해 있는 상태에서 완전히 취하고 말았다. 그런데 이상하게도 그럴수록 술이 더 당겼다.

"에라, 모르겠다."

나는 내친김에 편의점 반대편에 있는 선술집으로 들어가 생맥주 두 잔을 시켰다. 내 딴에는 술을 마시면서 편의점 동태를 살핀다는 핑계가 있었으므로 술을 마시는 행위에 크게 죄책감이 들지 않았다. 어찌 되었건, 범행에 성공만 하면 되니까.

그때였다. 날 어찌 발견했는지 지희가 오빠, 하며 내 옆에 찰싹하고 앉는 게 아닌가. 이런! 그녀는 아마 내가 원룸을 나오자 몰래 내 뒤를 따라온 것 같았다. 그런데 이상한 건 오늘따라 지희가 그리 싫지 않았다는 사실이었다. 아니, 오히려 평소보다 훨씬 야하고 예쁘게 보였다. 나는 순간 욕정이 끓어올랐다. 사실, 아내와 이혼하고 몇 년을 홀로 산 나였다. 시계를 보니 이제 밤 9시였다. 아직 11시가 되려면 두어 시간 정도 남았다. 나는 다짜고짜 그녀의 손을 잡아 밖으로 나갔다. 둘러보니 편의점 뒤편으로 오래된 모텔이 하나 있었다. 내 손에 잡혀 어쩔 수 없이 끌려가던 그녀는 모텔 간판을 보자,

오히려 야릇한 웃음을 지으며 자신이 적극적으로 날 그곳으로 이끌었다.

“어제 아빠에게 얘기 들었어. 아잉, 그래도 아직 결혼도 안 했는데.”

“벗어!”

“…….”

나는 발끝에서 머리끝까지 취한 몸으로 그녀를 덮쳤다.

한바탕 일을 치른 후 목이 말라 눈을 떠보니 그녀는 완전히 뻗어 있었다. 시계를 보니 밤 11시였다. 그제야 정신이 든 나는 가방을 챙겨 편의점으로 향했다. 편의점 창문으로 얼핏 보니 오늘은 아르바이트생 말고 웬 아주머니가 계산대 앞에 있었다. 그녀는 건물주의 아내이자 지희의 어머니였다. 정말 다행이었다. 나는 그녀를 알아도 그녀는 날 알지 못했다. 잠시 호흡을 가다듬은 후, 나는 모자와 마스크를 썼다. 그 와중에 지희와의 결혼은 끝이라는 생각이 들자, 마음은 씁쓸했지만 무서운 민채로부터 두 동강이 난 장어가 되기는 싫었다.

“돈 내놔!”

시퍼런 칼 앞에 그녀는 혼비백산했다.

“왜 그러세요? 에그, 에구머니나.”

그녀는 너무 놀란 나머지 계산대 밑으로 숨어버렸다. 나는 태연히 계산대 현금통을 열어, 만 원짜리 지폐부터 잔돈까지 있는 대로 다 챙겨 유유히 밖으로 나왔다. 편의점 안팎의 CCTV가 잘 보이게끔 한 번씩 고개를 들었음은 물론이다. 나는 다시 그 선술집에 가서 생맥주 한 잔을 더 시켰다. 그리고는 바로 민채에게 전화를 걸었다. 그녀의 대답은 짤막했다.

“수고했어요.”

그렇게 생맥주 석 잔을 마시고 있을 때, 건물주와 그의 부인, 지희 그리고 경찰이 들이닥쳤다. 나는 경악하는 건물주 뒤에 다소곳이 서 있는 지희를 보고 윙크를 날렸다. 그녀는 나의 이런 행동에 정말 어이가 없는지 내 눈만 멍청하게 보고 있었다.

그길로 유치장에 들어간 나는 며칠 지나지 않아 구속영장이 청구되어 십일 만에 구치소로 갔다. 그곳에서 1심 재판을 받는 데만 거의 한 달이 걸렸다. 재판받을 때 뒤를 돌아보면 항상 까만 정장을 한 민채가 와 있었고 언제나 내게 힘이 되는 친구 서평, 그리고 철부지 이혼녀 지희가 있었다.

재판을 마치고 구치소로 갈 때면 호송차까지 따라 나와 눈물을 흘리는 지희를 볼 때마다 나는 괜한 일을 저질렀다는 죄책감에 괴로워했다. 하지만 어차피 우리 둘은 이루어지지 않은 사랑이다 싶어, 애써 태연한 척하였다. 그보다 나는 가끔 눈이 마주치는 민채 때문에 구치소에서 괴로워했는데, 그건 그녀가 너무 예뻤기 때문이었다. 방에 누워있을 때 그녀의 얼굴이 천장에 떠다녀, 나는 혹 내가 짝사랑 병에 걸린 게 아닌가 하고 의심되었다. 하지만 아침이 되면 정신을 가다듬고 공과 사를 구별하려 애썼다. 그녀는 의뢰자였고 나는 실행자로서 돈만 받으면 되는 사이임을 되새기고 또 되새겼다.

마침내 나는 꿈에도 그리던 실형이 선고되었다.

구치소에서 이감을 준비하고 있을 때 면회 신청이 들어왔다. 나는 당연히 친구 서평인 줄 알았는데, 놀랍게도 지희였다. 칸막이를 앞에 두고 그녀가 먼저 전화기를 들었다. 나는 무안하기도 하고 괴로워서 그냥 돌아서려는데, 수화기 너머로 그녀의 애달픈 목소리가 들려왔다. 도저히 얼굴을 안 보고 갈 수 없을 정도로 그녀의 목소리는 처절했다. 할 수 없이 제자리로 돌아온 나는 힘겹게 수화기를 들었다.

"오빠! 왜 그랬어? 돈이 필요하면 내게 말할 것이지. 응?"

자세한 내막을 말할 수 없는 내 입장으로선 답답했지만, 나는 아무 말도 할 수 없었다. 그냥, 미안하다는 말만 되풀이했다.

"미안하긴 뭐가 미안해? 돈 때문이라면 난 이해해. 그런데 혹 오빠는 내가 싫어서 정 떼려고 그런 짓 한 것 아니야? 만약 그렇다면 난 오빠를 용서 못해. 말 좀 해봐. 정말 그런 거야?"

지희는 울고 있었다. 나는 별수 없이 대답해야 했다.

"그건 아니야. 절대로."

"정말이지? 난 오빠 믿는다. 내가 생각해도 오빠는 돈 때문이었어. 그래서 말인데, 내가 영치금 얼마 넣어두었어. 배고프면 빵이라도 사 먹게."

지희의 표정이 조금 밝아졌다. 어쩌면 다행일 수도 있었지만, 나는 이번 면회를 시점으로 그녀가 계속 찾아오면 어쩌지, 하는 불안감이 앞섰다.

"그래, 그래. 어쨌든 고마워. 내가 정말 미안하다. 앞으론 절대 그런 일 없도록 할게."

그러자 그녀는 애교 섞인 목소리로 내게 말했다.

"오빠, 그날 밤 너무 좋았어."

2154번, 난생처음 재소자 옷을 입었는데, 어쩐지 잘 어울렸다.

앞으로 몇 개월 동안 나는 이름 대신 이 번호로 생활할 것이다. 2154, 번호가 마음에 들어, 나는 왠지 이번 일이 잘 풀릴 것 같은 예감이 들었다. 교도관을 따라 여러 개의 중문을 지나니 앞으로 내가 생활하게 될 감방이 나왔다. 7동 하의 7번 방이었다. 교도관이 문을 따 먼저 들어간 뒤 나는 그의 뒤를 이어 조심스레 들어갔다.

"주목! 오늘 들어 온 신입이야. 아직 멋모르니 잘 돌봐주도록. 방장! 요새 신고식 같은 건 없죠? 있어서도 안 되고. 그럼."

교도관은 딱 부러지게 말하는 스타일이었다. 완전히 내 맘에 드는 상남자였다. 앞으로 저 교도관과 친해지고 싶었다. 그가 나가자, 맨 구석에 앉아있던 중늙은이가 내게 말을 걸어왔다.

"몇 개고?"

그러자 주위에 빙 둘러앉아 있던 대여섯 명의 사내들이 날 뚫어지게 바라봤다. 나는 중늙은이가 방장임을 즉각 알아차리고 군대 신고식처럼 큰소리로 대답했다.

"한 개입니다."

그런데 내 대답에 모두 큰소리로 웃었다. 나는 행여 답변을 잘못했다 싶어 다시 "초범"이라고 차렷 자세로 말했다. 그래도 그들은 웃음을 멈추지 않았다.

"그게 아니고 나이가 몇 개냐고?"

그제야 나는 귀가 번뜩 뜨였다.

"넵! 올해 서른여섯입니다."

그때 내가 선 곳에서 오른쪽 둘째 줄에 앉아있는 어떤 남자가 박장대소를 하며 기뻐했다. 내가 무슨 일인가 싶어 고개를 돌리자 그는 직접 일어나 내게 다가오더니 어깨동무했다.

"나보다 한 살 어리네. 앞으로 네가 막내다. 여기 계신 형님들 잘 모셔야 한다. 알겠나!"

"넷! 확실히 하겠습니다."

"병명은 뭐냐?"

재차 중늙은이가 물었다. 다시 모든 시선이 내게 집중되었다. 나는 그가 병명이라기에 무슨 말인가 몰라 다시 한번 물었다.

"예? 아픈 데는 없습니다만."

"야이, 자슥아! 이거 진짜 초짜네. 죄명이 뭐냔 말이다."

"넷, 편의점 절도입니다."

사실, 내가 한 범죄행위는 야간에 흉기를 들고 주인을 협박했기 때문에 강도죄에 해당하여 징역 3년 이상에 처하지만, 지희의 설득으로 피해자인 그의 어머니와 합의를 보았고, 민채가 적극적으로 손을 써 절도로 바꾸어 징역, 8월을 받았다.

"와우! 드디어 우리 방에 착한 죄수 한 명이 왔네. 요새 절도가 어디 범죄냐?"

나는 그때 그 말이 무슨 말인 줄 몰랐는데, 후에 알아보니 이 방 사람들은 대다수가 특수강도 및 폭행, 살인 등 전과가 3범 이상이었다. 특이한 점은 모두 모범수여서 이곳에서 가장 행형성적이 뛰어난 재소자들의 집단이란 사실이었다. 나는 날 이 방으로 보내준 것 역시 민채임을 후에 알았다.

"알았다. 짐 풀고 저기 가서 좀 쉬어라."

"감사합니다!"

이상하게도 나는 이곳에 금방 적응하였다. 이 방 사람들은 내게 특별히 친절할 뿐만 아니라, 모두 나보다 연배가 높다 보니 갈등의 소지가 전혀 없었다. 무슨 일이 일어날 때마다 형님, 선배님, 하고 고개 숙여 들어가면 만사가 해결되었다. 한동안 나는 민채가 의뢰한 그 일에 대해 전혀 생각나지 않았다. 그저 이곳이 편했고 좋았다. 무엇보다 좋은 것은 밖의 원룸에 있을 때처럼 하루 세끼 밥을 걱정하지 않아도 되었다. 게다가 일주일에 한 번 목욕탕에 갈 수도 있었으며, 매일 사동 밖에서 한 시간 정도 운동할 수 있다는 점 그리고 한 달에 한 번씩 소내 이발소에서 이발도 할 수 있다는 점이었다. 또한, 매일매일 심심하지 않게 일할 곳이 있다는 점이 매우 매력적이었다. 내가 속한 방 사람들은 모두 목공예공장에서 일했다. 나는 초보라 일이 매우 서툴렀지만, 이 방 사람들은 이 방면에 도가 트인 사람들이었다. 그들은 날마다 나무로 의자, 탁자 심지어 예술적인 작품까지 만들어냈다. 당연히 그들은 나보다 일당이 세었다. 제품이나 작품을 만들어 놓으면 한 달에 몇 번 외부 업체에서 사람이 왔다. 그들은 외부 업체 담당자인 그를 심 과장이라 불렀다. 그가 물건들을 검수하여 외부로 싣고 나갈 것과 폐기할 것을 결정하는데, 젊은 나이지만 그는 재소자들 사이에서 제법 신망이 두터웠다.

어쨌든 나로서는 모든 게 좋았다. 진작 아내와 이혼하고 이곳에 들어왔으면, 하는 생각이 들 정도로 나는 이 생활에 대단히 만족했다. 가끔 내 전생이 전과자가 아니었나 싶었다. 역시 어느 직장, 어느 집단에서 사람이 제일 중요했다. 물론 그렇다고 내가 이 생활에 모두 만족한 것은 아니었다. 무엇보다도 없어서 불편한 건 술과 담배였다. 그런데 놀랍게도 이 두 가지를 이 방 사람들은 암암리에 해결한다는 사실이었다.

한날, 방장이 작업 중에 나를 불렀다. 그날 나는 나보다 한 살 많은 4321번과 함께 납품할 탁자를 만들고 있었다. 그를 따라 나간 곳은 작업장 뒤편 빨래터였다. 작업 중에 써야 하는 걸레, 수건 등을 널어놓은 곳인데 평소 이곳은 교도관이 순찰을 잘 하지 않은 곳이었다. 방장은 구석 후미진 곳에 앉더니 호주머니에서 담배를 꺼냈다. 밖에 있을 때 내가 즐겨 피우던 에쎄 프라임이었다. 나는 너무 놀라 심장이 벌렁거렸다.

"온 지 얼마 되었지?"

"넷, 한 달 되었습니다."

"그럼, 한 달이나 굶었네. 자, 필 텐가?"

방장은 고맙게도 담배 한 개비를 내 코앞으로 밀었다. 나는 너무 황송하여 두 손으로 공손히 받았다. 게다가 불까지 붙여주었으니 나는 그야말로 감지덕지했다. 아, 이 향! 그리고 목으로 넘어가는 부드러운 느낌, 역시 담배는 에쎄 프라임이었다. 담배를 피우던 방장이 내게 물었다.

"형기가 8개월이니 이제 7개월 남았네. 이봐, 이섭이. 우리 한 가지만 거래할까? 아! 뭐, 별 건 아니고. 자네가 출소하고 난 뒤, 내 부탁 하나만 들어주면 이렇게 매일 담배 정도는 대 줄 수 있지. 어때?"

나는 갑작스러운 그의 제안에 어안이 벙벙했지만, 맛있는 담배를 메일 준다고 하니 어떤 일도 할 수 있을 것 같았다. 마치, 밖에 있을 때 민채가 내게 맛있는 회와 장어를 사줄 때 느낀 그런 감정이었다. 역시 난 먹고 마시는 것에 너무 약한 게 문제였다.

"넷, 무슨 부탁이라도 괜찮습니다. 충성을 다하겠습니다."

나의 확고한 태도가 마음에 드는지 그는 살포시 웃었다.

"술은? 혹 술 좋아하는가?"

"넷, 엄청, 좋아합니다만, 여기서 어떻게?"

그러자 그는 크게 웃었다.

"이번 주말 어떤가? 참, 주종을 말해야지. 소주? 아님, 탁주?"

나는 그의 입에서 소주란 말이 나오자 그만 기절할 뻔했다. 어떻게 이런 곳에서 소주를 먹을 수 있단 말인가. 그런데도 나는 그라면 가능할 것 같았다. 이런 행운이 나에게 찾아온다니. 나는 너무 좋아 그만 오줌을 지릴 것 같았다.

"소주로 하겠습니다."

"좋아. 주말에 술 한잔하면서 내가 부탁할 것을 이야기하지. 자네 같은 착한 재소자를 만나 나도 기쁘다네."

그는 나의 어깨를 툭, 하고 건드렸다.

하지만 그의 약속은 지켜지지 않았다. 주말을 앞둔 한날, 그는 갑자기 복통을 호소하면서 쓰러져 의무 병동으로 갔기 때문이었다. 그는 내게 몹시 미안한 얼굴로 다음 기회로 미루자고 했는데, 다음 기회란 건 내가 입소한 지 백 일째 되는 날이었다. 아쉬웠지만, 할 수 없는 일이었다.

내게 관심을 두던 방장인, 그가 사라지자 나는 비로소 이곳에 온 단 하나의 이유, 민채가 의뢰한 일에 대해 고민하기 시작했다. 작업장에 출근할 때나 퇴근할 때 나는 교도관들의 동선을 유심히 살폈고, 야간 근무 때 그들의 교대 시간과 취약 시간 등을 꼼꼼히 챙겼으며, 사각형의 외벽 위쪽, 네 망루에 근무하는 경비교도대원들의 근무행태에도 관심을 가졌다.

내가 처음에 탈출을 생각한 곳은 사실, 교도소 담이었다. 하루 한 차례 있는 운동 시간에 나는 담을 유심히 보고 머릿속으로 어떻게 하면 저 담을 넘을 수 있을까, 고민했는데 문제는 두 개의 담의 높이였다. 사동과 공장 등 우리가 생활하는 공간을 둘러싼 주벽은 3m였고, 주벽을 넘어 전체 교도소를 둘러싼 외벽은 4m였다. 3m짜리 주벽이야 어찌어찌 넘는다 해도, 4m짜리 외벽은 사람의 힘으로는 도무지 불가능한 것 같았다. 그러다 곰곰이 생각해 보니 매듭이 있는 긴 줄만 있으면 가능할 것도 같았다. 소 내에서 그런 줄을 구할 수 없으니, 담 밖에서 누군가 줄을 넘겨주면 되겠다는 생각이 들었다. 그 일을 해줄 수 있는 자는 당연히 내 친구, 서평이었다. 하지만 그에게 어떻게 이 일을 설명할까, 하는 문제에 빠져들자 나는 한동안 고민했다. 그러나 그건 금방 답이 나왔다. 그 답은 특별면회였다. 편지나 일반 면회는 담당 교도관이 미리 보거나, 옆에서 듣고 기록하므로 불가능했다. 그렇다면 지금 내 처지에서 특별면회는 가능할까, 생각했는데 그건 민채에게 부탁하면 될 일이었다. 이쯤 생각이 들자, 나는 민채가 얼른 면회 오기만을 기다렸다.

과연 얼마 되지 않아 민채가 면회를 왔다. 내가 이곳에 들어온 지 정확히 한 달 반여만이었다. 그 시간에 나는 작업장에 있었는데, 교도관으로부터 면회 소식을 듣자마자 세면대에서 급하게 세수하고 면회장으로 갔다. 유리 칸막이 너머로 그녀의 모습이 들어왔다. 짙은 화장을 하고 빨간 원피스를 입은 그녀의 자태는 보기만 해도 고혹적이었다. 나와 함께 면회장에 온 교도관도 깜짝 놀랐는지 내 얼굴과 그녀의 얼굴을 번갈아 가며 보았다. 그녀가 전화기를 들었다.

"지낼만해요?"

나는 그녀의 목소리를 듣자 별스럽게 눈물이 나왔다. 마치 그녀가 내 아내나 애인인 것 같은 착각이 들었기 때문이었다.

"네."

"남자가 울기는. 어때요? 잘 진행되고 있죠?"

그녀의 질책에 나는 마음을 가다듬고 교도관이 잘 알아듣지 못하도록 유리 칸막이에 글을 쓰거나 띄엄띄엄 내 요구조건을 말했다.

"특별면회?"

"네, 꼭 필요합니다. 그때 내 친구, 서평이도 데리고 오세요. 그가 있어야 합니다."

그녀는 음, 하고 앓는 소리를 냈다.

"알았어요. 그런데 서평이란 사람은 누구죠?"

"문자 확인해보세요. 제가 여기 입소할 때, 휴대전화 반납하기 전에 그의 이름과 전화번호 남겼어요."

그러자 그녀는 알 것 같다면서 얼른 휴대전화를 검색했다. 표정을 보니 벌써 그의 전화번호를 발견한 모양이었다.

"언제쯤이면 가능할 것 같아요?"

"늦어도 이주 안에 조치할게요. 참! 그리고 조만간 소 내에서 제가 아는 사람이 이섭 씨를 아는 척할 거예요. 당황하지 마시고 그와 이 일을 상의하세요."

그녀의 갑작스러운 말에 나는 조금 당황했다. 소 내에 민채가 아는 사람이 있다니.

"누구? 직원, 아니면 재소자?"

"재소자예요."

그때 면회가 끝나는 벨이 울렸다. 그런데 아쉬운 쪽은 내가 아니라, 기록하던 아까 그 교도관이었다. 그는 서류를 접으면서 몇 번이나 민채를 힐끔거렸다. 나 역시 그녀와 조금 더 있고 싶었지만, 어쨌든 공은 공이고 사는 사였다. 그녀는 수화기를 살포시 놓더니 돌아서는 길에 나에게 손 키스를 날렸다. 나는 미치고 환장할 노릇이었고 옆에 있던 교도관은 입을 다물지 못했다.

방장이 없으니 나뿐만 아니라, 우리 방 사람들은 매우 의기소침했다. 아침에 일어나면 함께 밥 먹고 작업장에 나갔으며, 일이 마치면 방에 들어와 아무 말 없이 누워있거나, 일부는 장기 두는 일로 소일했다. 방장이 사라지자, 나는 그가 이곳에 오기 전의 행적을 4321번을 통해 어렴풋이 들을 수 있었다.

방장은 전국 규모는 아니지만, 지역에서 꽤 유명한 조직의 칼잡이로 명성을 떨쳤다. 조직 간의 전쟁은 물론, 각종 이권 개입으로 근사한 성인 오락장을 맡아 부와 명성을 쌓다가, 믿던 조직원의 배신으로 결국 15년 형을 받고 이곳에 수용되었다고 했다. 죄명은 불법 오락실 운영 및 살인이었다. 그 말을 듣고 그를 기억해보니 유난히 그는 얼굴과 몸에 칼자국이 많았다. 그런 그가 내게 부탁할 게 무엇인지 나는 무척 궁금했다.

민채가 면회하러 왔던 그 주 토요일이었다. 주말이라 작업이 없어 아침밥을 먹고 방에서 빈둥거리고 있을 때, 소 내 방송이 나왔다. 오후에 재소자 간 축구 경기가 있으니 점심을 먹고 나서 모두 운동장에 집합하라는 내용이었다. 나보다 한 살 많은 4321번은 시큰둥했다.

"또 보안과장 지시네. 씨벌, 우리도 주 5일 근무했는데 주말은 좀 쉬어야지. 뭔 놈의 축구?"

실상을 잘 모르는 나로서는 그의 말이 의아했다. 무료하게 있느니 바람도 쐴 겸 밖으로 나가는 게 더 좋지 않으냐는 것이 내 생각이었다.

"오늘 보안과에서 담배 꽤 풀겠는데? 좀 얻어 피면 좋지 뭘 그래?"

옆에 있던 나이 지긋한 재소자가 비아냥거리자, 4321번은 곧바로 인상을 구겼다.

"그럼 뭐 해요? 축구 시합을 한 놈들만 데리고 가서 지네들끼리 짝짜꿍, 하는 건데. 요새는 그놈들이 담배도 안 풀어요."

알고 보니 보안과장은 매달 이 축구 경기를 통해 선수들과 그들이 속한 사방의 반장들에게 향응을 제공함으로써, 전체 재소자들의 동향을 파악하고 있었다.

오후가 되자 각 사방의 재소자들이 모두 운동장에 나왔다. 선수들은 미리 정해져 있는지 반장들을 앞세우고 중앙으로 일사불란하게 줄을 섰다. 보안과장의 훈시가 끝난 후, 축구 경기는 시작되었다. 나는 같은 방 사람들과 함께 중앙 쪽 뒤편에 서서 경기를 보고 있었다. 경기가 전반 중반으로 진행될 때, 누군가 뒤에서 날 툭, 하고 건드렸다. 마침 문전에서 어떤 선수의 슈팅 기회가 생겨 사람들이 그 장면에 눈을 빼앗길 때였다. 나 역시 경기에 몰입되어 누가 뒤에서 밀던, 건드리던 별 상관이 없었다. 이번에는 누군가 뒤에서 내 목덜미를 잡고 뒤로 확, 하고 잡아챘다. 그제야 나는 누군가 싶어 고개를 돌렸는데, 처음 보는 얼굴이었다. 그는 아무 말 없이 날 무리 뒤쪽으로 데려갔다. 주위를 살피니 교도관들도 경기에 집중하고 있었다

"당신이 2154번, 조이섭 씨 맞죠?"

"누구?"

나는 낯선 남자가 내 이름을 알고 있는 이 느닷없는 상황에 적잖이 놀랐다.

"일단, 천천히 걸읍시다."

순간, 나는 이 사내가 그날 면회하러 왔던 민채가 말한 사람인 줄 직감했다.

"혹시, 민채 씨……."

남자는 천천히 걸으면서도 계속 주위를 두리번거렸다.

"맞소. 나는 당신이 여기 온 줄 벌써 알고 있었소."

나는 그의 말에 조심스레 고개를 끄덕였다.

"그런데 왜 저를? 얼마 전에 민채 씨가 면회하러 왔을 때 절 찾아오는 사람이 있을 거라고 말해서 알고는 있었습니다만."

"그녀가 나에 관해 이야기하지 않았습니까?"

이번엔 남자가 고개를 갸우뚱했다.

"예. 별말이 없었습니다. 그냥 찾아올 거라는 말만 했어요."

그러자 남자는 가던 길을 멈추고 날 정면으로 응시했다. 그런 그의 모습에 긴장감과 불안이 묻어있었다. 한참이나 뜸 들이던 그는 갑자기 바지 속에서 무엇인가를 꺼내더니 내게 재빨리 건넸다. 손에 잡힌 감촉으로 봐서 그건 쪽지였다. 그리고는 내 귀에 대고 이런 말을 했다.

"오천만 원, 성공하면 '탈옥성공기 출판' 인세 30%."

그 말에 나는 비로소 이 남자도 나와 같은 피 의뢰인인 것을 눈치챘다. 갑자기 민채의 얼굴이 떠오르면서 머리가 지끈거렸다. 나는 같은 일을 두 명의 남자에게 똑같이 의뢰한 민채의 의도가 궁금해지는 동시에 갑자기 화가 났다. 남자는 그 말만 하고는 곧바로 군중 속으로 사라졌다.

축구 경기가 끝나자마자, 나는 서둘러 방으로 들어와 화장실로 향했다. 남자가 건네준 쪽지를 읽기 위해서였다.

'다음 주 수요일 오전 10시 30분. 교회 예배당 강대상, 오른쪽 옆문으로 나오기 바람. 조그만 공터(빨래 너는 곳), 거사에 대해 상의.'

다음날 나는 어릴 때 성탄절에 사탕을 얻기 위해 갔던 교회를 제외하고 단 한 번도 가지 않았던 그곳에 가기 위해 보안과 사무실로 가서 예배 참석을 신청했다. 돌아오는 길에 나는 이 일을 동시에 의뢰한 민채가 생각할수록 괘씸하기 짝이 없었다. 분명 그녀는 내게 했던 방식으로 그 남자에게도 회를 사주고 장어를 사주었다, 생각하니 가슴에 불이 올라왔다. 나는 혹, 내가 유치하게 질투하는가 싶었지만, 글쎄, 꼭 그런 형태의 감정만은 아니었다.

소 내 교회에서는 특이하게 수요일 오전 10시부터 예배가 시작되었다. 외부에서 온 목사와 기독교 봉사단체에서 재소자들을 위해 빵과 우유 등 먹을 거리를 푸짐하게 사 왔다. 간식을 먹으면서 10시부터 11시까지는 정식 예배라기보다는 일부 재소자들의 간증과 봉사단체 회원들의 찬양 등 분위기를 띄우는 시간이었다. 나는 미리 강대상이 잘 보이는 곳, 오른편 셋째 줄에 앉아 있다가 시간이 되자 몰래 옆문으로 약속 장소로 갔다. 과연 그는 공터 후미진 곳에서 기다리고 있었다. 이곳은 교도관들의 순찰이 허술한 곳인지 그 외에도 몇몇 재소자들이 몰래몰래 모여 담배를 피우고 있었다. 나는 그에게 먼저 고개 숙여 인사했다. 나이는 확실히 모르겠으나 어쨌든 이 방면에서 나보다 선배인 것 같았다. 그는 내 팔을 당겨 벽 쪽으로 향하게 했다.

"이섭 씨는 날짜와 방법을 정했습니까?"

그는 다짜고짜 내게 이렇게 물었다.

"아뇨. 아직. 온 지도 얼마 되지 않아 지금 생각 중입니다."

"음, 그렇긴 하네요."

"그러면, 선생님은 혹?"

그러자 남자는 몇 번 주위를 돌아보다, 나지막이 말했다.

"사실은 그것 때문에 이섭 씨를 불렀소. 난, D-day를 정했소. 당신의 도움이 필요하오."

나는 내 도움이 필요하다는 그의 말에 깜짝 놀랐다. 내 도움이 필요하다니 도대체 이곳에 온 지 얼마 되지 않은 내가 어떤 일을 도와줄 수 있을까. 그런데도 나는 이상하게도 그에게 꿀리고 싶지 않아 침착한 척했다.

"언제, 어떻게 말입니까?"

"이번 주 금요일이오."

"제가 어떻게 도와주면 되겠습니까?"

"그날 이섭 씨가 일하는 목공예공장에 한 달에 한 번씩 납품차로 트럭이 들어옵니다. 나는 이섭 씨 옆 공장에 있어요. 납품차는 내가 일하는 공장과 이섭 씨 공장 사이에 항상 주차합니다. 심 과장 잘 아시죠? 그날은 심 과장과 말단 직원 한 명이 들어와 물건을 검수한 후, 차량에 싣습니다. 이때 주차된 차량 주위에는 경비교도대원 두 명이 붙을 거예요."

"그러면요?"

나는 침을 꼴깍, 하고 삼켰다.

"물건을 다 실은 후, 목공예공장 반장이 서류에 서명이 끝나는 시점에 공장에 불을 한번 질러주시오. 물론 심한 불은 아니고, 그저 사람들의 관심을 끌 만한 불이면 되겠소."

"불을요?"

"그렇소. 그리되면 차량 옆에 있던 경비교도대원 둘은 분명 불이 나는 현장으로 갈 겁니다. 그때 내가 차량으로 숨는 거죠."

그의 말에 비로소 나는 그의 기발한 계획에 아하, 하는 감탄이 나왔다. 나는 그가 이 계획을 민채와도 공유했을 거로 추측했다. 그렇다면 민채도 이 계획을 승인했다는 말이었다. 그러니 그날 그녀가 면회하러 와서 이 남자가 날 찾아오겠다고 하지 않았나 싶었다.

"시나리오가 멋집니다. 그런데 차량 짐칸에 숨는다 해도 나갈 때 정문에서 검문할 건데, 혹 심 과장과도 상의한 일입니까?"

내 말에 남자는 굳이 이것까지 말해야 하나, 하는 표정을 지었다. 그는 잠시 헛기침으로 시간을 끌더니 대수롭지 않게 내게 말했다.

"차량 밑으로 매달립니다. 이 연습을 나는 감방에서 수십 차례 연습했어요. 그리고 이건 정말 비밀이오. 심 과장과도 사전에 약속되어 있습니다."

그의 마지막 말을 듣고 나는 내가 졌다, 싶었다. 나는 왜 이런 방법을 생각 못 했는지 그저 내가 한심스럽게 느껴졌다. 그때 교회 안에서 호각 소리가 들렸다. 정식 예배가 시작되는 모양이었다.

"자 이제, 그만 들어갑시다. 아, 참! 이섭 씨 오늘 오후에 아마 민채 씨가 특별면회 올 겁니다. 그녀가 오면."

그는 갑자기 내 손을 잡더니 억지로 손바닥을 폈다. 그리고는 나무로 만든 인장을 내 손바닥에 꾹 눌렀다. 손을 펴보니 이 말이 있었다.

'승인.'

"무슨 말입니까?"

그는 웃으면서 말했다.

"당신이 내 계획에 협조한다는 말이지요. 오늘 민채 씨에게 보여주면 됩니다. 참! 그녀에게 미리 5천만 원 준비하라, 말 전해주시죠. 하하. 그날 잘 부탁드립니다."

나는 그의 웃는 모습을 보자 처음에는 그렇지 않았지만, 이상하게 마음에 거슬렸다. 분명 그는 나와 동업자 이전에 경쟁자였다. 내게 도움을 얻어 그가 이 일에 성공한다면 나는 그가 받은 5천만 원의 절반은 내 몫이 아닐까, 하고 생각이 들자 더욱 심기가 불편했다. 그도 그렇고 행여, 민채가 그가 먼저 성공했으므로 그에게만 5천만 원을 건네고, 나와의 거래는 폐기하지 않을까, 하는 걱정도 들었다. 그런 생각으로 예배당에 앉아 있으니 목사의 설교가 귀에 전혀 들리지 않은 것은 당연한 일이었다.

그날 오후, 과연 민채와 내 친구, 서평이 특별면회 자격으로 날 찾았다.

소 내의 일반 면회실 옆에 아담한 정원이 있는 특별 면회실이었다. 군데군데 나 말고 몇 명의 범털이라 불리는 재소자들이 파라솔 아래에 앉아 담소를 나누고 있었다. 나는 그런 자들과 비교도 되지 않은 나를 위해 특별면회를 성사한 민채의 능력에 대해 다시 한번 놀랐다. 서평은 날 보자 눈물부터 흘렸다. 기쁨의 눈물인지 아니면 정말 감방 안에 갇힌 친구를 보자 너무 슬퍼서 흘리는 눈물인지는 모르겠지만, 나는 녀석이 너무 반가워서 어쩔 줄 몰랐다.

민채는 오늘따라 더욱 화장을 짙게 하고 나왔다. 노란 원피스에 망사 모자를 쓴 그녀의 모습은 마치 TV에서나 보던 연예인들 모습과 별반 진배없었다. 그녀가 파라솔 밑에 있던 아이스박스를 탁자 위에 올렸다. 놀랍게도 그 안에서 내가 가장 좋아하는 광어 회가 나왔다. 서평은 자신이 준비한 돼지껍데기를 내어놓았다. 나는 잠시 그들을 뒤로하고 우선 그것들을 게걸스럽게 먹어 치웠다. 소 내에 사식이 있다고 하지만 이렇게 싱싱한 회와 물컹하면서도 달콤한 돼지껍데기는 절대 살 수 없었다. 이 모습을 지켜보던 서평이 안타까운 듯 한마디 했다.

"소주가 없네. 쯧, 아까 뺏기지만 않았어도. 정말 미안하다. 대신 출소하면 내가 소주 한 상자 사줄게."

서평은 소주까지 준비했지만, 정문에서 물품검사 시 압수당한 모양이었다. 자식, 그렇다면 그런 건 속옷 사이나 민채 씨 가슴 속에 숨겨올 것이지. 나는 먹으면서도 녀석의 주도면밀하지 못한 성격에 짜증이 났다.

"지낼 만하냐? 배고프지는 않고?"

"야! 요새 감방에 배고프다는 말이 나오면 안 되지. 돈만 있어봐라. 초코파이, 통닭, 심지어 피자도 나온다니까."

"그래? 그럼, 나보다 더 잘 먹는단 말이야?"

서평의 말에 민채가 살짝 웃었다. 그녀의 웃는 모습을 보자 나는 오전에 품었던 그녀에 대한 불만이 눈 녹듯 사라졌다.

"이섭 씨? 내가 말한 그 남자 만났죠?"

그제야 나는 너무 먹는 것에 집중했던 자신이 부끄러웠다. 나는 얼른 그녀에게 손바닥을 펼쳐 '승인'이라는 글씨를 보여주었다. 그러자 그녀는 고개를 끄덕이며 날 대견스럽게 쳐다보았다.

"D-day가 이번 주 금요일이죠? 잘 좀 도와주세요. 그가 성공한다면 이섭 씨에게도 섭섭지 않은 추가 지급이 있을 거예요."

그녀의 말에 나는 귀가 번뜩 뜨였다. 역시 그녀는 내가 생각하던 좀팽이는 아닌 것 같았다.

"그런데 그 남자는 언제 섭외했습니까? 나보다 얼굴도 잘생기고 그 방면에서 아주 프로 같던데요."

"호호. 질투하시는 거예요?"

그녀는 목젖이 보일 만큼 웃었다. 서평은 무슨 말인 줄 몰라, 나와 그녀의 얼굴만 번갈아 보았다.

"불쌍한 사람이에요. 이섭 씨 같은 백수는 아니구요. 착한 아내와 예쁜 딸이 있어요. 그 사람은 이섭 씨보다 6개월 전에 이곳으로 들어왔어요. 출소일도 얼마 남지 않았답니다."

나는 그녀가 노골적으로 날 깎아내리고 그를 치켜세우자 입맛이 확 달아났다.

"어떻게 들어왔죠? 나처럼 편의점?"

"호호, 아니에요. 저 사람은 무전취식으로."

"그런데 왜 이런 일을?"

"아마 딸이 아픈가 봐요. 수술비가 필요하다 해서. 그건 그렇고 빨리 오늘 하실 말이나 하세요. 여기 친구분도 기다리잖아요."

그제야 나는 얼른 입을 닦고 내 계획을 설명했다. 서평은 진지하게 내 이야기를 들었고 민채는 가끔 하늘을 보는 등 딴짓을 하였으나 내 말 중에 중요한 부분은 귀담아듣는 것 같았다. 말이 끝나자 질문이 이어졌다. 먼저 서평이었다.

"그러니까 내가 할 일은 최소 10m 정도의 매듭이 있는 로프를 사서, 교도소 외벽 색깔과 똑같이 염색한 뒤, 그 줄을 D-day 날에 네가 일하는 공장의 뒤편 담으로 넘긴다는 말이지."

서평은 역시 고위공직자가 될 만큼 머리 회전이 빨라 금방 내 말을 이해했다.

"그렇지. 그곳으로만 넘기면 우리 공장 주벽 너머에 떨어져. 그러면 내가 주벽을 넘어 떨어진 줄을 타고 외벽을 기어오르면 돼. 그리고 줄 끝에 반드시 갈고리가 있어야 한다는 건 너도 알겠지. 내가 외벽을 타고 오른 다음, 갈고리를 외벽 꼭대기에 걸고 내려가야 하니까."

"그렇다면 네가 외벽을 넘어올 동안 나는 트럭에 줄을 고정하고 있다가, 네가 갈고리를 벽 정상에 거는 순간, 줄을 끊어야겠네. 그래야 네가 줄을 타고 내려오지."

"그렇지."

"그런데 정확한 시간 등은 어떻게 너와 연락해? 휴대전화도 없잖아. 또 교도소 외벽 어디쯤이 네 공장인 줄도 알아야 하는데."

"그건 내가 더 알아볼게. 추후 한 번 더 만나서 이야기하지."

그때 민채가 끼어들었다.

"그런데 평일에도 바깥쪽 담벼락 주위에는 교도관들이 순찰하지 않나요? 아까 오다 보니 담 위의 망루 네 곳에도 군인들이 지키고 있던데."

"그렇죠. 나도 다 생각한 일입니다. 그래서, 제가 D-day를 언제 잡는지가 매우 중요하다는 말입니다. 여기는 한 달에 한 번 축구 경기를 하는 날이 있어요. 그날은 교도관뿐만 아니라, 저 위의 망루 네 곳에 근무하는 경비교도대원들도 축구 보느라 정신이 없어요. 그 틈을 이용한단 말입니다."

내 말에 이번에는 서평이 말을 되받았다.

"문제는 내가 10m나 되는 로프를 어떻게 저리 높은 담으로 넘기느냐는 거지. 웬만한 투포환 선수도 힘든 일일걸?"

서평의 말에 민채도 고개를 끄덕였다. 하지만 나는 득의양양하게 그들을 보며 고수의 비법을 전하는 듯 목소리를 깔았다.

"물론이지. 사람의 힘으론 어림도 없지. 그래서 내가 생각한 게 뭐냐면, 서평이 너, 울산에서 고래잡이배가 고래를 잡을 때 어떤 방법을 쓰는지 알지?"

"작살?"

"그래, 그거야. 물론 우리는 그런 작살은 필요 없어. 교도소 담만 넘길 정도의 장비만 있으면 되니까 오늘이라도 공구상 골목에 가봐. 분명 우리 목적에 맞는 기계가 있을 거야."

"그럼, 최소 1톤 트럭을 준비해야겠네? 장비를 싣고 로프를 쏘아 올리려면 말이야. 그렇다면 굳이 사람들이 활보하는 낮에 할 필요가 있나? 이 근방은 시골이니까 바깥담 쪽에 비닐하우스도 많던데, 밤에 와서 쏘아 올리는 게 더 낫지 않을까?"

서평의 말에 이번에도 민채는 고개를 끄덕였다. 하지만 나는 버럭 하고 화를 냈다.

"무슨 소리! 그건 안돼. 이곳의 밤은 그야말로 적막강산이야. 조그만 소리도 야간에는 훨씬 잘 들린다고. 망루에 서 있는 군인들이 폼으로 있는 게 아니야. 게다가 그들은 서치라이트도 있어. 만약에 비닐하우스 쪽에서 1톤 트럭 시동 거는 소리가 나고 작살 쏘아 올리는 소리가 난다면 금방 그들은 알아차려. 그러면 바로 서치라이트가 비춘단 말이야. 차라리 낮이 나아. 여기서 얼마 떨어지지 않은 민가가 있어서 개 짖는 소리, 마을 방송하는 소리, 경운기 소리 등으로 작살을 쏜다면 그것 때문이라도 소리가 묻혀."

그제야 서평은 엄지손가락을 높이 들었다. 그 모습에 민채도 동의하는 듯 내게 먹다 남은 광어 회를 직접 양념장에 묻혀 젓가락으로 내 입에 넣어주었다. 그녀의 손에서 강한 향수 냄새가 났다. 나는 광어보다 솔직히 그녀의 야하고 예쁜 손을 먹고 싶었다.

민채와 서평이 돌아가고 난 뒤, 금요일은 금방 다가왔다. 그 새 나는 내 계획을 실행하기 위해 나름대로 계획을 세우고 작전을 짜는 등 작업장에, 혹은 방에 있을 때도 무척 바빴다. 하지만 오늘은 나의 동업자이면서 경쟁자의 D-day였다. 마음 같아선 교도관에게 일러바치고 싶었지만, 그의 뒤에는 예쁜 민채가 있었다. 여하간 나는 그녀의 심기를 불편하게 하거나 거슬리게 하는 일은 피하고 싶었다.

아침나절 나는 바람을 쐰다는 핑계로 그가 일하는 피복공장 앞을 하릴없이 왔다 갔다 하며 그의 동태를 살피는 한편, 예정대로 심 과장이 트럭을 몰고 오면 어디에 주차할지, 그때 동업자이면서 경쟁자인 그가 어떻게 차량 밑으로 들어갈지, 수시로 확인했다. 그날따라 목공예공장의 근무 교도관은 어찌 된 셈인지, 땜방(대타)으로 들어온 김 교도관이었다. 원래 담당인 박 교도관이 부친상을 당해 그가 들어왔는데, 김 교도관은 우리 사이에서 아주 악질이라고 소문이 나 있었다. 과연 그는 내가 자주 밖으로 나가자 날 몇 번 제지했다. 그때마다 나는 아침에 먹은 게 체한 것 같다는 핑계로 순간을 모면했으나, 오늘 내가 실수라도 하는 날이면 만사가 물거품으로 돌아갈 상황이었다.

점심을 먹고 휴식을 취한 뒤, 오후 1시 30분경에 심 과장은 직원을 데리고 우리 공장으로 들어왔다. 얼핏 보니 트럭은 그때 그가 말한 대로 피복공장과 목공예공장 사이에 주차되어 있었다. 심 과장은 우리 반장과 몇 마디 말을 나누고선, 곧바로 공장 한쪽에 있는 납품 물량 쪽에 가서 직원과 함께 검수했다. 이어 그의 O.K 사인이 떨어지자 우리 공장 재소자들이 트럭으로 짐을 나르기 시작했다. 나는 일찌감치 아교 끓이는 화로 앞에서 앞을 주시하며 아교를 가득 부은 큰 통을 긴 막대기로 젓고 있었다.

작업이 거의 마무리되는 시간이었다. 나는 차량 쪽으로 계속 시선을 떼지 않고 있었는데, 그때 피복공장에서 그 동업자이자, 경쟁자가 나오면서 나와 눈이 마주쳤다. 나는 이때다 싶어, 화로에서 잘 타고 있는 나무 몇 개를 꺼내 한쪽 구석에 있는 목재와 톱밥을 모아둔 쪽에 던졌다. 처음에는 불이 잘 붙지 않고 연기만 나더니 톱밥 쪽으로 불이 붙자 상황은 걷잡을 수 없었다. 나는 모르는 척, 창고로 가서 아교 담을 통을 가지러 창고로 갔다.

"불이야!"

누군가 연기와 불을 발견하고 소리를 질렀다. 그러자 순식간에 공장 안은 고함과 연기로 아수라장이 되었다.

"빨리 비상벨 누르고 소화기, 그래 소화기 어디 있어! 빨리 불 꺼봐."

반장의 목소리가 창고까지 들렸다. 이어 김 교도관과 트럭에서 경비를 서던 경비교도대원 둘이 화재 현장 쪽으로 달려왔을 때, 나는 창고에서 나와 물통이 있는 쪽으로 달렸다. 그 순간, 그가 차량 밑으로 들어가는 것을 나는 확인했다. 누군가 잽싸게 소화기를 들어 불을 진압할 때, 나는 물통의 물을 그곳에 부었다. 이러기를 몇 차례, 불길은 비상벨을 듣고 달려온 다른 공장의 교도관과 경비교도대원이 오기도 전에 잡혔다. 그와 동시에 트럭은 정문 쪽으로 향하고 있었다. 아무것도 모르는 반장은 소화기를 든 재소자와 물통을 가지고 온 나를 칭찬하기 바빴다. 나는 일단, 상황이 끝났다고 생각되자 온몸에 힘이 빠지면서 자리에 털썩, 하고 주저앉고 말았다.

반장은 이번 화재 진압에 큰 공을 세운 소화기를 사용한 재소자와 나를 교도소장에게 말해 상을 받게 해준다고 큰소리쳤다. 소 내에서 재소자가 상을 받는다는 것은 일반 직장이나 공무원처럼 상장이나, 부상을 주는 게 아니라 행형성적을 좋게 주어 복역 일수를 줄이는 거였다. 따라서 여느 재소자들은 입에 침을 흘리겠지만, 글쎄, 나야 뭐, 어차피 조기 출소할 거라 별 감흥이 없었다. 그런데 그때 내게 일침을 가하는 자가 있었으니 그는 바로 나보다 한 살 많은 4321번이었다. 그는 입방하자마자, 내게 다가왔다.

"네가 불 질렀잖아. 난 다 봤거든."

"네?"

"시치미 떼지 마. 선수끼리 왜 그래? 금방 네 손으로 불 끌 거면서 왜 그랬지? 그냥 스트레스 해소 차원인가?"

나는 이 거머리 같은 나보다 한 살 많은 4321번에 사실대로 말할 수 없어 그냥 둘러대기로 했다.

"봤으면, 거짓말하지 않겠습니다. 단 비밀로 해주십시오. 은혜는 갚겠습니다. 이유는 아까 형님이 말씀하신 대로 여기 있으니 너무 갑갑해서 장난 좀 쳤습니다."

"그래? 그런 게 아닌 것 같은데? 어쨌든 비밀을 지키면 보상을 한단 말이지. 뭘 해줄 건데?"

"뭘 바라십니까?"

"아하, 나와 거래하자 이거지. 난 별 건 없어. 동생도 알다시피 나는 밖에 가족도 친지도 없는 천아 고아지. 하다못해 영치금 넣어줄 조직도 없단 말이야. 요새 내가 뭘 잘 먹지 못해. 그래서 말인데. 난 사식 먹을 돈만 있으면 된다 이거야."

나는 놀란 가슴을 쓸어내렸다. 그 정도면 충분히 내가 해결할 수 있었다. 어차피 제 놈과 볼 일도 얼마 남지 않았고 어쩌면 이 친구도 내 계획에 도움이 될 것 같았다.

"좋습니다. 콜! 사흘에 한 번씩 제가 모시겠습니다."

"좋아. 동생은 역시 착한 재소자야."

한마디로 충격이었다.

그가 교도소를 탈출한 그다음 날 아침에 밥을 먹고 작업장에 가보니, 옆 피복공장 반장이 우리 반장과 심각한 이야기를 나누고 있었다. 한눈에 봐도 보통 사안이 아니라 판단한 나는 괜스레 그들의 주변에 있는 목재를 가지러 가는 척하며 그들의 이야기를 들었다.

"이러다가 반장 자리 날아가는 게 아닌가, 모르겠어."

피복 반장이 인상을 구기며 말하는 것을 듣고 나는 귀를 쫑긋 세웠다.

"아니, 그 새끼는! 출소도 얼마 안 남았다며?"

"그러니 내가 미치고 환장할 노릇이지."

이쯤 듣자 나는 직감적으로 어제 그의 탈옥에 문제가 생겼음을 알아차렸다. 나는 짐짓 아무것도 모르는 척 목재를 들고 내 자리에 와서는, 곧바로 피복공장으로 넘어갔다. 소지(공장 내에서 청소 및 간단한 잡무를 하는 재소자)와 그전부터 조금 아는 사이라 그에게 정보를 얻고 싶었다. 소지를 만나보니 내 예상은 맞았다. 어제 나의 도움으로 심 과장의 트럭 밑바닥에 붙어 가던 그는 정문에서 예상외로 반출증과 물건을 검사하는 과정이 길어지자, 그만 힘에 부쳐 바닥으로 떨어진 모양이었다.

"탈옥한 사람은 어찌 되었습니까?"

"그때부터 보안과 사무실에서 어젯밤까지 조사받다 오늘 아침에 독방에 간 모양이오. 어쨌든 우리 공장은 반장부터 우리까지 전부 엿 됐소. 오후부터 자체조사팀에서 조사를 나온다나, 어쩌나. 미친놈! 출소일도 얼마 안 남은 놈이 뭣 하러 탈옥을 시도했는지 몰라."

소지는 바닥에 침을 뱉더니 인사도 없이 공장 안으로 들어갔다. 나는 머리가 멍해진 상태로 공장 안으로 들어왔으나 도무지 일이 손에 잡히지 않았다. 만약 그가 조사과정에서 탈옥의 조력자로 심 과장과 내 이름을 댔다면 정말 큰 일이었다. 아, 생각만 해도 머리가 지끈했다. 민채가 이 사실을 알면 또 얼마나 실망할까, 생각하니 더욱 머리가 아팠다.

과연 오후가 되니 조사팀이 피복공장에 닥쳤다. 조사팀은 피복공장의 반장을 비롯한 여러 재소자를 조사하고 그 공장과 목공예공장 사이의 공간, 즉 어제 차량이 주차된 곳을 둘러보더니 사진을 찍었다. 우리 반장은 불똥이 우리에게 튈까 싶어 안절부절못했는데 그의 직감은 맞았다. 조사팀이 우리 공장에 나타난 것이다. 조사팀은 어제 화재 현장이 어디고, 어떻게 해서 불이 났는지 반장을 다그쳤다. 반장은 설명한다고 했으나 그의 답변이 조사팀의 입맛에 맞지 않았는지 그들에게 몇 번이나 질책받았다. 나는 행여 그들과 눈이 마주칠까 봐, 일부러 사포 미는 작업에 매달렸다. 마침내 그들이 돌아가자 나는 안도의 한숨을 쉬었는데, 나중에 보니 그것도 아니었다. 작업이 거의 끝나갈 때였다. 보안과 차석 교도관과 경비교도대원 한 명이 목공예공장에 나타나 내 번호를 불렀다.

"2154번! 호출."

보안과 지하 조사실이었다. 한 번도 오지 않았지만, 나는 이곳에 대해 들은 바가 있어 들어서자마자 오금이 저렸다. 이곳은 서울, 남영동만큼은 아니지만, 그런대로 무시무시한 곳이었다. 같은 방에 있는 4321번이 한 말이 생각났다. 예전 자신이 작업장 주위에서 담배를 피우다가 그날따라 아주 악질인 교도관에게 걸려 지하실로 끌려갔다고 했다. 그는 도착하자마자 얼굴에 복면이 쓰이면서, 여러 명의 직원으로부터 무차별 구타를 당했다고 했다. 아픈 건 둘째치고라도 그는 아무것도 보이지 않는 캄캄한 곳에서 이러다 죽을 수도 있다는 공포감이 가장 두려웠다고 했다.

조사실에 들어서니 놀랍게도 독방에 있다는 그 남자와 심 과장이 앉아 있었다. 남자는 조사 과정에서 얼마나 맞았는지 얼굴이 심하게 부어 있었다. 나와 눈이 마주치자 그는 고개를 돌렸다. 그들 앞에 마주 보며 앉은 나는 이제 어떻게 할까, 하고 계속 머리만 굴리고 있었다. 잠시 후 아주 까다롭게 생긴 사복 차림의 교도관이 손가락으로 그 남자를 지목했다.

"어이, 탈옥수! 이 친구 알지?"

이 친구는 바로 나였다. 나는 가슴이 조마조마했다. 얼굴은 물론 눈 주위까지 심하게 부은 남자는 교도관의 말에 한참이나 뜸을 들였다.

"모릅니다."

남자는 고맙게도 날 모른다고 했다. 조금 안심은 되었으나, 아직 결과를 알 수는 없었다. 그러자 교도관은 이번에 심 과장에게 물었다.

"심 과장! 자넨 어때?"

심 과장은 날 유심히 쳐다보았다. 나와 그는 공장에서 자주 봤으니 안다고 말할 거라 예상했다.

"알기는 압니다."

그러자 교도관은 씩, 하고 웃었다.

"같이 공모했지?"

교도관의 질문에 심 과장은 한동안 말을 하지 않았다. 나는 심 과장이 왜 빨리 아니라고 말을 안 하는지 속이 타들어 갔다. 교도관이 이번에 나에게 물었다.

"2154번! 자네는 이 두 사람 알지?"

"저 남자는 잘 모르겠고 심 과장은 우리 공장에 자주 들어와서 얼굴은 압니다."

그러자 교도관은 탁자를 세차게 쳤다.

"뭘 몰라? 이 새끼야. 어제 저 새끼가 탈옥하기 직전에 네 공장에서 불이 났어. 그게 과연 우연일까? 넌 저 친구 잘 알잖아. 얼마 전 축구 경기 때나 어제 아침 피복공장에서 둘이 이야기하는 것 본 사람도 있어."

나는 머리가 터질 것 같았고 심장이 벌렁거려 아무 말도 할 수 없었지만, 이 순간만큼은 계속 부인해야 한다는 생각이 들었다.

"아닙니다. 저는 그런 적 없습니다."

"뭐야? 이 새끼가 내 앞에서 거짓말을 해!"

교도관은 갑자기 탁자 위에 있는 벨을 눌렀다. 그러자 건장한 교도관 두어 명과 경비교도대원 두 명이 들어왔다.

"이 새끼 지하실로 데려가서 적당히 손 좀 봐. 이 자식은 '서울의 봄'이라는 영화도 안 봤나? 여기가 어디라도 까불고 있어."

난 그들에게 끌려 나와 옆에 있는 지하실로 갔다. 나올 때 얼핏 보니까, 그 남자도 무척 당황한 것 같았다. 그들은 그때 4321번처럼 내게 복면을 씌었다. 그때까지만 해도 나는 설마 그들이 내게 무차별 폭행을 하리라고 생각하지 못하였다. 왜냐하면, 요즘은 시대가 시대인 만큼 가혹 행위는 불법이고 이런 사실을 내가 밖에 나가서 까발리면 그들도 무사하지 못하리라는 생각이었다. 그리고 사실, 아까 그 교도관이 말한 영화 '서울의 봄'은 나도 본 영화였다. 그런데 그건 말 그대로 인권과 민주주의가 말살된 독재정권 시절이었고 지금은 민주정권이 들어선 시대이었다.

그러나 그건 나만의 착각이었다. 갑자기 어디선가 발길질이 시작되면서 몽둥이가 날아들었다. 이런! 나는 그야말로 개 맞듯이 맞고 있었다. 아! 나는 내가 태어나서 이렇게 맞는 건 솔직히 처음이었다. 아, 아니지. 그때 바람피우다 현장에서 아내와 처남에게 걸려 몰매 맞은 적은 한 번 있었다. 나는 이대로 맞다가는 뼈도 못 추린다는 생각이 퍼뜩 들었다. 이제, 민채고 나발이고 내가 먼저 살아야겠다고 생각한 나는 벌떡 일어났다.

"씨발! 그만!"

하지만 그들은 내가 욕했다고 다시 한번 더 날 무자비하게 때렸다. 나는 완전히 녹초가 되어 그 자리에 뻗었다. 그런데 일 분도 못 되어 내 몸이 시원해지면서 나는 눈이 번뜩 뜨였다. 나는 이것들이 이제 물고문까지 한다, 하고 생각이 들자, 진짜 온몸에 소름이 돋았다.

"말하것습니다요. 선상님!"

나는 얼마나 정신이 없었든지, 이혼한 아내의 고향 말씨가 그대로 튀어나왔다.

"진작에 그럴 것이지. 그런데 이 친구 참 잘 맞네. 끄떡없어."

칭찬인지 욕인지 모를 말을 교도관이 뱉었다. 난 속으로 욕지기가 튀어나왔지만, 지금은 오로지 인내가 최선이었다. 다시 아까 그 자리로 돌아오자, 날 본 남자는 내가 측은했는지 인상을 구겼다. 심 과장도 놀라 자세를 고쳤다.

"다시 한번 묻는다. 2154번! 저 친구 알아?"

"넷! 잘 압니다."

"어떻게 알지?"

나는 사실 일부러 지하실에서 실토하지 않고 이 자리, 그 남자가 있는 곳에 일부러 왔다. 그건 우리 둘은 사전에 입을 맞추지 않았으므로 그가 있는 곳에서 말을 하는 게 훨씬 나을 것 같아서였다. 왜냐하면, 우리는 의뢰자인 민채를 보호해야 하기 때문이었다.

"옆 공장이라 안면이 있었는데, 그날 축구 경기 때 제게 부탁했습니다."

"부탁이라면?"

"자신이 이곳을 나가려는데 나더러 그 시간에 목공예공장에 불을 지르라고 했습니다."

"대가는?"

"넷, 담배 2갑입니다."

그러자 교도관을 비롯한 아까 날 무자비하게 구타했던 그놈들이 다 함께 웃었다. 심지어 앞에 앉아 있던 심 과장도 웃었다. 단지 남자만 내 의도를 알았는지 의미심장한 표정을 지었다.

"담배 2갑? 이거 바보 아냐? 탈출을 도와주는데 겨우 담배 2갑이라니."

"심 과장도 알고 있었나?"

"네, 알고 있었습니다."

"알았어. 담배 2갑 받더라도 어쨌든 공범은 공범이네. 아니, 가소로운 조력자라고나 할까?"

그때였다. 갑자기 문이 열리면서 정말 영화배우 최민수처럼 잘생긴 정복 차림의 교도관이 나타났다.

"어떻게 됐나? 보안과장."

그러자 나와 내 앞의 남자를 제외한 모든 이가 벌떡 일어나 그에게 거수경례했다.

"갱생(更生)!"

날 심문하던 자는 소장 아래에 있는 보안과장이었다.

"네, 모두 시인하였습니다. 이 사건은 주범인 피복공장의 1234번이 심 과장 및 여기 있는 2154번과 공모하여 탈옥을 계획하다 실패하였습니다."

"어떻게 처리할 건가? 내가 보아하니 굳이 법무부 교정국에 보고할 사항은 아닐 것 같은데."

"네, 주범인 1234번은 독방 3개월. 그렇게 되면 출소도 3개월 늦어집니다. 여기 있는 심 과장은 그동안 우리 소에 쌓은 공적이 있으니 한 달간 출입 금지, 그리고 여기 공범인 2154번은 독방 15일로 처리하겠습니다."

보안과장은 진짜 브리핑 실력이 좋았다. 막힘없이 줄줄 나오는 언변에 모두 깜짝 놀랐다. 교도소장은 잠시 고민하더니, 짧게 말했다.

"그렇게 하시오."

그제야 나와 그 남자는 가슴을 쓸어내렸다. 남자는 나의 재치에 아마 무척 놀란 모양이었다. 그들이 눈치채지 않게 남자는 내게 엄지손가락을 들어 보였다. 소장이 떠나자 남자와 나 그리고 심 과장은 진술서를 작성하기 위해 이번에는 보안과 사무실로 올라갔다. 예전 처음 입소하던 날, 이곳에서 피복을 받고 가지고 있던 소지품을 반납한 곳이라 나는 감회가 깊었다. 보안과 서무가 준 종이에 진술서를 쓰는데 왠지 눈물이 났다. 갑자기 서평이도 보고 싶었고 민채가 생각났다.

진술서 작성이 끝나자 심 과장은 자기 직장으로 돌아갔다. 떠나는 그를 보며 남아 있는 우리는 그가 무척 부러웠다. 이놈의 돈 때문에 남자와 나는 차가운 독방으로 간다 생각하니 서글퍼졌다. 남자는 나와 헤어지기 전에 내 손을 꼭 잡았다. 나는 탈옥에 실패한 그가 꼴도 보기 싫어 그의 손을 뿌리쳤다. 같은 사동으로 걸어오다 그는 왼쪽 복도로 나는 오른쪽 복도로 갈라섰다. 그가 주춤거리자 그를 데려가던 교도관이 그의 머리를 한 차례 때렸다. 나는 때리는 저 손이 내 손이면 좋겠다고 생각했다.

Monologue 3
나비처럼 날아서 벌처럼 넘다

3동 하의 독방은 소 내에서 죄질로 따질 때, 중한 것도 가벼운 것도 아닌 중간 단계의 죄를 지은 자들이 가는 곳이었다. 나처럼 담배 2갑 때문에 탈옥을 도왔다는 죄부터, 운동 시간에 자신이 있는 곳으로부터 남의 구역에 넘어갔다든지, 아니면 재소자들끼리 싸움을 벌였다, 하면 어김없이 짧게는 일주일부터 길게는 한 달 정도 머무는 곳이었다. 이곳은 누구든지 들어오기만 하면, 작업과 운동 그리고 교회 가는 일 등이 제한되었다. 그래서 재소자들 간에 이곳은 따분한 감방 생활에 일종의 휴가지라고 소문이 나 있었다.

하지만 내가 보기엔 소문처럼 이곳은 결코 휴가지가 아니었다. 방은 나 혼자 누우면 손바닥 한 뼘의 공간이 남았고, 화장실은 칸막이도 설치되어 있지 않아 온종일 지린내와 청국장 삭는 냄새가 진동했다. 무엇보다 괴로운 일은 온종일 좁은 방에 나 혼자 있다는 사실이었다. 말하고 듣는 사람이 없다는 게 이렇게 괴로운 줄은 이곳에 와서야 나는 깨달았다. 그리 생각하니 밖의 원룸에서 살 때, 만나기만 하면 자질구레한 간섭부터 나를 좋아한다는 쓸데없는 소리를 늘어놓던 건물주의 딸, 지희가 한없이 그리웠다. 과연 그녀는 나 없는 세상에서 어떻게 살고 있을까, 하고 생각하니 마음이 스산했다. 그리고 유일한 내 친구 서평. 돼지껍데기 한 접시와 소주만 있으면 우주의 이치부터 여자의 속내까지 박학다식하게 쏟아내는 그의 이야기를 듣고 있자면, 나는 잠시나마 비루한 내 처지를 잊을 수 있었다.

그런 생각으로 첫 독방의 밤을 보낼 때였다. 아마 밤 10시가 거의 다 되어갈 시간이었다. 문 입구 쪽에 머리를 두고 누워있는데 저벅저벅, 하며 누군가 내방을 향해 걸어오는 발소리가 들렸다. 그래도 나는 설마, 이 시간에 내 방에 볼일이 있을 이유가 없지, 하고 벽 쪽으로 고개를 돌리는데, 배식구로 무언가 쑥, 하고 들어오는 소리가 났다. 그건 까만 봉지였다. 깜짝 놀란 나는 얼른 일어나 쇠창살 문으로 비껴보니, 교도관이 뒷짐을 지고 걸어가고 있었다. 이상한 일이었다. 일반적으로 교도관이 재소자에게 볼일이 있으면 문을 두드리거나 열어서 용건을 말하는 게 일반적이었다. 그런데 저 교도관은 왜 배식구로 이런 것을 넣어주고 말없이 가는지 이해가 되지 않았다. 나는 그가 넣어준 까만 봉지를 풀어보았다. 그런데 정말 놀랄 일이었다. 봉지 안에는 잘 구운 오징어 한 마리가 바다 냄새를 풍기며 당당하게 누워있었고 위에 쪽지가 하나 놓여있었다. 나는 급한 마음에 쪽지를 폈다.

'축! 입방. 소문 들었어. 역시 자넨 착한 재소자야. 이것 먹고 힘내. 이섭이 자네가 나오는 날에 내가 방에 있을 거야. 오징어 갖다준 교도관은 내가 잘 아는 사람이니, 내일 살짝 인사나 하게. 소문내지 말고. 방장으로부터.'

나는 쪽지를 읽고 나자 그만 눈물이 주르르 흘렀다. 이런 각박한 감방 안에서 날 이토록 챙겨주는 사람이 있었다. 역시 세상은 아직 따뜻하다고 느끼자 더욱 감격의 눈물이 쏟아졌다. 독방에서 10시면 취침 시간이었지만 나는 자기는커녕, 밤새도록 오징어 다리를 씹으면서 '인간과 사랑이란 무엇인가'에 대해 생각했다. 그러다 보니 자연스럽게 이혼한 전처가 생각나면서 그녀와 있었던 일들이 파노라마처럼 지나갔다.

수능을 보고 난 뒤, 나는 누가 묻기도 전에 내가 진학할 대학을 미리, 내 마음대로 정했다. 그곳은 내가 사는 곳과는 아주 멀리 떨어진, 약학대학이 있는 호남의 모 대학이었다. 그 대학에 원서를 쓸 때 부모님, 친구 심지어 담임 선생님도 날 의아하게 생각했다. 나 정도의 성적이면 일류대학은 아니지만, 내가 사는 도시의 4년제 대학에 충분히 갈 수 있는데, 왜 서울도 아니고 아무 연고도 없는 그런 시골로 가는지 모두 이해하지 못했다. 그런데 단 한 명은 나의 의도를 알아차렸다. 그가 내 유일한 친구인 서평이었다. 서평은 내가 그 학교에 가고 싶다고 이야기를 꺼내자마자, 날 꼭 껴안아 주었다.

"잘 생각했어. 역시 넌 선수야."

나는 녀석에게 가고 싶은 학교 외에는 아무 말도 하지 않았는데 이미 자신은 알고 있다는 듯 날 위로해주는 게 친구로서 고마웠지만, 한편으론 내 마음을 들킨 것 같아 내심 불쾌했다.

"왜 그러는지 넌 알고 있어?"

"그럼! 우린 초등학교, 중학교 그리고 고등학교 때까지 친구잖아. 어찌 단짝인 내가 너의 그 비상한 계획을 모른단 말이오?"

녀석은 나의 계획을 완전히 아는 것 같았다.

"뭔데? 내 계획이 뭔데?"

그러자 녀석은 날 아래, 위로 훑어보더니 갑자기 내 다리 중 가운데에 있는 주요 부위를 잡았다. 깜짝 놀란 내가 악, 하며 뒤로 물러서자 서평은 씩, 웃었다.

"그 학교는 다른 과는 별 볼 일 없고 약학과가 있잖아. 아, 물론 네 수능 실력으론 어림도 없지. 대신, 약대 여학생을 잘만 잡으면 아까 내가 잡은 부위로 넌 입신양명이 가능할 거야. 넌 지금 '셔터맨'을 꿈꾸고 있는 게 틀림없어."

나는 그날 그의 예리한 분석과 판단에 그만 손 들고 말았다.

그의 말은 백 프로 맞았다. 나는 중학교 때부터 약대를 나온 약사에 관심이 많았다. 아! 오해는 마시라. 나는 그녀들의 약에 대한 지식과 머리 좋음을 말하는 게 아니라, 그들이 벌어들이는 돈이 웬만한 남자를 능가하는 것을 말하고 싶다. 내가 살던 아파트 옆집만 해도 그랬다. 그 집 아주머니가 약국을 운영하고 있었다. 따라서 그의 남편은 내가 선망하던 셔터맨이었다. 어린 내가 봐도 아주머니는 온종일 약국에서 손님을 맞이하느라 얼굴이 퍼석퍼석한데 남편이란 작자는 아침, 저녁에 셔터만 내려주는 단순 업무를 하면서도 얼굴에 기름기가 좔좔 흘렀다.

반면, 우리 집의 상황은 반대였다. 아버지는 소위 말하는 서울의 일류대학을 나와 대기업에 근무하고 있었다. 자금 부장이었던 아버지는 퇴근 후에도 그놈의 회사 경리 장부를 정리하느라 눈코 뜰 새가 없었지만, 남편의 고액 연봉으로 편히 놀고먹는 우리 어머니는 늘 얼굴에 기름기가 좔좔 흘렀다. 물론 그렇다고 어머니가 아버지와 우리 형제에게 밥도 차려주지 않고 밖에 나가 노름이나 하는 유한부인이라는 말은 아니다. 그녀도 나름대로 가정에 충실한 여자이다. 어쨌든 나는 우리 집의 남자와 아랫집의 남자가 살아가는 방식이 왜 이리 차이가 나는지, 상관관계를 알기 위해 부단히 노력했다. 간단했다. 아버지는 높은 학력과 돈 버는 능력은 대단하지만, 전체적으로 작고 왜소했고 어머니는 고졸이었지만, 상대적으로 키가 크고 예쁜 편이다. 아랫집 아저씨는 전문대학을 졸업했지만 잘 생기고 아랫도리도 튼튼해 보였으며 아주머니는 솔직히 못생긴 편이다. 그러니 잘생기고 신장마저 큰 내가 누구를 '롤 - 모델'로 삼아야겠는가.

나는 호남의 그 대학에 가자마자 중고차를 하나 뽑았다.

물론 그 차는 작전 수행에 꽤 큰 역할을 했다. 집에서 부쳐주는 생활비는 넉넉했고, 공부엔 별 관심이 없던 나는 일학년 때부터 닥치는 대로 여자들을 섭렵했다. 그 사이 약대에 다니는 참한 여학생을 목표로 정했다. 여학생 대다수가 인근 시골 출신이어서 나같이 허우대 멀쩡하고 차 있는 남자라면 어떤 경우라도 넘어왔다. 그러나 나는 맹세코 가벼운 연애를 했을 뿐, 그녀들과 잠자리는 가지지 않았다. 물론, 정말 예쁘고 섹시한 여자는 제외하고. 그 부분에 대해 여름방학 때 고향으로 와서 서평과 만났을 때, 그가 왜 그랬냐고 물은 적이 있었다.

"이유는 말이야. 너도 알다시피, 내 목표는 무조건 졸업할 때까지 약학과 여학생 한 명 무는 것이잖아."

"그것하고 네가 연애하는 애들하고 자지 않는 것과 무슨 상관이 있어?"

나는 그때 서평의 머리를 한 대 때리고 싶었다.

"그곳은 시골이야. 나처럼 외지에서 유학하러 온 학생을 제외하곤, 따지고 들면 모두 친구의 친구고, 친척의 친척들이야. 소문이 겁나잖아."

"그러니까, 이섭이 넌 여자들과 연애만 할 뿐, 그녀들의 육체는 결코, 탐하지 않는 로맨틱한 남자로서의 상품 가치를 높이는구나."

"빙고."

나름대로 원칙을 지키자, 학교에서 나에 대한 소문이 자자했다. 어떤 여학생은 내가 자기가 만난 일생, 일대의 첫 '터프가이', 또 어떤 여학생은 나더러 순결을 지켜줄 줄 아는 이 시대 최고의 매너남이라고 했다. 나는 얼른 이 소문이 약학과의 그녀에게 전해지길 손꼽아 기다렸다.

과연 그날이 왔다. 가을, 학교 축제 때였다. 우리 과에서 주점을 운영하게 되어 마침, 잘생긴 내가 지배인으로 일하게 되었다. 그때가 해가 뉘엿뉘엿 지는 시간대였다. 멀리 그녀가 친구와 함께 우리 주점으로 오는 것을 보았다. 빨간 원피스를 입고 머리에 하얀 띠를 한 그녀는 이런 시골 대학에서 단연코 돋보였다. 나는 그녀가 자리에 앉자마자, 주문받으러 갔다. 그런데 문제는 그녀가 아니라, 그녀와 함께 온 친구였다. 여드름이 얼굴에 보송보송하게 박힌 친구는 날 보자마자, 어찌할 줄 몰라 난리를 피웠다.

"어머, 어머 어째? 경영학과 매너남 아니에요?"

친구의 난리에 그녀는 친구에게 왜 그러냐는 듯 어깨를 툭, 치더니 내 얼굴을 한번 쳐다보았다.

"애는 이분을 몰라? 우리 학교 최고의 매력남이잖아. 운동이면 운동, 매너면 매너, 게다가 노래도 잘한대. 반가워요. 매력남 씨."

친구는 처음 보는 내게 윙크를 날리면서 난리가 아니었다. 그런데 내가 찍은 그녀는 내게 별반 관심이 없는지, 메뉴판에만 시선을 줬다. 나는 이날 이때까지 그녀만을 위해 별 쇼맨십을 다 부렸건만 정작 그녀는 날 처음 본 것 같았다. 게다가 주문한 도토리묵과 파전이 싱겁다느니, 짜다는 둥, 심심하면 지배인인 날 불러 핀잔을 주었다. 그런 그녀였기에 아무래도 나로선 특별한 조치가 필요했다. 나는 계속 그녀를 예의 주시하며 기회를 엿보았는데, 별로 들어갈 만한 상황이 되지 않았다.

결국, 그녀와 친구는 음식을 남긴 채, 자리에서 일어섰다. 안녕히 가시라, 는 내 인사에 친구는 손을 흔들며 좋아했지만, 그녀는 별 반응이 없었다. 그런데 그녀가 떠난 자리에 책 한 권이 놓여있었다. 표지에 어떤 시인 이름이 있었는데, 나는 누구인지 몰랐다. 그녀가 깜빡 잊고 간 모양이었다. 그제야 나는 회심의 미소를 지었다. 나는 얼른 지배인 옷을 벗고 내 스타일의 옷으로 갈아입었다. 저만치 그녀와 친구가 가고 있었다. 친구는 기숙사로 들어가고 그녀는 학교 앞 번화가를 걸었다. 짐작에 아마 이 근처에 그녀의 원룸이 있는 것 같았다.

그녀를 불러 세운 건 그녀가 자신의 원룸이 있는 건물에 들어서려는 순간이었다. 나는 그동안 뒤에서 작전상, 제자리 뛰기를 하여 이마에 땀이 나 있었다.

"저기요!"

그러자 그녀가 뒤돌아봤다. 나는 헐레벌떡 뛰어온 것처럼 가쁜 숨을 쉬는 척했다.

"왜요?"

"이거, 시집요."

그러자 그녀는 무척 놀란 표정을 지었다.

"이걸 제가 두고 갔나요?"

"네, 혹시나 못 만날까 싶어 이렇게 뛰어왔답니다. 이 시인을 좋아하나 봐요."

그녀는 더욱 놀란 표정을 지었다.

"아세요? 이분?"

"그럼요. 일찍이 실천문학을 통해 등단하셨고 작년에 김소월 문학상을 받았잖아요. 대표적인 시가 '나, 이대로 가면'이잖아요. 한번 외어 볼까요? 나, 이대로 가면 죽을 수 있어. 그대가 오지 말라면 난 이대로."

그러자 그녀는 완전히 넋이 나갈 정도로 날 뚫어지게 봤다. 사실, 오는 동안 책 머리에 시인의 경력과 모두의 시를 읽어봤기에 가능한 일이었다.

"세상에!"

그날 밤 나는 내 원칙을 스스로 깨뜨렸다. 나는 그녀와 모텔에서 충분히 잤다. 목표물을 잡았으니 원칙을 깨트리는 건 당연한 일이었다. 그런데 이건 후에 알았지만, 그날 아내는 날 잘 알고 있었고, 그 시집은 일부러 놓고 갔다고 했다. 이런! 이럴 수가.

나는 졸업한 후 동갑내기인 그녀를 데리고 내 고향으로 내려와 결혼했다. 그녀는 신혼 방 근처 동네에서 약국을 열었고 나는 아버지의 도움으로 군에 가는 대신, 사회복무요원으로 인근 구청에서 근무했다.

복무요원을 끝내자마자, 나는 본격적으로 그녀의 약국에서 셔터맨으로 뛰었다. 아내는 수완이 좋은지 정말 하루 매출이 좋았다. 나는 아침, 저녁으로 셔터만 내려주고 일반 직장인의 두 배가 넘는 월급을 받았다. 물론 바쁠 때는 낮에도 일할 때가 있었다. 나머지 시간은 체력 관리를 위해 골프, 수영, 승마 등 닥치는 대로 운동했다. 돈이 지갑에 두둑하고 시간이 남아돌자 나는 예전의 버릇이 나왔다. 약국에 아르바이트하던 여자, 골프장 캐디, 수영 여강사 등 걸리는 대로 그녀들과 바람을 피웠다. 내 인생 최고의 날들이었다.

그러나 좋은 시절은 메뚜기 한철이었다. 나름대로 걸리지 않을 만큼 조심한다 했으나, 아내의 촉은 매우 뛰어났다. 그날, 아침 일찍 약국 셔터를 올리고 실내골프장에서 몸을 푼 후, 나는 미리 약속한 수영 여강사와 시내의 한 모텔에 있었다. 질펀한 정사를 끝내고 샤워하고 있을 때, 밖에서 여강사의 비명이 들렸다. 나는 아랫도리에 수건만 걸친 채 바닥에 여강사와 함께 무릎을 꿇었다.

아내와 처남이었다. 현직 검도 선수였던 처남은 모텔방에 있던 대걸레로 날 무자비하게 폭행했다. 한바탕 소란이 끝나자, 아내는 그동안 내가 바람피우던 장면이 담은 사진첩을 바닥에 널브러져 있는 내게 던졌다. 그 와중에 나는 무슨 이런 사진을 책자로 만드는지 속으로 웃음이 나왔다. 그러든지 말든지, 마지막으로 아내가 짧게 말했다.

"끝!"

독방 15일이 마침내 끝이 났다.

보안과 사무실로 가서 반성문 한 장을 쓰고서야 나는 방장과 4321번 등 동지들이 기다리는 방으로 갈 수 있었다. 일요일이라 작업이 없는 날이었다. 방장과 같은 방 식구들은 격렬하게 나를 환영했다. 단지 4321번은 그때 약속한 사식 넣어주는 게 15일이나 지체되어 화가 났는지 나를 봐도 시큰둥했다. 나는 방장에게 독방에 오징어를 넣어준 것에 대해 깍듯이 인사하고 4321번을 위해 소지를 불러, 오늘 밤에 먹을 간식을 통 크게 주문했다.

반반 치킨, 햄버거, 오징어, 롯데 와플, 콜라, 초코파이 등 소지가 배달한 간식은 차고 넘쳤다. 그제야 4321번의 화색이 돌았고 방장을 비롯한 방 식구들은 모처럼 포식하며 즐거워했다. 그 모습을 바라보며 나는 오랜만에 사람의 온기를 느끼며 충분히 잘 수 있었다.

다음날, 예상한 대로 오전에 민채가 면회를 왔다. 내가 말하지 않아도 그녀는 다 알고 있는 것 같았다. 뒤에서 담당 교도관이 기록하므로 구체적이고 세밀한 부분까지 말하지 못하는 점이 아쉬웠지만, 나는 그녀를 보는 것만으로 기쁘고 행복했다.

"독방은 있을 만했어요?"

"그럼요. 밖에 있을 때도 원룸, 독방에 있었는데요."

이런 상황에서도 내가 농담하자 그녀는 눈을 흘기면서도 한편으론 살포시 웃었다. 나는 그녀의 웃는 모습이 너무 예쁘다고 생각했다.

"날짜를 좀 연기할까 봐요."

정색한 그녀의 말은 엄중했다. 날짜란 아마 내가 계획한 D-day를 말하는 것 같았다. 나는 고개를 저었다.

"그럴 필요 없어요. 서평이만 준비되면 됩니다. 그 녀석, 지금 어떻게 되었는지 잘하고 있는지 모르겠네요."

"아! 친구분은 준비되었다 합니다."

그녀가 자신 있게 말했다. 그건 여기 오기 전에 서평과 사전에 만났거나 연락이 있다는 증거였다.

"잘되었네요. 그렇다면 그때 말한 날짜 그대로 하죠."

나는 말과는 별도로 손가락을 들어, 다음 달 축구 경기가 있는 날짜를 알려주었다. 민채는 고개를 끄덕였다.

"그 외 혹 필요한 건 없어요?"

"다른 건 없고, 서평이와 세세하게 연락해야 하는데."

"알았어요. 전날에 면회 가라 할게요."

그녀는 날 뚫어지게 바라보더니, 작심한 듯 입술을 한번 깨물고 내게 말했다.

"이제 당신뿐이에요."

나는 그녀의 말뜻이 무엇인지 정확히 알았고 결코 그녀를 실망하게 하지 않겠다고 스스로 약속했다. 면회가 끝나고 복도로 걸어갈 때 담당 교도관은 혼잣말로 정말 예뻐, 하며 계속 중얼거렸다.

나는 그때부터 매일 매일 팔 굽혀 펴기와 앉았다 일어서기를 하루 100번 이상하면서 체력을 키웠다. 지성이면 감천일까. 한날, 나는 4321번으로부터 중요한 정보 두 개를 우연히 들었다. 하나는 공장을 둘러싸고 있는 주벽 안에 소각장이 있다는 사실이었다. 그날, 작업장에서 4321번과 목재 운반 작업을 하고 있었는데 반장이 우리를 불렀다. 한 달에 한 번 있는 소각일이니 공장에 필요 없는 것들을 태우라는 지시를 내렸다.

나는 그때까지만 해도 소각장이 있는지 몰랐다. 어이없게도 소각장은 바로 우리 공장 뒤편에 있었다. 소각장으로 가는 출입문은 우리 공장과 피복 공장 사이에 있었다. 가끔 피복공장으로 가는 길에 나는 이 출입문을 보았으나, 이문이 소각장으로 가는 문인 줄은 정말 몰랐다. 평소에 늘 닫혀 있었지만, 그날은 문이 활짝 열려있었다. 그러지 않아도 나는 D-day 때 주벽을 어떻게 넘을까 고심하고 있었는데, 정말 행운이었다. 사실 이문을 알지 못했다면 나는 그날, 우리 공장의 창문을 깨고 주벽을 넘어갈 생각이었다. 나는 4321번에 은근슬쩍 물었다.

"여기 소각장이 있는 줄 몰랐네요. 출입문 열쇠는 어디 있습니까?"

그러자 그는 대수롭지 않게 말했다.

"열쇠는 각 공장에 하나씩 다 있지. 우리 공장은 반장 사무실 열쇠함 있잖아. 거기에 늘 보관해 있어. 한 달에 한 번밖에 쓰지 않는데 뭐."

소각장 안으로 들어가 보니, 정말 이곳에 잘 왔다 싶었다. 고철, 재활용품 등을 수거하는 장소에 비를 피할 목적으로 지붕이 있었다. 눈으로 어림잡아 지붕의 높이는 1m였다. 그렇다면 지붕을 이용하여 3m의 주벽을 넘는 것은 그리 어려운 일이 아니었다. 간단한 줄 하나만 있으면 될 것 같았다. 나는 순간, 서평에게 교도소 외벽에서 안쪽으로 던질 줄의 위치를 수정해야겠다고 생각했다. 그러기 위해선 아무래도 정확한 도면이 필요했다. 일반 면회 때 서평이 오더라도 말로써 설명은 불가능했다.

소각장에서 일을 보고 나올 때였다. 4321번이 내게 무슨 말은 하고 싶은데 자꾸 뜸 들이는 것 같았다. 나는 이게 사식에 관한 것이라 금방 눈치챘다.

"하고 싶은 말 있으면 말해봐요. 다 들어줄 테니까."

그러자 그는 얼굴에 화색이 돌았다.

"동생! 이것 참, 말하기 좀 그런데 말이야. 우리 사동 소지 알지?"

"그럼, 알죠. 성실하고 일 잘하고 있잖아요."

"그래, 그래. 그 친구가 다음 주 월요일 출소거든. 사실, 그 친구와 나는 입소 동기야. 나보다 어리지만, 그동안 내게 참 잘했단 말이야. 그래서 이번 주말에 우리 사동 관구실(사동의 교도관 집무실)에서 약소하나마 회식을 좀 하려고. 그런데 내가 영치금이 뭐 하나라도 있어야지. 어떻게 좀 안될까?"

나는 그의 이야기에 무릎을 쳤다. 그래, 이 친구 편으로 서평에게 도면을 전달하면 되었다.

"다음 주 월요일에 출소한다고요? 잘 되었네. 형님 부탁은 당연히 들어드려야죠. 그 대신 그 자리에 나도 끼워주면 안 될까요? 그동안 수고했는데 함께 축하를 해주려고요. 그래, 뭘 좀 준비할까요? 아니, 형님이 그냥 목록을 하나 만들어 주세요. 내가 알아서 할 터이니."

내 말에 그는 내 손을 잡고 몇 번이나 고맙다고 했으나, 사실은 내가 그에게 더 고마웠다.

나는 그때부터 서평에게 줄 도면을 그리기 위해, 이 근방을 소상하게 알고 있는 재소자를 수소문했다. 이것 역시 방장이 도움을 주었는데, 그 재소자는 바로 내 옆방에 있는 자였다. 나이는 지긋했지만, 절도 및 폭행으로 교도소를 제집 드나들듯 한 자였다. 고향이 이 근방인 그는 농사에 취미를 안 가지는 대신, 평생 절도를 꽤 즐긴 모양이었다. 어쨌든 나는 그에게 교도소 주위의 도로, 논밭, 비닐하우스 등 꽤 세세한 정보를 얻어내었다. 나는 대가로 그에게 담배 2갑을 방장에게 빌려 지급했다. 그는 어린아이처럼 뛸 듯이 기뻐했다. 나는 종이에 서평이 그날 있어야 할 위치와 외벽 높이 그리고 주위 전경을 세세하게 도면으로 그렸고, 우리 계획을 실행할 시간을 적어 봉투에 넣어두었다.

토요일이었다. 소지의 출소 축하 회식은 그다음 날 대대적인 전체 회식이 잡혀있었으므로 그와 우리 방의 4321번 둘의 사적인 자리였다. 나는 소지의 환심을 사기 위해 닭튀김뿐만 아니라, 이곳에서 정말 구하기 어려운 바나나 등 과일까지 준비했다. 소지와 4321번이 배불리 먹는 동안, 나는 그들이 마실 음료수를 따르는 등 시중을 들었다. 소지는 나의 이런 행동이 마음에 들었는지 먹는 내내 내게 활짝 웃었다. 이런 상황이라면 그는 나의 어떤 부탁이라도 들어줄 것 같았다. 마침내 4321번이 화장실에 갔을 때 나는 소지에게 내가 그린 도면과 편지가 든 봉투를 건네며 사정했다.

"그러니까, 이 봉투를 그 사람에게 전달만 하면 된다는 거죠?"

"그렇습니다. 꼭 부탁드립니다. 제겐 아주 중요한 일이라서요."

사실, 출소하는 재소자에게 인편으로 소식을 전하는 것은 교도소의 오랜 관례요, 전통이었다. 교도소를 빠져나가는 모든 편지, 소식 등은 교도관의 검열을 받게 되어 있으나, 출소하는 사람은 당연히 예외였다.

"그래서 오늘 회식비를 대셨구나. 그런데 어쩌죠? 내게 부탁하는 사람들이 하도 많아서. 시간이 좀 걸리겠는데요."

내, 참! 더러워서. 나는 그의 의도를 금방 알아차렸다.

"무슨 말씀인지 알겠습니다. 계좌번호 있으면 여기 적어주십시오. 그 봉투가 확실하게 전달되었다고 확인되면 바로 백만 원 꽂아드리겠습니다."

그제야 그의 얼굴이 활짝 피었다. 이 세상은 어디서든, 어디에 가던 그놈의 돈이 필요했다. 돈, 돈, 돈…….

"좋소!"

그는 내가 내민 종이에 그의 계좌번호를 적었다. 그때 4321번이 들어왔다. 그는 소지가 종이에 계좌번호를 적고 있는 것을 보더니, 종이를 이어받아 그의 계좌번호도 함께 적었다.

"동생! 다 들었어. 뭔가 필요하나 보지? 나도 돈이 좀 필요해. 아! 사식 말고. 그거야 자네가 사흘에 한 번씩 해결해준다니까 되었고. 담배살 돈이 필요해. 동생도 알다시피 여기 담배 한 갑이 적게는 이삼십만 원 하잖아."

그의 행위와 말에 나는 어처구니가 없었다. 나는 행여 이 자가 그때 탈옥 사건에 날 밀고하여 일을 크게 벌이지 않았나 하는 의심이 들었다. 오늘 회식비를 내가 낸 것도 모자라 그는 가욋돈을 요구한다 생각하니 피가 거꾸로 도는 것 같았다. 하지만 어쩌겠는가. 좋은 게 좋은 거라고 나는 민채와 우리의 거사를 생각하여 꾹 참을 수밖에 없었다. 정말 교도소에는 별의별 미친 놈이 많구나, 하고 생각하는 수밖에 없었다.

종일 비가 내렸다.

교도소는 비가 오는 날에 우울증 환자가 급증한다. 다들 작업을 하다 말고 창밖으로 내리는 비를 바라보던지, 아니면 그냥 의자에 앉아 빗소리를 듣고 있다. 이럴 때는 담당 교도관도 잠시 자리를 비워준다. 빗소리를 타고 탄식하는 소리가 군데군데에서 나왔다.

"고향에 계시는 어머니는 어찌 잘 계시는지."

"막내가 대학에 들어갔다는데, 어휴! 마누라 혼자 학비를 댈 수 있을까."

"난, 얼마 전에 태어난 딸내미가 너무 보고 싶다."

나는 그들의 탄식을 뒤로하고 조용히 빨래 너는 곳으로 갔다. 혼자 있고 싶었다. 하늘에 구멍이 났는지 비는 마치 폭포에서 내리는 물 같았다. 지나온 세월이 주마등처럼 지나갔다. 서평이와 시장통에서 돼지껍데기를 먹던 일부터 민채를 만난 일 그리고 지희와 처음으로 모텔에서 잔 날, 그런 그녀의 어머니를 위협하여 편의점을 털고 마침내 나는 이곳, 교도소에 갇혀 있다. 과연 나는 탈옥에 성공할 것인가. 설사 탈옥에 성공하더라도 그 이후에 나의 삶은 어떤 식으로 전개될까. 그때 뒤에서 누군가 다가왔다.

"담배 하나 필까?"

방장이었다. 그는 자연스럽게 담배 두 개비를 꺼내 내게 한 개비를 건넸다. 그의 표정도 그리 밝지 않았다.

"비가 오니 좀 우울하지? 여긴 다 그래. 사연 없이 감방에 들어온 놈들이 몇 될까마는 진정으로 자신의 죄를 뉘우치는 놈은 한 놈도 없어. 다들 억울하게 들어왔다고 생각하지. 그러니, 이렇게 비가 오면 밖에 있을 때 지지리도 애만 먹이던 어머니, 마누라, 자식들 생각이 나는 게지."

방장은 성냥을 켰다. 그가 먼저 불을 붙이고 그다음은 나였다. 조그만 불빛이지만 나는 이게 제법 따뜻하다는 생각이 들었다.

"자네는 오늘 누가 가장 생각나?"

방장이 뿜은 담배 연기가 빗줄기를 타고 하늘로 올라가려다 그만 빗방울에 묻혀버렸다.

"전 혼자니, 그리 생각나는 사람은 없습니다. 방장님은요?"

나는 일부러 말을 돌려버렸다.

"나야 뭐, 가족들이지."

"아! 사모님과 아이들이 있었군요?"

그러자 방장의 얼굴이 약간 찌그러졌다.

"아니, 마누라는 없어. 딸 둘과 아들이 하나 있어."

"그렇다면 그중에서 막내아들이 제일 보고 싶겠습니다. 아무래도 자식은 막내가 제일 예쁘잖아요."

그런데 이상한 일이었다. 일상적인 대화였지만 방장은 가족 이야기가 나오자, 인상이 점점 굳어가면서 마치 화가 난 사람처럼 표정이 좋지 않았다. 나는 그에게 괜히 가족 이야기를 꺼냈나 싶었다. 그 나름대로 사정이 있어 보였다.

"보고 싶은 건 아니고. 아니, 아니 꼭 만나고 싶어. 만나면……."

방장은 침을 꿀꺽 삼켰다. 나는 행여, 자식들이 너무 보고 싶어 역설적으로 인상이 굳어지고 표정이 변한 줄 알았다. 그런데, 아니었다.

"죽이고 싶어. 모조리!"

'헉!'

때마침 면회였다. 나로선 정말 다행이었다. 나는 아까 그 어색한 방장과의 자리를 피해 면회실로 오면서 그가 그 말을 할 때 표정을 떠올렸다. 살기가 등등했고 눈은 벌겋게 충혈되었다. 정말 섬뜩했다. 자식들을 죽이고 싶다는 그의 말은 빈말이 아닌 것 같았다. 무슨 사연인지 모르겠지만, 자신의 아이들을 죽이고 싶다는 건, 아아! 나로서는 생각조차 하기 싫었다.

놀랍게도 면회자는 건물주의 딸 지희였다. 더 놀라운 건 뚱뚱하던 그녀의 몸이 안 본 사이에 홀쭉하게 말라 있었다는 사실이었다.

"오빠!"

"야! 너 웬일이야? 몸이 왜 그래?"

"나? 아주 날씬해졌지? 그동안 다이어트 혹독하게 했거든. 오빠에게 잘 보이려고 말이야. 어때 지낼만해?"

지희는 정말 놀라볼 만큼 달라져 있었다. 몸뿐만 아니라 말투도 그전보다 훨씬 부드럽고 애교가 철철 넘쳤다.

"그래, 나야 뭐. 좋아. 그런데 웬일이야?"

나는 정말 그녀가 왜 왔는지 궁금했다.

"웬일이라니? 그러면 내가 섭섭하지. 약혼자에게 면회 온 건데 이유가 있어?"

"약혼자?"

나는 스스로 이 말을 해놓고 그냥 웃음이 나왔다. 그러다 이 철딱서니 없는 이혼녀를 어떻게 해야 하나 하고, 생각하자 갑자기 머리가 아팠다.

"그런 소리 하지 마. 부모님이 날 어떻게 생각하는지도 생각해야지."

"오빠! 그런 건 염려하지 마. 우리 엄마, 아빠는 오빠를 다 용서했어. 모두 오빠가 나오기만을 기다리고 있다고."

나는 그녀의 뜬금없는 말에 적잖이 놀랐다.

"내가 나오기를? 왜?"

"왜냐니! 오빠가 나와야 우리가 결혼하잖아."

그녀의 말에 나는 갑자기 아까 방장의 흉악스러운 모습이 겹치면서 만사가 귀찮아졌다. 그래도 일부러 이런 곳을 찾아 준 지희가 꽤 고마웠다. 나는 앞으로 우리가 어찌 될 줄 모르니까 되도록 그녀의 심기를 건드리지 않으려 애썼다. 그녀는 나의 태도에 고무된 것 같았다.

"영치금 많이 넣었어. 나올 때까지 맛있는 거 많이 사 먹어."

그녀의 말이 끝나자 면회 마치는 벨이 울렸다. 나는 서둘러 그녀에게 인사를 하고 뒤돌아섰지만, 그녀는 내가 나가는 순간까지 면회실에 서 있었다.

한동안 나는 무서워서 방장의 근처에도 가지 않았다. 그저 묻는 말에 건성으로 대답하면서 항상 나보다 한 살 많은 4321번 곁에 붙어 그를 방패막이로 삼았다. 방장은 그런 나의 변화에도 아랑곳없이 날 그전처럼 살갑게 굴었다. 그의 표정은 언제 그랬냐는 듯 평온했고 온순했다. 나는 이 불가사의한 방장을 어떻게 이해할까, 고심하다 그가 정말 어떤 사람인지, 왜 내게 자신의 아이들을 모조리 죽이고 싶다고 했는지 꼭 알아봐야겠다고 생각했다. 그 방법은 딱 하나였다. 주위의 재소자에게 묻는 것은 한계가 있어, 그와 진솔한 대화를 나누는 수밖에 없었다.

과연 기회는 왔다. 토요일 아침, 작업이 없는 날임에도 불구하고 방장은 내게 옷을 갈아입으라고 지시했다. 무슨 이유인지 묻기도 전에 담당 교도관이 문을 열었다. 방장은 지금 나간다면서 교도관에게 손가락으로 두 개를 들어 보였다. 나는 윗옷만 걸친 채 아무 영문도 모르고 교도관과 방장을 따라나섰다. 도착한 곳은 두부 공장이었다. 교도관은 그쪽 담당에게 우리를 인계하고는 곧바로 떠나버렸다. 공장 안은 뜨거운 김과 콩 삶는 냄새가 진동했다.

"무슨?"

그제야 겨우 방장에게 여기에 온 이유를 물었다.

"오늘 이곳에서 특별 작업이야. 한 달에 한 번 납품 기한을 맞추려 각 사동에서 두어 명씩 뽑지. 아침나절만 고생하면 점심때 좋은 게 나올 거야."

"좋은 거요?"

"그래, 기대해."

방장은 그쪽 교도관과 책임자인 반장을 잘 아는지 그들과 스스럼없이 굴었다. 나와 반장은 콩 삶는 부서에 배치되어 아침나절을 보냈고 마침내, 점심시간이 되었다. 방장은 두부 공장 내에 있는 식당을 두고 나를 공장 뒷문으로 안내했다. 이곳도 우리 공장처럼 뒤편에 빨래 너는 곳이 있었다. 그런데 놀랍게도 구석진 곳에 밥상이 차려져 있었는데, 얼핏 보니 갓 뽑아낸 두부와 김치, 공깃밥 두 그릇 그리고 막걸리 두어 병이 있었다.

"우와!"

나는 입이 쫙, 하고 벌어졌다.

"놀라긴. 우리 약속한 것을 벌써 잊었나? 그때 우리 술 한잔하기로 했지."

"이거, 우리끼리 먹어도 됩니까?"

내 말에 방장은 호탕하게 웃었다.

"쫄지마! 여기도 사람 사는 곳이야. 여기 이 막걸리는 이곳 반장에게 특별히 부탁한 거야. 우리는 오늘 오후에 작업이 없으니까 마음껏 먹고 푹 쉬다가 가자고."

"혹시 교도관이 순찰하다가 걸리면요?"

"이 사람이! 그 정도야 내가 미리 물 쳐 두었지. 걱정 안 해도 돼."

방장은 앉자마자 내게 막걸리 한 사발을 권했다.

"건배! 우리들의 사동 생활을 위하여."

정말 오랜만이었다. 목으로 넘어가는 칼칼한 막걸리 한잔에 나는 방장에게 품었던 공포와 의심이 단번에 날아갔다. 거기에다 두부에 얹은 묵은김치는 어찌나 맛이 좋든지 나는 이곳이 교도소 밖인지, 안인지 구별이 되지 않을 정도로 기분이 좋았다. 그때 나는 갑자기 그가 내게 말한 부탁이 불현듯 떠올랐다.

"감사합니다. 방장님밖에 없습니다. 그래, 그때 말씀하신 대로 제게 부탁할 게 뭡니까? 충성을 다하겠습니다."

방장은 오랜만에 내가 활짝 웃으며 자신에게 굽신거리자 연방 기분이 좋은지 막걸리를 더 권했다.

"그래, 좋아. 오늘 자네가 참 마음에 드네. 내가 그동안 자네를 쭉 지켜봤는데, 자네는 솔직히 말해 이런 곳에 올 사람이 아니야. 내가 사람 보는 눈이 좀 있는데 말이야. 자네 같은 사람이 이곳에 왜 들어왔는지 솔직히 이해되지 않아. 무슨 사연이 있겠지? 그건 그렇고……."

방장은 본격적으로 자신의 이야기를 꺼내기 전에 상당히 주저하는 것 같았다. 나는 그가 부탁할 게 예사롭지 않은 것이라 지레짐작했다.

"나에 대해서 혹 무슨 이야기를 들었나? 솔직히 말해주게."

"네, 별다른 건 아니고 방장님께서 예전 조직에서 일하셨고 칼을 잘 쓰신다는 정도는 알고 있습니다."

그러자 그는 픗, 하고 웃었다.

"내 그럴 줄 알았어. 하여간 여기 있는 놈들하고 말을 섞으면 안 돼. 자네도 내가 조직폭력배인 줄 알고 있나?"

갑자기 그의 인상이 저번처럼 굳어갔다.

"전 잘 모르겠습니다. 어떤 때는 동네 형님 같기도 하고 또 어떤 때는 솔직히 좀 무서운 분인 것 같기도 합니다."

그러자 그의 표정이 다소 부드러워졌다. 막걸리 한 병이 벌써 비워지자 그는 나머지 한 병을 땄다.

"사실, 내가 여기 처음 왔을 때, 일부러 이곳 사람들에게 조직인 것처럼 말을 조금 부풀렸어. 그렇게 해야 야수들이 사는 밀림에서 제대로 사람대접을 받을 수 있거든. 아, 물론 칼을 좀 썼지. 조직에 아는 친구도 있고 말이야. 젊은 시절엔 그쪽에 몸을 담근 적도 있었지만, 나는 일찌감치 손을 뗐어. 그 후 내 나름대로 사업을 해서 꽤 성공하긴 했어."

방장은 이렇게 해서 자신의 이야기를 풀어가기 시작했다.

그는 천생 고아였다.

어릴 때 보육원에서 말썽을 꽤 피우던 그는 이른 나이에 그곳을 탈출하여 거친 삶을 살았다. 아까 그가 말한 대로 주먹을 꽤 썼던 그였기에 그는 젊은 시절, 지역에서 알아주는 조직폭력배에 가입하여 활동했다. 그는 칼잡이로 유명했다. 조직 간의 전쟁에서 그는 탁월한 능력을 보였고, 조직의 이익을 위해 마약 밀매, 유흥장 운영 등에 손을 댔다. 당연히 그는 돈도 많이 벌었고 오락실 한곳을 직접 운영할 정도로 그 세계에서 실력을 인정받았다. 하지만 그는 배신과 음모 그리고 무자비한 살육에 점점 지쳐갔다. 하지만 이쪽 세계는 자신이 원한다고 발을 빼기가 쉽지 않았다. 그는 자기 삶을 경멸하며 자포자기한 상태로 살아갔는데, 어느 날 운명처럼 한 여자를 만나게 된다.

그 여자는 자신이 자주 가던 마사지업소의 종업원이었다. 희고 하얀 얼굴과 가녀린 몸을 가진 여자는 성격 또한 나긋나긋했다. 그는 이 여자에게 정이 갔다. 평생을 가족 없이 지낸 그는 이 여자에게 마사지를 받으면서 대화를 나누는 게 너무 좋았다. 알고 보니 여자는 시골에 병든 노모와 아직 공부

중인 남동생이 있었다. 경제적인 도움을 주고 싶었던 그는 다짜고짜 그녀를 불러내어 그 길로 여자의 시골집으로 갔다. 여자의 어머니는 건장하게 생긴 그를 사윗감으로 생각하고 그에게 여자를 부탁했다.

얼마 후 여자의 어머니가 죽자 그는 여자와 동거에 들어갔다. 그런데 여자는 결혼 전에 그에게 조건을 한 가지 걸었다. 그건 그가 조직으로부터 나오는 것이었다. 그는 조직을 나오는 조건으로 그가 평생 모았던 돈과 오락실 지분을 모조리 넘겨야 했고 그들로부터 손가락 한 개를 절단하는 수모를 당했다. 그래도 그는 여자와 함께 있고 싶어 이 모든 것을 참고 견뎠다.

세월이 흘렀다. 그는 여자와 결혼하여 슬하에 딸 둘과 아들 하나, 이렇게 셋을 낳았다. 그동안 그는 사채업을 하며 돈을 꽤 벌었다. 돈과 가족이 있으니 그는 이 세상에 부러울 것이 하나도 없었는데, 딱 한 가지 술만 마시면 아내와 아이들에게 폭력을 행사한다는 게 문제였다. 그의 폭력은 아내가 차려 준 밥상에 나온 반찬이 마음에 들지 않는다는 사소한 것에 출발했다. 이게 점점 도를 넘더니, 마침내 술을 마시지 않는 날에도 그는 아내를 때렸고 급기야 아이들에게도 손찌검했다. 참다못한 아내가 무수한 방법으로 그를 달래고 사정했으나, 그는 폭행을 멈추지 않았다. 급기야 그는 매일매일 아내를 폭행했고 심지어 아내가 딴 남자를 만나고 있다는 의심까지 했다. 무서운 의처증이었다. 한 달에 두어 번은 방안에 가스통을 틀어놓고 가족들에게 모두 죽자, 는 위협을 서슴지 않았다.

결국, 참다못한 아내는 그에게 이혼을 요구했다. 하지만 이미 눈이 돌아버린 그에게 아내의 요구는 더 심한 폭행으로 이어졌다. 그러는 사이에 아이들은 빠르게 성장했다. 큰딸이 고3이 되자, 그녀는 어머니에게 동생들과 함께 도망가자고 했다. 아내는 그런 딸의 말에 용기를 얻어 마침내 한날, 남편을 두고 야반도주했다. 아내와 아이들의 행복은 잠시 찾아온 것 같았다. 그러나 자신을 배신했다고 생각한 그는 얼마 되지 않아 아내와 아이들이 사는 곳을 찾아 또 폭행했다. 이러기를 수십 차례, 마침내 아내는 한날, 아파트를 찾아온 그에게 무자비하게 살해당했다. 이때 큰딸이 대학 2학년, 둘째 딸과 막내아들이 각각 고등학생과 중학생이었다.

그는 바로 법정구속이 되었다. 형 감량을 받기 위해 그는 심신미약과 우울증을 내세웠지만, 법원은 당시 가정폭력에 대해 엄격한 잣대를 요구하는 사회 분위기 때문에 그의 요구를 들어주지 않았다. 그의 형량은 살인죄를 적용하여 징역 15년을 받았다. 고아로 자라 다시 가족 없는 고아로 되돌아간 것이다.

방장은 자신의 이야기를 누군가에게 털어놓은 것이 속이 후련한 듯 몇 번이나 가슴을 쓸어내렸다. 나는 이 소설 같은 이야기를 듣고 나니 그냥 가슴이 먹먹했다.

"그렇다면 그 이후로 큰딸을 비롯한 아이들이 한 번 찾아왔습니까?"

"……."

내 말에 그는 아무 말이 없었다. 대신 그는 의미심장하게 웃었다.

"내가 지금 7년째야."

"네, 앞으로 8년 남았네요."

"아니, 얼마 남지 않았어. 내년 초면 나갈 것 같아."

"예?"

나는 그가 무슨 소리를 하나 싶었다. 이런 나의 표정을 보더니 그는 크게 웃었다.

"내가 가진 건 돈밖에 없잖아. 무슨 말인가 하면 음, 그때는 내가 심신미약과 우울증이 법정에서 인정받지 못했는데, 지금은 사정이 달라졌어. 조만간 항소심이 열려. 변호인 말로는 잘만 하면 내년에 나갈 수 있다는 거야. 지금 계속 접촉하고 있으니 좋은 결과가 나올 거야."

그는 자신만만했다. 그런데 이 시점에서 나는 그가 내년 초에 나올 거라면 과연 내게 무엇을 부탁하려는지 몹시 궁금했다. 그런 내 생각을 읽었는지 그는 자신의 호주머니에서 쪽지 하나를 꺼냈다.

'정필용. 주민등록번호 : XXXXXX - 0000000'

"이게?"

"내 막내아들의 이름과 주민등록번호야. 부탁일세. 자네가 먼저 나가니 내가 나가기 전까지 이 녀석의 소재지를 파악 좀 해줘. 다른 놈들은 내가 믿을 수가 없어."

"큰따님도 있지 않습니까?"

그러자 그의 낯빛이 순식간에 변했다.

"그 화냥년은 꼴도 보기 싫어. 막내아들만 찾으면 그년과 둘째 딸도 찾을 수 있을 거야."

나는 순간적으로 그가 그때 여기서 나가기만 하면 자신의 아이들을 모조리 죽여버리고 싶다는 말이 떠올랐다. 섬뜩한 일이었다.

"아드님을 찾으시면 설마?"

그러자 그는 손사래를 쳤다.

"아니야! 막내가 보고 싶어서 그래. 두 딸년은 몰라도 그 녀석만큼은 내가 찾아야 해. 내 유일한 핏줄이거든."

"정말이죠?"

"그럼, 내가 자네에게 왜 거짓말을 하겠나?"

그런데도 나는 이상하게 그의 말을 믿지 못할 것 같았다. 평생을 아내와 자식들에게 구타와 폭행을 일삼은 그가 인제 와서 핏줄 운운하며 아들을 찾으려 한다는 사실에 의구심이 들었다. 하지만 한편으로 부부는 남이지만, 자식은 핏줄로 이어져 있어 아버지 된 마음으로 아들을 찾고 싶다는 것은 이해되었다. 나는 그 쪽지를 받아서 들고 그에게 꼭 찾아보겠다고 다짐했다.

그날 우리는 몇 병의 막걸리를 더 마시고 그 자리에서 충분한 휴식을 취한 다음 방으로 들어갔다.

그런데 이상한 일이었다. D-day를 앞둔 이틀 전에 방장이 갑자기 이감을 가게 되었다. 전혀 그런 낌새도 없었을뿐더러, 그가 원하지도 않은 일이었고 정기적인 이감 시기가 아니어서 당사자를 비롯한 모두가 기이한 일이라 여겼다. 당연히 그는 보안과장을 비롯한 간부에게 드세게 항의했다. 결국, 소장이 나서 이번에 법무부 교정국에서 살인 등 흉악범죄자들을 되도록 한 곳에 집결시켜 교화한다는 방침 때문에 어쩔 수 없는 일이라며 그에게 직접 해명했다. 그가 이감될 교도소는 경북의 외딴곳에 있는 청송교도소였다. 재소자들 사이에서도 유명한 그곳은 전과 3범 이상, 장기형량을 받은 자만이 갈 수 있으며, 교통이 너무 불편하여 가족조차 면회가 힘든 곳이었다.

그날 아침에 이감 명령을 받은 방장은 변변한 회식조차 없이 그길로 이곳의 몇몇 재소자들과 함께 그곳으로 떠나야 했다. 모두 침통한 분위기 속에서도 그는 내 손을 잡고 자신이 부탁한 것은 꼭 들어달라고 했다. 4321번을 비롯한 우리는 그에게 숨겨두었던 각자의 담배 몇 개비로 환송 인사를 대신했다. 그런데 이상하게도 나는 그를 다시 한번 더 만날 것 같은 불길한 예감이 들었다.

D-day 하루 전이였다. 그가 떠나고 썰렁한 작업장에 일할 때였다. 나는 아침부터 서평이 면회 오기를 손꼽아 기다렸는데, 녀석은 과연 점심시간이 끝나고 오후 작업을 시작할 때 날 찾아왔다. 서평의 얼굴에는 긴장감과 불안감이 묻어있었다. 나는 그를 보자마자 면회 벽에 손가락으로 편지, 라 썼다.

"잘 받았어. 그림과 함께."

그의 말에 나는 가슴을 쓸어내렸다. 출소한 소지가 서평에게 잘 전달한 모양이었다.

"그 사람이 직접 찾아왔어?"

"그래, 백만 원 찔러주니 뛸 듯이 기뻐하더라."

나는 교도관의 귀를 피해 그에게 공부는 잘하고 있느냐는 둥, 일상적인 대화를 이어가다, 내일 거사에 관한 이야기를 시작했다.

"내일 결혼식은 몇 시에 하지?"

그러자 서평도 금방 내 말을 알아들었는지 딴전을 피우는 척하며 대답했다.

"오후 3시에 할 거야. 식 도중에 식당 쪽으로 애드벌룬을 띄우기 위한 줄이 내려갈 거고, 담 밖에 신혼여행 갈 차량과 갈아입을 옷이 준비되었어."

"신혼여행은?"

"그때 그 바닷가."

"음."

"신부가 그곳을 원하나 보지? 하긴 워낙 회와 장어구이를 좋아하니 말이야."

"그러게. 나더러 차질 없이 준비하라면서 고맙게도 오백만 원을 주더군."

나는 민채의 마음 씀씀이에 눈물이 나왔다. 그 돈이면 서평은 고시원에서 책을 사보든지 아니며 내가 없더라도 혼자 돼지껍데기를 충분히 사 먹을 수 있다.

"알았어. 내일 결혼식 축하한다고 전해."

서평은 결의에 찬 표정으로 면회를 마치고 돌아갔다. 감방 복도를 걸어갈 때 담당 교도관이 내게 물었다.

"친구가 결혼해? 야! 그런데 요새 젊은이들은 신혼여행을 해외로 가는 것 아냐? 회와 장어구이가 있는 바닷가라면 국내잖아."

나는 그의 말에 제대로 대꾸할 정신이 없었다.

"형편이 어려운 친구들이에요."

내 말에 교도관은 기특하다는 듯 고개를 끄덕였다.

Monologue 4

영화 같은 탈출극

드디어 D-day였다.

날씨는 화창했고 하늘은 높았다. 뜬눈으로 밤을 새웠지만 나는 하나도 피곤하지 않았다. 오히려 팔 힘줄이 불끈불끈 솟았고 아드레날린은 머리끝까지 분비되어 온몸에 힘이 넘쳤다. 권투선수가 시합 전날 물 외에는 아무것도 먹지 않고도 시합에 나가면 온 힘을 다해 싸우듯이 나도 그런 상태였다. 민채를 만나 이곳에 들어오기까지의 과정이 주마등같이 스쳤다. 나는 깊게 심호흡하고 오후 1시에 축구 경기가 열리는 운동장으로 나섰다.

보안과장의 훈시가 끝나자 선수들은 몸을 풀더니 정확히 1시 30분에 경기가 시작되었다. 운동장은 열광의 도가니였다. 경기하는 선수도 그것을 지켜보는 교도관과 재소자도 모두 그것에만 열광했다. 하긴 이곳에서 즐길 것은 아무것도 없었다. 시간이 멈춘 이곳의 유일한 오락거리는 오로지 축구였다. 눈을 들어 망루를 보니 경비교도대원들도 축구에 정신이 팔려있었다. 모든 게 순조롭게 진행되는 것 같았다. 전반전이 끝나고 휴식 시간이었다.

나는 선수 몇과 재소자들이 섞인 무리에 섞여 공장밖에 딸린 화장실로 갔다. 이곳은 운동장에서 바깥 문으로 들어가지만, 안쪽 문만 나서면 목공예 공장과 피복공장 복도로 이어져 있었다. 출입문을 지키는 교도관과 경비교도대원들이 화장실 문을 활짝 개방했다. 나는 대변을 보는 척, 어제 표시해 둔 화장실로 들어가 잽싸게 문을 걸어 잠갔다. 밖에는 선수와 재소자 간의 축구 이야기로 떠들썩했다. 화장실 천장으로 손을 넣으니 그때 봐두었던 소각장으로 가는 열쇠가 잡혔다. 열쇠는 어제 미리 반장의 방에 들어가 챙겨두었다. 휴식 시간이 지나자 화장실 밖은 조용해졌고 이윽고 출입문을 거는 소리가 들렸다. 나는 그곳에서 2시 55분까지 꼼짝하지 않고 있다가, 5분 전에 화장실 안쪽 문을 열고 복도를 기었다. 밖은 여전히 전반전과 마찬가지로 시끄러웠다.

소각장 출입문을 열고 들어가자마자 나는 소각로 한 귀퉁이에 밧줄을 걸었다. 그런 후에 폐지를 모아둔 곳을 딛고 줄을 타서 담을 넘었다. 정확히 2시 59분이었다. 나는 담벼락에 붙어 외벽 끝에 있는 망루를 쳐다보았다. 왼쪽 망루에는 경비교도대원이 망루 안에 들어가 있었고 오른쪽 망루의 경비교도대원은 축구를 보고 있었다.

정각 3시. 밖에서 쑥, 하는 소리가 나더니 과연 갈고리가 달린 줄이 넘어왔다. 다행히 운동장에서 나는 사람들의 함성에 이 소리는 묻힌 것 같았다. 벌써 마음은 긴장되고 온몸에 땀이 비 오듯 쏟아졌다. 나는 그 줄을 부여잡고 조심스레 한쪽 발을 벽에 댔다. 다행히 줄은 팽팽했다. 아마 서평이 밖에서 잡은 것 같았다. 그때부터 나는 정신없이 두 팔과 두 다리를 이용하여 줄을 타고 잽싸게 벽을 올랐다. 그 와중에 아무 제지가 없는 것으로 보아 별문제는 없는 것 같았다. 벽 정상에서 밑을 보니 서평이 담벼락에 바짝 붙어 줄을 잡고 있었다. 나와 눈이 마주친 서평은 줄을 자르고 차량이 있는 비닐하우스로 뛰어갔다. 나는 다시 한번 두 망루를 쳐다보면서 담 안으로 널어진 줄을 잡아당겼다. 드디어 갈고리가 손에 잡히자 나는 그것을 담 모서리에 걸어 두고 어떻게 내려왔는지 모를 정도로 줄을 타고 재빨리 내려왔다. 그러나 내려오면서 중심을 잃어버려 나는 그만 땅에 엉덩방아를 찧고 말았다. 나도 모르게 비명이 나왔지만, 그 와중에도 나는 얼른 망루에서 볼까 봐 담벼락으로 붙었다. 과연 축구를 보던 경비교도대원이 쿵, 하는 소리에 바깥으로 쳐다보다 이내 축구경기장으로 시선이 돌아갔다.

꼼짝없이 담벼락에 붙어 있던 내게 서평이 안전하다는 신호로 두 팔을 모으더니 어서 오라고 손짓했다. 서평이 있는 곳까지 불과 30여 m였지만 나는 생각에 100m도 넘게 보여 죽을힘을 다해 뛰었다. 그가 몰고 온 트럭 조수석에 앉자마자 나는 그만 꼬꾸라졌다. 트럭은 농로를 따라 민채가 있는 곳으로 달려가기 시작했다. 마치 영화 같은 한 장면이었다.

검은 양복을 입은 사내들이 민채의 주위로 서 있었다. 그때 그 바닷가 그 장소였다. 서평이 운전하는 트럭에서 내리자 멀리 민채가 의자에서 일어서는 게 보였다. 그녀의 손에는 꽃 한 다발이 들려있었고 사내들은 모두 손을 중간쯤 들고 있었다. 그녀를 만나기 전 10m 지점에 도착하자 사내들이 우렁차게 손뼉을 쳤다. 가운데 서 있는 민채가 환하게 웃고 있었다. 마침내 그녀가 내게 꽃다발을 건네면서 날 꼭 껴안았다. 서평은 머쓱한지 먼바다만 쳐다보았다.

그녀의 물컹거리는 가슴이 내게 닿으면서 기분 좋은 그녀의 향수 냄새가 났다. 길지 않았지만, 여자 없이 오로지 사내들만 있는 곳에서 보냈던 나는 너무 감격하여 하마터면 눈물이 날뻔했다.

"축하드려요."

그녀는 날 다시 한번 더 포옹했다. 이번에 나는 부끄럽게도 아랫도리가 불끈 솟았다. 얼른 엉덩이를 뒤로 빼자 그녀는 개의치 않은 듯 더욱더 세게 끌어안았다. 그녀는 서평과 사내들이 들으면 안 된다는 듯 내게 속삭였다.

"많이 하고 싶죠? 오늘 밤, 기대하세요."

나는 그녀의 말에 얼굴이 빨개졌다. 오늘도 그녀는 모텔을 잡아두고 여자를 넣어줄 모양이었다. 서평과 나는 탁자를 사이에 두고 그녀의 앞에 앉았다. 탁자 위에는 감성돔과 광어를 담은 접시를 비롯하여 멍게, 해삼 등 싱싱한 해산물 그리고 초고추장, 겨자를 넣은 간장 등 각종 양념이 있었다. 사내 중 한 명이 아이스박스에서 시원한 소주 몇 병을 꺼냈고 멀리 장어를 굽던 사내가 달려와 잘 구운 장어를 접시 위에 올려주었다.

"이섭 씨의 성공을 위해! 서평 씨도 오늘 정말 수고하셨어요. 다 같이 잔을 들어요. 건배!"

그녀와 마시는 술은 정말 맛있었다. 나는 교도소 내에서 일어났던 일을 과장되게 말하는가 하면, 오늘 탈옥이 얼마나 힘들었는지 그녀에게 누누이 강조했다. 그녀는 내 말에 맞장구를 치며 호호, 하고 웃다, 어떤 땐 남자같이 호탕하게 웃었다. 서평 역시 자신의 역할에 만족했는지 평소보다 술을 엄청나게 많이 마셨다.

그렇게 마시고 먹고 하니 시간이 금방 지나갔다. 그사이에 사내 중 일부는 가버렸고 이곳을 정리할 사람으로 두어 명이 남았다. 술이 다 떨어져 갈 때쯤, 민채가 사내에게 무엇인가를 지시하더니 그들에게 가방을 하나 받아왔다.

"좀 걸을까요? 술이 막 오르네."

그녀는 나와 서평을 양옆으로 세우더니 각자에게 팔짱을 끼었다. 멀리 밤바다에는 오징어잡이를 하는지 불빛이 훤했다. 그렇게 외곽도로를 걷다 그녀는 서평에게 작은 봉투를 내밀었다.

"얼마 되진 않지만, 차비예요. 저기 택시 많이 있죠? 먼저 가세요. 전 이섭 씨랑 이야기할 게 더 있거든요. 그럼 공부 열심히 하셔서 꼭 행정고시 합격하길 바랍니다. 잘 가세요. 서평 씨."

서평은 봉투를 받자 슬쩍 두께를 확인하더니 환한 표정으로 택시 타는 곳으로 뛰어갔다. 내게 인사도 없이. 나는 그녀가 내게 할 말이 있다는 게 당연히 내가 받을 돈 때문이라 생각했다. 이혼 후 이렇게 많은 돈을 받게 될 줄 정말 꿈에도 생각지 않았는데, 그녀 때문에 무려 5천만 원을 받다니. 나는 그저 이게 꿈만 같았다.

"우리 한 잔만 더 할까요?"

서평을 보내고 그녀가 내 의사를 물었다.

"좋죠."

나는 술이 약간 부족한 상태였고 그녀와 함께 있고 싶었으니 당연히 환영이었다.

"저기 어때요?"

그녀가 가리키는 곳은 호텔까지는 아니더라도 꽤 근사한 모텔 건물 2층에 있는 아담한 카페였다. 은은한 조명과 넓은 창이 묘한 분위기를 자아내는 곳이었다.

"멋진 곳이네요."

카페는 안에 들어가 보니 꽤 넓었다. 창가에 좌석도 몇 비어 있었다. 하지만 우리가 앉은 곳은 밤바다가 보이는 창가가 아니었다. 그녀는 종업원에게 일부러 카페의 맨 구석 자리를 요구했다. 종업원을 따라 그곳으로 이동하는 중에 보니 남녀 한 쌍이 껴안고 키스하는 등 정말 연애하기 좋은 컴컴한 장소였다. 그녀는 맥주와 간단한 안주를 시켰다. 술이 오기 전에 그녀는 가방을 펼쳤다. 5만 원권 지폐가 꽉 차 있었다. 현금 5천만 원이었다.

"약속한 돈이에요."

나는 기꺼이 그녀가 준 돈을 받았다. 그러는 사이에 맥주와 안주가 나왔다. 그런데 이상하게 그녀의 표정은 아까와는 확연히 달랐다. 무엇인가 내게 부탁을 하려는지 몇 번이나 입술을 깨무는 등 몹시 불안한 표정이었다.

"아니, 하실 말씀 있으면 말해보세요. 돈까지 받은 제게 못 할 말이 뭐 있습니까?"

내 말에 용기를 얻었는지 그녀는 무엇인가 결심한 듯 날 똑바로 바라보았다.

"이섭 씨는 이제 어떻게 하실 건데요?"

"네?"

나는 그녀가 무슨 말을 하는지 잘 몰랐다.

"당신은 지금 탈옥수잖아요. 평생을 탈옥수로 살아가는 게 안타까워서 그래요."

그녀의 말에 난 그제야 정신이 확 들었다. 지금까지 솔직히 생각하지 못한 부분이었다. 무조건 탈옥만 계획했고, 그것만 생각했고 오로지 탈옥의 성공만을 꿈꾸던 나였다. 나는 그녀의 말에 힘이 쭉, 하고 빠졌다. 아아, 큰일이었다. 정상적으로 출소하여 전과자가 되는 것도 문제인데, 탈옥수로 낙인찍혀 평생을 숨어 살아야 하는 내 처지가 난감했다. 나는 술 마시는 것도 잊고 내 머리를 쥐어뜯었다. 이런 바보! 어떻게 탈옥 후를 생각하지도 않았단 말인가. 나는 이 상황에 너무 낙담하여 어떻게 해야 할지 도통 생각이 들지 않았다.

"정말 그렇네요. 이제 난 어떻게 해야 하죠?"

내 말에 민채가 빙긋이 웃었다. 나는 그 웃음의 의미를 알 수가 없었다. 그때 그녀가 갑자기 내 옆자리로 와서 옆에 찰싹, 하고 붙어 앉았다. 나는 또 그녀의 짙은 향수 냄새에 정신이 아득해졌다.

"일단 한잔하세요."

그녀는 내 팔을 껴안더니 그 사이로 맥주를 부어주었다. 그녀의 가슴이 내 몸에 밀착되니 더욱 정신이 혼미해졌다. 나는 얼른 그녀가 부어주는 맥주를 단숨에 마시고는 또 잔을 내밀었다.

"그래서 말인데요, 제가 좋은 방법을 알려드릴까요?"

나는 그녀의 말에 눈을 동그랗게 말았다.

"방법?"

"네. 좋은 방법이 있어요."

그렇게 말하고선 그녀는 어찌 된 일인지 자기 팔을 내게서 뺐다. 그 순간, 텅 빈 내 가슴은 더욱 뻥, 하고 뚫렸다.

"뭔데요?"

오히려 내가 그녀 쪽으로 바짝 붙었다.

"다시 들어가세요."

그녀는 그렇게만 말하고는 다시 내 앞자리로 건너갔다. 불행히도 그녀가 재차 입을 열기까지 나는 그 말의 의미를 이해하지 못했다.

"어디, 어디를 다시 들어가란 말입니까?"

나의 다급한 물음에 그녀는 조용히 웃음을 지었다.

"어디긴요? 이섭 씨가 탈옥했던 그 교도소 말이죠."

그녀의 말에 나는 정신이 번쩍 들었다. 순간적으로 이건 미리 계획된 그녀의 의도라 볼 수밖에 없었다. 그러나 아직은 아무것도 밝혀진 것이 없어 나는 멍하니 그녀의 얼굴을 바라보았다. 나는 갑자기 서평이와 지희의 얼굴이 떠오르면서 당분간 또 그들을 볼 수 없다는 생각이 들었다. 몇 분간 정적이 흘렀다. 어느 정도 시간이 흐르고 내가 충격에서 벗어났다고 생각했는지 그녀는 차분하게 그녀의 말을 이어갔다.

"사실, 교도소 측과는 미리 약속되어 있어요. 이틀 안으로 들어가면 이섭 씨는 독방 정도의 처벌을 받고 더는 추가 피해가 없을 거예요."

"이틀?"

"이틀이면 소 측에서 제공하는 '귀휴'라고 생각하시면 되어요. 물론 그런 건 모범수이거나, 아주 특별한 재소자인 상황에 해당하지만, 제가 누구입니까? 그 정도는 그쪽 간부들에게 요구할 수 있는 여자거든요."

"그쪽에 뭐라 말했는데요?"

"이섭 씨 약혼녀라고 했죠. 예비 장인이 돌아가시게 되어 부득이하게 그리되었다고 선의의 거짓말을 했구요."

나는 나도 모르게 끙, 하는 신음이 새어 나왔다. 도대체 이 여자는 어떤 사람이기에 이렇게 당돌할 수 있을까, 하는 생각이 들자 나는 민채라는 여자에게 겁이 나기 시작했다. 그때부터 나는 이 상황에 너무 궁금한 게 많아 참을 수가 없었다.

"그렇다면! 어차피 들어갈 건데, 왜 탈옥하라 시켰습니까?"

"그건 이섭 씨의 능력을 시험해보고자 하는 이유였습니다. 과연 약속한 날짜 안에 그곳을 나올 수 있을지, 없을지. 그게 저에게는 가장 중요한 문제였어요."

나는 그녀의 말에 어처구니가 없었다. 아니, 세상에 내 능력을 시험하고 싶다고 이런 큰일을 벌이다니. 나는 탁자 위에 있는 맥주를 병째로 들이켰다. 속이 찌릿찌릿하다 못해 타들어 가는 것 같았다.

"그게 끝입니까?"

그러자 그녀는 아주 무서운 표정을 지었다.

"아뇨. 끝이 아니라 이제 시작이죠."

"네? 시작?"

그녀는 품속에서 종이 한 장을 꺼냈다. 얼핏 보니 그때 처음 날 만나던 날 내밀었던 계약서 같았다.

"이게 뭐죠?"

"두 번째 계약서예요. 금액 보이시죠? 3억 원. 이번엔 그곳에 있는 어떤 사람과 동반 탈옥입니다."

"동반 탈옥?"

내가 몹시 놀라는 표정을 짓자, 이번에는 그녀가 내 앞으로 바짝 다가왔다.

"맞아요. 성공하여 그 사람만 내 앞에 데려오면 됩니다."

"그 사람이 누군데요?"

"그건 계약서에 서명한 뒤에 설명해 줄게요. 어떡하실래요?"

나는 뒷골이 너무 아파 잠시 그녀에게 손짓으로 쉬자고 했다. 아무래도 생각을 좀 해봐야 할 것 같았고 머리를 굴려봐야 될 것 같았다. 3억 원. 정말 내게는 큰돈이었다. 하지만 민채가 지정하는 그 사람과 탈옥에 성공한다고 하더라도 나는 역시 탈옥수였다. 그러면 그땐 어떻게 된다는 말인지. 아아, 차라리 지금 못 한다고 말하고 들어가서 독방에 있다가 정상적으로 나오면 어떨까. 그래서 못 이기는 체하고 지희와 결혼한다면 나는 3억이 아니라 그 이상의 돈도 만질 수 있었다. 나로서는 정말 힘든 결정이었다. 그래서 나는 그녀에게 이 조건에 대해 더 세세하게 물어봐야겠다고 생각했다.

"설사, 성공한다고 하더라도 저는 지금과 같이 똑같은 탈옥수입니다. 그 이후에 저는 어떡하죠?"

그녀는 나의 이런 질문을 예상하는 듯했다.

"중국에 보내드리겠어요. 물론 가는 경비며 그곳에서 몇 년간 살 생활비도 별도로 드릴게요. 혼자 갈 수도 있고 저와 함께 갈 수도 있습니다."

나로선 정말 예상외였다. 3억 외에 그곳에 가는 경비 그리고 몇 년 치 생활비를 준다는 말에 이상하게 마음이 흔들렸다. 게다가 그녀도 같이 간다고 하지 않는가. 나는 한 번 더 정확히 알고 싶었다.

"민채 씨도요?"

"네, 중국에 가서 이 탈옥성공기를 소설로 쓰고 발표할 거예요. 이래 봬도 전 한때 문학소녀였고 누구보다 그곳을 잘 아는 중국통이에요."

"중국통?"

"대학원을 중국에서 나왔답니다. 중고등학교 때와 대학 다닐 때, 이미 중국에 관심이 있어 말하는 것, 듣는 것은 되었고요."

나는 다시 한번 더 끙, 하는 신음이 나왔다. 눈을 감고 깊은 생각에 빠졌다. 시간이 얼마나 흘렀는지 나도 몰랐다. 눈을 떠보니 그녀는 눈을 감고 소파에 기대고 있었다. 나는 이제 결정해야 했다.

"하겠습니다!"

정민채는 새벽에 모텔을 나왔다. 이섭은 천지 분간을 못 하고 자고 있었다. 문을 열고 나오려는데 그가 잠꼬대하는 소리를 들었다. 그의 입에서 자신의 이름과 지희 그리고 또 다른 여자 이름이 나왔다. 지희는 아는 여자였고 나머지 여자는 그의 전처로 짐작했다.

새벽바람이 제법 서늘했다. 멀리 택시 한 대가 오고 있었다. 기사에게 목적지를 말하곤 그녀는 뒷좌석에 깊숙이 기댔다.

"꼭 이렇게까지 해야 할까?"

그녀는 혼잣말로 중얼거렸다.

민채가 대학 2학년 때였다. 불의의 사고로 어머니가 돌아가셨다. 그녀 밑으로 어린 두 동생이 있었다. 어머니는 모아둔 돈이 없었다. 민채는 앞이 캄

컴했다. 친척들과 지인의 도움으로 겨우겨우 장례를 치른 후, 그녀는 먹고 살기 위해 결정을 내려야 했다. 그녀는 대학을 휴학했다. 어머니가 살아 계실 때도 어려운 가정형편에 그녀는 아르바이트를 쉬지 않았다. 하지만 주로 편의점 혹은 카페에서 일하다 보니 돈이 되질 않았다. 이제 돈 버는 사람이 없어, 그녀는 스스로 시내의 한 유흥주점을 찾았다. 원래 예쁜 얼굴이라 조금만 꾸미면 된다는 마담의 말에 그녀는 가벼운 성형수술까지 마쳤다. 과연 그녀는 한 달도 채 되지 않아 그 업소의 에이스가 되었다.

업소를 늘 찾는 손님이 있었다. 중년의 나이였지만 잘생긴 외모에 건장한 체격을 가진 남자는 유독 그녀를 탐냈다. 자신은 사업을 한다고 말했는데 그녀는 그가 하는 사업이란 것이 정상적이지 않다는 것을 눈치로 알고 있었다. 왜냐하면, 그 남자를 수행하는 사내들은 하나같이 조폭 같은 사람들이기 때문이었다. 후에 알았지만 남자는 중국을 오고 가며 마약과 한약재 등을 밀매하는 사람이었다. 처음엔 거부감을 가진 그녀는 남자의 집요한 구애에 그만 넘어가고 말았다. 남자가 조건을 걸었기 때문이었다. 한날, 남자가 가게로 그녀를 찾아왔다. 벌써 술이 얼큰하게 취해 있었다.

"7년만 살아 줘. 그다음부턴 자유야. 나도 한 여자와 그 이상을 살긴 싫어. 대신, 그대가 해달라는 건 다 해줄게."

민채는 그의 말에 눈을 동그랗게 말았다.

'7년.'

그녀는 그를 보낸 뒤, 곰곰이 생각했다. 그녀 역시 더는 업소에서 일하기는 싫었다. 에이스 대우받으며 돈은 좀 벌지만, 오래 할 직종은 아니었다. 밤마다 술에 취한 손님을 받는 일도 피곤했고, 때로 마담의 요구에 2차까지 나가는 일이 죽기보다 싫었다. 7년이면 눈 딱 감고 할만했다. 그의 입으로 뭐든지 해준다 했으니 그녀는 자기 동생들을 공부시킬 수 있으리라 생각했다. 게다가 남자는 나이 외에는 흠잡을 곳이 없었다. 어떨 때 보면 남성으로서 매력적이었다.

민채는 그로부터 일주일 후, 남자의 사무실에 찾아갔다. 업소는 그만두었고 그곳에서 하던 짙은 화장은 깨끗이 지웠다. 남자는 마치 VIP를 맞는 것처럼 호들갑을 떨었다.

"저도 조건이 있어요"

호랑이 가죽으로 만든 소파에 앉아 있던 남자가 귀를 쫑긋 세웠다.

"뭐든지."

"어린 두 동생이 있어요. 일주일에 이틀은 그곳에 있을게요. 동생들 학비며 생활비는 회장님께서 부담을 해주시면 좋겠어요. 또 하나는."

남자는 파이프 담배를 꺼내 물었다.

"뭐든지."

"학교에는 계속 다니게 해주세요. 이왕이면 대학원까지요. 공부는 계속 하고 싶어요."

남자는 흡족한 웃음을 지었다. 그 정도는 충분히 해줄 수 있다는 표정이었다. 민채는 마지막으로 한 가지를 더 말했다.

"마지막으로, 이건 정말 약속해 주셔야 해요."

"그럼, 어서 말해봐요."

"정확히 7년 후에 앞으로 제가 먹고살 만한 위자료와 함께 절 놓아주세요."

그러자 남자는 호탕하게 웃었다. 그 웃음은 그녀의 조건을 수락하겠다는 뜻이었다.

"좋소. 내일 당장 들어오시오. 아! 아무것도 필요 없어요. 몸만. 내일 차를 보내드릴 테니 그대의 집 주소만 남기면 되겠소."

과연 다음 날 아침, 그녀의 집 앞으로 고급 승용차가 왔다. 어젯밤 그녀는 동생들에게는 내일부터 부잣집에 입주 과외교사로 들어간다고 미리 둘러댔다. 손을 흔드는 동생들을 뒤로하고 그녀는 간단한 짐을 들고 남자의 집에 들어섰다. 순간, 그녀는 깜짝 놀라고 말았다. 남자의 집은 넓은 정원에 수영장이 딸린 고급 저택이었다. 마치 영화에서 보던 집이었다.

그녀는 집에 들어가자마자 정원사만 두고 가정부를 내보냈다. 아무리 계약 동거라도 상대방에게 최소한, 동거자로서 할 것은 해주고 싶었다. 그날부터 그녀는 그를 위해 밥을 짓고 빨래와 청소까지 직접 했다. 일찍 퇴근한 남자는 아주 흡족한 표정으로 그녀를 번쩍 안아 침실로 갔다.

남자는 민채를 금이야, 옥이야, 하며 아꼈다. 그녀를 위한 남자의 정성은 눈물겨웠다. 하루가 멀다고 보석과 명품을 선물하는 것은 물론 동생들에게 보낼 생활비도 넉넉히 보내주었다. 경제적인 문제가 해결된 그녀는 자신의 생활에 만족했다. 사업이 바빠 이틀에 한 번꼴로 들어오는 남자의 수발을 하는 한편, 그녀는 이곳에 있는 대학으로 편입하여 학업을 계속 이어갔고 약속대로 일주일에 두 번은 꼭 동생들을 만나러 갔다.

그러던 한날이었다. 동생들에게 줄 선물을 사 들고 집으로 가니 바로 밑 여동생이 그녀에게 편지 한 장을 내밀고는 벌벌 떨었다. 그녀는 직감적으로 그가 보낸 편지라 생각했다.

'큰 선물을 주었으니, 머지않아 너희에게도 차례대로 작은 선물을 주마.'

그녀는 편지를 보자마자, 갈기갈기 찢어버렸다. 생각할수록 뻔뻔스럽고 철면피 같은 인간이었다. 앞에 있으면 당장이라도 칼로 난도질하고 싶은 마음이었다. 하지만 지금으로선 어떨 도리가 없었다. 그녀는 동생들을 꼭 안으며 언니가 있는 한, 그런 일은 없을 거라 위로하며 이를 악물었다. 그녀는 다음 날 바로 동생들의 집을 다른 곳으로 옮겼다. 그런데 어떻게 알았는지 이사한 집에도 똑같은 편지가 왔다. 귀신이 곡할 노릇이었다. 그럴 때마다 그녀는 매번 집을 옮겼다.

세월이 꽤 흘렀다. 그녀가 대학을 졸업하자 남자는 그녀에게 중국으로 함께 들어가자고 했다. 자신의 사업도 있었지만 남자는 나름대로 그녀의 대학원 진학에 대한 배려였다. 중국어학과를 전공한 그녀는 국내의 대학원에 갈까, 했는데 남자의 뜻밖의 제안에 그저 고마울 따름이었다. 그동안 몰라보게 성장한 동생들은 이모 집에 보내고 그녀는 남자와 함께 중국에서 2년을 보냈다. 동생들은 언니의 대학원 진학을 진심으로 축하해주었다. 이모 집으로 거처를 옮기자 이상한 편지는 더는 오지 않았다.

유학을 마치고 이모 집에 동생들을 보러 간 그녀는 이모의 심각한 표정에 또 올 것이 왔구나, 하는 생각이 들었다. 이모가 편지를 한 통 내밀었다. 편지를 전하는 이모조차 떨고 있었다. 편지 내용은 전과 비슷했다.

"이놈이 정말 미친 것이로구나. 왜 이리도 우리를 못살게 구는지. 그놈이 나오면 이제 어떡해?"

이모는 치를 떨었다. 옆에 있던 동생들도 모처럼 만나는 언니가 반갑기는 한데, 그럴 상황이 안된다는 표정이었다.

"언제부터 편지가 왔죠?"

"네가 떠나고 대략, 일 년 후쯤이야. 한 달에 한 번꼴로 왔어. 네게 알리려 했지만 공부하는 애에게 도움이 될 것 같지 않아서 오늘에야 말하는 거야."

그녀는 이를 악물었다. 그날 이모 집에서 동생들과 함께 자면서 그녀는 무엇인가를 결심했다. 이대로 계속 협박만 받아선 살 수 없는 노릇이었다. 아무것도 잘못한 게 없는데 이렇게 불안 속에 살 수는 없었다. 밤새 잠을 설치던 그녀는 아침에 동생들에게 자신이 사는 집으로 가자고 말하고선, 남자를 불렀다. 남자는 그녀가 전화하자마자 단번에 달려왔다.

"인사가 늦었습니다. 민채와 사는 고두팔이라고 합니다. 이분이 이모님이시고, 아, 학생들이 민채 동생들이구나."

중년의 남자가 민채와 나란히 앉아 인사하자 이모는 물론 동생들의 표정은 뜨악했다.

"이모! 이분이 지금까지 저와 동생들의 생활비를 대준 분입니다. 이번 저의 유학도 마찬가지구요. 제겐 너무도 고마운 분입니다. 애들아, 인사드려."

민채는 그간의 사정을 이모와 동생들에게 차근차근 이야기했다. 한참 이야기 끝에 이모와 동생들은 이 현실을 받아들였다. 민채는 남자에게 부탁했다.

"이유는 묻지 마시고 2년만 동생들을 우리 집에서 살게 해줘요."

민채는 앞으로 2년만 살면 그와 계약 해지가 되는 것을 생각해 내었다.

"그러지 뭐. 당신만 좋다면 나도 좋아. 적적한데 잘 되었어."

남자는 소탈하게 웃었다. 과연 남자의 집으로 들어가니 이상한 편지는 오지 않았다. 그녀는 동생들과 함께 있으니 한결 마음이 편하고 좋았다. 남자

역시 그녀만큼 그녀의 동생들에게도 변함없이 잘했다.

남자의 사업이 번창하여 그녀는 사무실에서 비서 및 바이어 상담 일을 하게 되었다. 바이어라 해봐야 중국 조폭들이었지만, 사업은 사업이었다. 중국어에 능통한 그녀는 남자의 예상을 뛰어넘을 정도로 완벽하게 일을 처리했다. 남자의 동거녀로서, 직원으로서 그녀는 두 가지 일을 동시에 잘해 내었다. 남자도 그녀도 모두 만족했다.

평탄한 삶을 이어가던 그녀에게 그의 소식이 전해진 것은 올해 초였다. 그건 정말 우연이었다. 한 날, 남자의 사무실에 후배가 찾아왔다. 막 교도소에서 출소한 사람이었다. 반가운 후배라 그런지 남자는 반색하며 그를 식사자리에 초대했는데 그 자리에 그녀가 있었다. 술이 한 순배 돌자, 후배가 지나가듯 교도소에서 함께 있던 어떤 사람에 관하여 이야기했다.

"같은 방에 있던 사람이야?"

남자가 물었다.

"아뇨. 옆방에 있었는데 내가 출소한다고 하니 쪽지를 하나 주며 부탁하더군요."

후배가 말했다.

"무슨 부탁?"

"이름을 말하면서 다짜고짜 주소를 알아내 달라더군요."

"주소?"

남자가 후배가 내민 쪽지를 볼 때, 옆에 있던 그녀도 슬쩍 보았다. 그런데 쪽지에 쓴 이름과 주소를 보고 그녀는 그만 얼굴이 하얗게 질려버렸다. 쪽지에 적혀있는 이름은 그녀의 막냇동생이었다. 다행히 남자는 아직 잘 모르는 것 같았다.

"뭣 하러 이런 걸 부탁한다고 해?"

"글쎄요. 이유는 말하지 않습디다. 어쩔까요?"

그녀는 옆에 있으면서 심장이 벌렁거리면서 숨을 쉴 수가 없었다.

"그 친구 죄명이 뭔데?"

"살인이라는데, 원래 형기는 15년 받았는데 항소해서 감형될 거라면서 내년 초쯤 나간다네요"

남자는 입술을 끙, 하고 깨물었다.

"이런 건 해주지 마. 십중팔구 해코지하려는 거야. 이제 자네도 출소했으니 내 밑에서 사업이나 열심히 하자고."

그러면서 남자는 아무렇지도 않게 쪽지를 찢어버렸다. 그녀로서는 정말 다행이었다. 그녀는 몸이 안 좋다는 핑계를 대고 그 자리에서 빠져나왔다. 걱정하는 일이 현실로 벌어졌다. 그렇지 않아도 그녀는 그의 마지막 말을 기억하고 있었다.

'15년? 웃기는 소리 하지 마. 우울증과 심신미약을 들이대면 더 빨리 나올 수 있으니 기다려.'

아침에 눈을 떠보니 민채는 가고 없었다.

나는 벌거벗은 몸을 발견하고 그만 깜짝 놀랐다. 아직도 아랫도리가 뻐근했다. 어제 분명 꿈 같은 일이 벌어졌다. 카페에서 그녀의 요구를 받아들이자 그녀는 모텔로 날 데려갔다. 그때까지만 해도 나는 그녀가 지난번처럼 여자를 샀을 거라 믿었다. 모텔 입구에서 민채는 돈만 쥐여주고 돌아갈 줄 알았다. 하지만 그녀는 나와 함께 모텔방으로 들어갔고 스스로 옷을 벗었다. 여기까지는 기억이 났다. 그다음은……. 아아! 도대체 무슨 일이 일어났단 말인가. 어제 그 바닷가에서 그녀가 한 말이 기억났다.

'많이 하고 싶죠? 오늘 밤, 기대하세요.'

나는 온몸에 소름이 돋았다. 그녀가 한 말은 빈말이 아니었다. 그녀는 날 위해 그녀의 육체를 거리낌 없이 내준 것이다. 이쯤 생각이 들자, 나는 그녀가 어제 말한, 동반 탈옥이 얼마나 중요한가를 알아챘다. 갑자기 그녀와의 침대에서 있었던 일이 몽환적으로 떠올랐다. 뚜렷이 기억은 아니었다. 마치 구름을 탄 기분이었다. 기억의 잔해들이 파편처럼 떠올랐을 때 나는 크게 가슴을 폈다.

"야호!"

내 인생의 두 번째 절정기였다. 원래 바람둥이였던 나였지만, 이혼 후 나는 그런 쪽으로 매우 의기소침한 상태였다. 그런데 호박이 넝쿨째 들어온 것이다. 이혼남인 내가 앞으로 민채처럼 매력적이고 예쁜 여자를 언제 안아볼 것인가. 그러나 그런 기분은 잠시, 나는 오늘 다시 그 교도소로 들어갈 것을 기억했다. 그리 생각하니 만사가 우울했다. 과연 침대 옆에 그녀가 놓고 간 서류 봉투가 있었다. 봉투를 열어보니 어제 내가 서명한 계약서 사본 1부와 A4 한 장이 있었다.

오늘 오후 5시까지 복귀.

동반 탈옥 대상자 : 정태수(57세. 현재 경북 청송교도소 수감 중)

기한 : 이섭 씨의 형기 내(가능한, 빨리)

(참고)

- 이섭 씨는 한 달 후, 그가 있는 청송교도소로 이감 예정.

- 정태수에게 나의 신상정보를 말하면 절대 안 됨(비밀 유지).

- 기타 세부 지시는 추후 면회 혹은 인편.

p.s) 그는 내년 초에 절대로 나오지 못함(항소해도 기각 예정)

그러므로 그를 잘 설득해 꼭 성공하기 바람.

당신의 사랑, 민채로부터

나는 이 쪽지를 읽자마자 미치는 줄 알았다.

정태수가 누구던가. 그는 얼마 전 교도소로 이감된 우리 방의 방장이었다. 나는 이자와 동반 탈옥을 해야 한다. 아아, 이제야 그가 갑자기 그쪽으로 이감된 이유를 알았다. 모든 게 치밀하게 계획된 민채의 작품이었다. 그와 안면을 트고 가깝게 지낼 수 있도록 그녀는 날 그 방으로 넣었고, 그를 미리 청송교도소로 보냈다. 나 역시 한 달 뒤, 그가 있는 곳으로 간다. 이후 기회를 봐서 나는 그와 동반 탈옥한다. 모든 게 민채의 잘 짜진 시나리오였다. 그녀는 정말 무서운 여자였다. 나는 가까스로 몸을 일으켜 욕탕으로 갔다. 얼른 서평을 만나야겠다고 생각했다.

서평과 만난 곳은 우리가 늘 가던 돼지껍데기 집이었다. 녀석도 어제 돈이 생겼으므로 새벽까지 술을 마신 모양이었다. 얼굴이 반쪽 된 걸 보니 분명 여자와 잤다는 느낌이 들었다. 그는 평소 그리 잘 먹던 돼지껍데기를 건성으로 먹는 둥, 마는 둥 하였다. 나는 어제 민채와 있었던 일을 모조리 녀석에게 까발렸다. 녀석은 내 이야기에 술이 깨는지 작은 눈을 크게 떴다.

"그래서 그 여자와 잤단 말이지?"

"그럼."

"와우! 인간 조이섭이 진짜 출세했네. 그런 미인을? 어떻게."

녀석은 정말 부러운지 입이 다 벌어졌다.

"하늘은 스스로 돕는 자를 돕는다는 말이 있잖아. 내가 그런 경우지. 그동안 얌전하게 살면서 많이 굶었거든."

"굶긴? 지희 씨와도 한 놈이. 그건 그렇고 오늘 5시까지 들어가야 한다고? 어때? 과연 민채 씨 요구를 들어줄 수 있겠어?"

"야! 인간 조이섭이 못할 게 뭐 있냐? 이제 아주 이판사판이다. 성공하면 3억 원과 중국에 가서 예쁜 그녀와 평생 살 건데, 뭐가 걱정이야. 참! 이 돈은 네가 좀 맡아주고. 하나 더 있어."

나는 서평에게 민채에게 받은 돈 5천만 원과 방장이 그때 내게 부탁한 쪽지를 건넸다.

"돈이야 내가 알아서 보관하면 되지만, 이게 뭐야? 쪽지에 쓴 이 친구의 주소만 알아주면 돼?"

"그래. 알아만 주면. 맡긴 돈에서 한 오백만 원은 네가 써."

서평은 내가 오백만 원을 준다고 하자 창피하게도 식당에서 만세를 불렀다. 나는 녀석의 귀여운 모습에 그만 웃음이 나왔다. 오후 5시까지 들어가면 되니 나는 그 자리에서 녀석과 소주 3병을 마셨다. 어제 많이 마셔서인지 한 병 반만 먹어도 나는 꽤 취해버렸다. 나는 민채가 쪽지 끝에 쓴 글이 떠올랐다.

'당신의 사랑, 민채로부터'

"그녀가 그렇게 썼단 말이지. 혹 그녀가 널 정말 좋아하는지 모르겠네. 나도 헷갈려."

서평은 이미 혀가 꼬였다. 아무리 젊다고 해도 낮술은 역시 낮술이었다.

"그래, 나도 헷갈린다. 만약 민채가 정말 나를 좋아한다고 하면, 난 어떻게 하지?"

"뭘 어떻게 해? 좋은 일이지. 세상에 그렇게 예쁘고 매력적인 여자가 어디 있냐? 이섭이 넌 정말 행운아야. 지희 씨도 그렇고 민채 씨마저. 참! 오늘 들어간다며? 지희 씨도 한번 보고 가야 하지 않겠어?"

그가 지희의 이름을 들먹이자 나는 어쩐지 그녀를 만나봐야겠다고 생각했다. 그녀가 보고 싶은 건 분명 아니었다. 그녀가 들으면 기분 나쁘겠지만, 이건 순전히 술김이었다. 서평과 함께 있을 때 지희에게 전화를 거니 그녀는 마치 민주인사가 감옥에서 나온 듯이 소리치며 기뻐했다.

"어디로 갈까요?"

"그때 그 모텔에서 보지."

서평은 내 통화에 혀를 찼다.

"나쁜 놈!"

지희와 잠자리는 마치 내가 전처와 하는 것처럼 편안했다. 그녀는 성적으로 이미 나의 아내였고, 민채는 나의 애인이었다. 한바탕 일을 치른 후 지희가 잠이 들었을 때, 나는 모텔을 나와 택시를 탔다.

교도소 정문으로 들어가니 정문 담당 교도관이 기다리고 있었다는 듯 날 바로 보안과 사무실로 데려갔다. 사무실에 있던 교도관들이 날 보고 웃었다. 그때 내 뒤로 다가오던 어떤 교도관이 뒤통수를 쳤다.

"앗!"

"이놈 봐라. 교도소에 들어올 놈이 술까지 처마셨네."

나는 어떤 놈이 내 뒤통수를 쳤는지 확인하려 뒤를 돌아봤는데, 그는 보안과장이었다. 보안과장은 기가 찬 듯 날 빤히 쳐다보았다.

"이봐, 서무! 이놈 빨리 못 갈아입혀 내방으로 데리고 와."

그런데 서무는 날 옷방에 데리고 간 게 아니라, 목욕탕으로 데려갔다. 무슨 일인가 싶어 고개를 갸우뚱거리는 내게 그는 날 그곳으로 밀어 넣었다. 그러더니 목욕탕 밖에 연결된 소방호스로 무자비하게 물을 뿌렸다. 나는 꼼짝없이 물세례를 받았고 덕분에 술을 깰 수가 있었다.

마침내 보안과장실이었다.

"너! 법무부에 누굴 알고 있지? 꽤 높은 놈이더구먼. 너 같은 탈옥수를 '귀휴'처리해 달라고 직접 연락이 왔어. 운 좋은 줄 알아. 여기 서명하고 오늘부터 매일 반성문 써. 독방 한 달에 처하니 정확히 서른 장을 써야 해."

나는 새삼, 민채의 능력에 감탄했다. 보안과장을 움직인 것은 법무부의 고위 관료인 모양이었다. 그런 관료를 움직이는 사람은 다름 아닌, 민채였다. 나는 그가 말한 귀휴 신청서에 서명하고 반성문을 쓸 용지 30장과 볼펜 한 자루를 챙겼다.

"2154번. 솔직히 말해. 이번 탈옥에 공모자가 있지? 어떤 놈이야?"

"없습니다. 단독범행입니다."

"이 새끼가!"

그때 보안과장실 문을 열고 소장이 들어왔다. 소장은 날 보더니 황당한 웃음을 보였다.

"이 친구야?"

보안과장이 정자세로 그에게 경례했다.

"네, 그렇습니다. 탈옥 공모자를 심문하는 중이었습니다."

"아니야. 그럴 필요 없어. 독방에 보낸다지? 끝나면 이 친구를 청송교도소로 이감시켜 버려. 골치 아프게 조사할 필요 없어. 이런 친구들은 외딴곳으로 보내 정신을 차리게 하는 게 최선이야. 아! 그래도 탈옥했으니 추가 징역은 있어야겠지? 그건 그쪽에서 처리하게 보고서 작성해서 넘겨."

"얼마나?"

"최소 1년!"

추가 징역만 빼면 민채의 말이 정확히 맞아떨어졌다. 나는 한 번 더 그녀의 놀라운 시나리오에 감탄했다.

"예! 알겠습니다."

그렇게 나는 예전 그 독방으로 보내졌다. 일상은 단조로웠다. 하루 세끼 방으로 밥이 들어오면 먹고, 하루 한 번 반성문을 써서 제출하고 나머지는 종일 뒹굴거나 잠을 잤다. 면회와 운동이 금지되니 예전 같은 방에 있던 사람들을 만날 수가 없었다.

그래도 교도소 시계는 돌아갔다.

독방에 있은 지 한 달째였다. 그날은 아침부터 교도관들의 움직임이 부산했다.

"2154번! 이감."

내 방 앞에 교도관 두세 명이 정자세로 서 있었다. 예상했으므로 나 역시 지체할 이유가 없었다. 어제 미리 짐을 싸두었다. 그들을 따라 보안과 사무실로 갔다. 보안과장과 여러 명의 교도관이 사무실 앞에 서 있었다. 청송교도소에 이감될 재소자 7, 8명이 복도에 앉아 있었다. 나는 맨 뒷줄에 그들처럼 앉았다. 서무가 이감 명령서를 한 장씩을 나누어주었다. 서명이 끝나자 여러 명의 교도관이 나를 비롯한 재소자들에게 포승줄로 묶고 수갑을 채웠다.

보안과장의 짧은 훈시가 끝나고 우리는 호송 버스에 올라탔다. 호송 교도관은 3조의 주임 한 명과 평직원 두 명이었다. 버스가 교도소 밖을 나오자, 뒤에 앉아 있던 재소자들이 날 아는 척했다.

"어이! 탈옥한 양반. 성공했으면 밖에서 잘 살면 되지, 왜 기어들어 왔냐?"

그러자 주위 재소자들이 웃었다. 뒤돌아보니 안면이 있는 자였다. 나는 무슨 말이든 해야 했다.

"별것 아니고, 나가보니 배고파서 들어왔습니다."

내 말에 다시 재소자들이 비아냥거렸다.

"배고파서? 하하. 어지간히 소심한 친구로군. 우리와 함께 놀 친구가 아니네."

"저런 놈은 왕따시켜야지. 탈옥이 어디 쉬워? 제 발로 들어오지 않았으면 우리 세계에서 우상이 될 뻔했는데. 아깝다. 아까워."

나는 더는 이들과 말을 섞고 싶지 않아 뒷좌석에 몸을 기댔다. 그들도 내가 반응하지 않자 잠잠해졌다. 오랜만에 본 창밖 풍경이 좋았다. 나는 민채와 서평, 그리고 지희를 생각하다 어느새 잠이 들고 말았다.

한참을 잤을까. 눈을 떠보니 호송 버스는 한적한 시골길을 가고 있었다. 보이는 것은 계단식 밭 그리고 절벽처럼 가파른 산뿐이었다. 멀리 마을이 띄엄띄엄 보일 뿐, 그야말로 첩첩산중이었다. 모두 잠이 들었는지 조용했다. 목이 몹시 말랐지만, 앞쪽의 교도관들도 곤히 자는 것 같아 참을 수밖에 없었다. 그때였다. 뒷좌석에서 다급한 목소리가 들렸다.

"담당님! 여기. 이리 와 보세요. 반장님이 좀 이상합니다."

그 소리와 함께 뒷좌석에서 비명이 들렸다.

"우욱!"

그러자 순식간에 버스 안은 소란스러워졌다. 앞쪽 교도관이 잠에서 깨어 뒤를 바라보았다.

"뭐야? 무슨 일인데?"

"복통이 일어났나 봐요. 거품도 뭅니다. 빨리 와 보세요."

나는 너무 놀라 뒤를 돌아보았다. 맨 뒷좌석 중간에 앉은 재소자였다. 실제로 입에 거품을 물고 있었다. 언뜻 보니 그때 본 적이 있는 두부 공장의 반장이었다. 놀란 교도관 한 명이 호송 칸과 연결된 문을 따고 들어왔다. 교도관은 얼른 뒤로 가서 환자의 상태를 살피다, 안 되겠는지 나머지 교도관을 불렀다.

"비상약 하나만 가져와! 없으면 물이나 활명수라도 좋아."

호송 칸에서 온 교도관이 물 한 잔과 활명수 한 병을 가지고 와서 환자에게 억지로 먹였다. 그래도 환자가 정신을 차리지 않자 먼저 온 교도관은 환자의 눈을 까보고 얼굴을 때리는 등 초동 조치한다 했으나, 환자의 상태는 걷잡을 수 없었다. 주위의 재소자들도 긴장한 표정이 역력했다. 교도관이 호송 칸의 주임 교도관을 불렀다.

"박 주임님! 안 되겠습니다. 근처 병원에라도 가야 할 것 같은데요."

교도관의 다급한 외침에 주임 교도관도 환자가 있는 뒷좌석에 들어왔다. 이제 호송 칸에는 운전기사밖에 없었다.

"심각해? 어떻게 안 되겠어? 이 근처에 병원이 어디 있다고. 한 번 봐. 어이 반장! 정신 좀 차려."

그때였다. 호송 버스 안에서 누군가 큰소리로 소리를 질렀다.

"작전 개시!"

정말 순식간이었다. 수갑과 포승줄은 언제 풀었는지, "와!", 하는 함성과 함께 그들은 주임 교도관을 비롯한 세 명의 교도관을 눈 깜짝할 새 제압하는 한편, 호송 칸의 운전 기사에게 차를 세울 것을 명령했다. 이제 상황은 역전되었다. 아까만 해도 영락없는 환자였던 두부 공장의 반장이 의기양양한 듯 일어나더니 나머지 재소자들에게 명령했다.

"이 새끼들 묶어!"

교도관들은 졸지에, 출발하기 전 자신들이 재소자들을 묶었던 줄로 꼼짝없이 묶였다. 그래도 간부인 주임 교도관은 묶이면서도 반장을 타이르고 있었다.

"이봐, 반장! 이런다고 멀리 못가. 괜히 잡혀서 형기 늘이지 말고 우리 대화로 함세. 응?"

주임 교도관의 말에 반장은 웃었다.

"30여 년 전에 서울 쪽에서 이렇게 호송 버스에서 탈옥했던 우리 지강헌 형제님이 이런 말을 했지. '유전무죄, 무전유죄'. 니기미! 무려 삼십 년이나 흘렀는데도 이건 변함이 없어. 돈 있는 놈은 무슨 수를 써서라도 빨리 나가고 우리 같은 개털은 그까짓 폭력 몇 번 휘둘렀다고 보통 십 년 형이야. 게다가 그것도 모자라 우리를 시골 촌구석으로 몰아넣는 너희는 여하간 죽어 마땅해."

그러자 옆에 있던 참모 같은 재소자가 그에게 물었다.

"정말 죽일까요?"

그 말에 호송 버스 안은 발칵 뒤집혔다. 묶여 있던 교도관들은 살려달라고 소리를 지르고 그동안 소 안에서 교도관들에게 당한 적이 있는 재소자들은 죽이자고 고함쳤다. 그러나 반장은 가만히 손을 저었다.

"공무원은 죽이면 안 돼. 너무 시끄러워져. 아니, 그보다 우리가 이런 졸개들을 처단하면 뭣하겠어? 죽이려면 높은 놈들, 법무부 장관이나 교정국장 이쯤은 되어야지. 그냥 밖으로 끌고 가서 나무 밑에 몽땅 묶어두고 두어 시간만 기절시켜 놓아. 그 사이에 우리도 도망가야 하니 말이야."

그의 말이 끝나자 재소자들은 교도관들을 끌고 나갔다. 반장 옆의 참모가 또 물었다.

"어디서 접선하기로 하셨습니까?"

"이곳에서 대략 5km 떨어진 곳이야. 부하들이 봉고차와 갈아입을 옷을 가져올 거야."

반장은 여유만만했다. 그때 참모가 또 물었다.

"반장님. 그런데 저놈은 어떻게 할까요?"

저놈이란 바로 나였다. 나는 여전히 수갑을 찼고 포승줄에 묶여 있었다. 반장은 날 힐끔, 한 번 쳐다보더니 간단히 말했다.

"저 덜떨어진 놈? 저놈도 이 새끼들과 함께 묶어버려."

결국, 나도 나무 밑으로 끌려가 교도관들과 같은 신세가 되고 말았다. 탈옥수를 태운 버스는 떠났다. 포승줄에 묶인 채로 나무에도 묶였기 때문에 나는 그 자리에서 오줌을 몇 번이나 지렸다. 목도 말랐고 배도 엄청 고팠지만, 누구에게 하소연할 데도 없었다. 우리는 그곳에서 꼬박 6시간을 묶여 있었다. 청송교도소 측에서 약속 시각에 호송 버스가 도착하지 않자, 역방향으로 추적하다 겨우 우리를 발견하였다.

Monologue 5
동반 탈옥

다음날 일간 신문에 내 얼굴이 대서특필되었다.

'탈옥을 거부한 의로운 재소자. 그는 교도관들과 함께 탈옥수들과 맞선 끝에 정의를 택하였다.'

나는 다소 이 황당한 사건으로 앞으로 있을 동반 탈옥이 훨씬 쉽게 되었고, 야심 차게 탈옥한 놈들은 일주일 이내에 모조리 체포되었다.

청송교도소는 정말 소문대로였다. 첩첩산중에 자리 잡은 것은 물론, 근처에 흔한 민가 한 채 없었다. 게다가 외벽 담도 이전에 있던 교도소의 그것보다 훨씬 높아 보였고 끔찍하게도 주변에 CCTV가 있었다.

"이럴 수가!"

신문에 나고, 함께 고생했던 교도관들이 말을 잘 해주어서인지, 첫날 나는 소장에게 불려갔다. 의로운 일을 했으니 특혜를 주겠다는 소장의 말에 나는 선뜻 대답하지 않고 머리를 굴렸다. 소장은 재소자에게 드물게 자신의 방에서 커피까지 타 주었다. 일회용 커피였지만 이런 곳에선 흔치 않은 음식이었다.

"소장님께서 말씀하시니 두 가지만 부탁드리겠습니다. 하나는 이전 교도소에서 같은 방을 쓴 방장이 이곳에 있습니다. 그와 함께 방을 쓰게 해주시고 나머지 하나는 제가 소장님 관사 소지 일하고 싶습니다만."

보통 소장의 관사는 외벽 밖에 있었다. 그만큼 밖으로 나가기에는 수월한 곳이다. 그것도 그렇고 앞으로 동반 탈옥을 위해서는 권력자 주변에 있는 게 여러모로 유리할 것 같았다.

"그 방장이란 자와 같은 방을 쓰는 건 어렵지 않아. 그런데 나머지는 말이야. 현재 관사 소지 일하는 친구가 따로 있는데. 자네가 그 일을 특별히 더 잘할 수 있다는 이유가 있나?"

소장의 물음에 난 부동자세로 대답했다.

"네, 군에 있을 때 사단장님 관사에서 따까리(공관병)했습니다. 학력도 대졸입니다. 따라서 의전이면 의전, 청소면 청소, 심부름이면 심부름, 모든 걸 잘할 자신 있습니다!"

"그래? 그렇다면 내 한번 생각해 보지."

"감사합니다. 열심히 하겠습니다."

나는 마치 관사 소지 일을 확정 지은 듯 큰 소리로 인사했다.

그날, 이전 교도소의 7동 하의 7번 방, 방장이던 그는 날 보자, 마치 지옥에서 천사를 보는 것처럼 길길이 뛰었다. 그는 이곳에서도 한 방의 방장이었다. 넙죽 절하는 날 보더니 그는 그 방 식구들이 보라는 듯 날 안아주었다.

"이게 무슨 꿈같은 일이지? 자네가 이곳으로 올지 어떻게 알았겠나? 난 역시 행운아야. 정말 반가워."

"방장님과 저는 운명 그 자체입니다. 반갑습니다. 방장님."

방장은 너무 기쁜 나머지 날 다시 한번 안아주더니 식구들에게 일갈했다.

"앞으로 이 친구는 내 오른팔이야. 그러니 누구든지 이 친구에게 알아서 기도록! 알겠나?"

식구들은 단순했다.

"예!"

졸지에 나는 그 방에서 '넘버, 투'가 되었다. 그렇게 우리는 숙명처럼 그곳에서 다시 만났다. 나는 민채가 내게 맡긴 과업을 달성하기 위해 밤낮없이 힘쓰고 또 힘쓰기 시작했다. 방장은 이곳에서도 여전히 목공예공장에서 일하고 있었고 나는 일주일 만에 소장의 관사, 소지로 임명받았다. 낮에 근무지는 달랐지만, 입방 후에 나는 껌딱지처럼 그에게 달라붙었다.

그 주 토요일이 되었다. 방장은 쉬는 날이었다. 나는 주말이라도 언제든 소장이 부르면 달려가야 하는데, 다행히 소장이 이틀간 휴가인 바람에 마음껏 쉴 수 있었다. 나는 햇볕이 가득한 운동장에 그간 밀린 이야기와 가능하다면 앞으로의 거사에 대해 운을 띄울 겸 해서 방장과 함께 산책하러 나갔다.

"방장님. 그때 말씀하신 항소 건은 잘되어가고 있습니까?"

슬쩍 내가 운을 뗐다. 그러자 그의 표정이 급격히 굳어갔다.

"아니. 사실 힘들어. 처음에 변호사도 가능하다고 확신했는데 얼마 전에 접견 와서 하는 말이 힘들 것 같다 그래. 누군가 방해하고 있는 것 같아. 그것도 아주 높은 선에서 말이야."

나는 순간적으로 민채가 움직이고 있는 것을 확신했다.

"참! 자넨 그때 내가 부탁한 것은 어떻게 됐나? 갑자기 내가 이리로 오는 바람에 정말 궁금했어."

"아, 네 그 일은 밖에 있는 제 친구가 알아보고 있는데 아마 잘 될 겁니다."

"그래? 그렇다 하더라도 내가 내년에 나가지 못하면 말짱 꽝이야. 정말 걱정되네."

나는 이쯤 되어서 그에게 미끼를 던져야겠다고 생각했다.

"그래서 말인데요, 우리 모험을 하나 해보는 게 어떻겠습니까?"

"모험?"

"네, 일종의 도전이라 할 수 있지요."

그러자 그는 내게 묘한 표정을 지었다. 내가 말하지 않아도 그도 그렇게 생각하고 있는 것 같았다. 그는 다른 사람들의 동태를 살피다 작은 목소리로 내게 말했다.

"여기를 나가자는 뜻인가?"

확실히 그는 똑똑했다.

"맞습니다. 우리 둘이 함께."

그는 음, 하는 탄식과 함께 입술을 깨물었다. 얼핏 보니 아주 비장한 표정이었다.

"나야, 나갈 명분과 이유가 충분하다지만, 조금 있으면 나갈 수 있는 자넨 왜지?"

그가 날 의심하는 것 같았다. 거친 세상을 살았던 야수 같은 사내의 본능이었다. 나는 그에게 되도록 태연한 표정을 지어 보였다.

"여자가 있습니다. 전 이혼남이고 가진 돈도 없을뿐더러 절도죄를 지어 나가면 전과자입니다. 여자의 부모가 반대하는 건 당연하죠. 빨리 나가지 않으면 그녀는 부모가 정해준 남자와 결혼할 겁니다."

엉겁결에 지희를 생각하며 시나리오를 썼지만 내가 봐도 괜찮은 스토리텔링이었다.

"사랑을 위해서 탈옥한다? 그러면 나간 후에는 어떻게 살려고?"

그의 말에 이번엔 민채를 떠올렸다.

"중국으로 튀려고요. 어차피 국내에서 살 수 없을 테니까요."

"중국? 자네 중국말 할 줄 아나?"

"아뇨. 대신 제 여자가 중국어에 능통합니다. 아주 똑똑하고 예쁜 여자지요."

나는 그 말을 하다 갑자기 민채가 떠오르면서 그날 밤, 함께 누었던 침대가 생각이 났다. 이혼한 후 내게 가장 달콤하고 열정적인 시간이었다. 이 순간에도 그녀의 체취와 향수 냄새가 나는 것 같았다.

"그런데 가능할 것 같은가?"

"안 되면 되게 해야죠. 제 사전에 불가능은 없습니다."

"어떻게 어떤 방법으로?"

"그건 차차 방장님과 함께 의논하면 될 것 같습니다."

그는 한참을 고민하는 것 같았다. 운동장을 네 바퀴 돌 때쯤 그는 결심이 섰는지 걸음을 멈추었다.

"좋아. 함께 해보세."

그런데도 우리가 실제로 동반 탈옥에 성공한 건 여기 들어온 후 1년이 넘을 때였다.

소장의 관사는 외벽 밖, 정문에서 우측으로 돌아가는 곳에 있었다. 인근에 면회실과 경비교도대원들의 숙소가 있었고 정문 앞에는 방어선을 친 초소 하나가 있었다. 외곽은 천혜의 방어벽인 숲으로 둘러싸여 있었다.

관사 소지 일은 여러모로 괜찮은 일이었다. 소장이 집무실로 출근하면 나는 아침 식사 후 그곳으로 출근했다. 처음엔 정문 통과 때마다 출입 기록부에 서명하고 몸수색을 당했지만 여러 번 통과하다 보니 그런 일은 일어나지 않았다. 이곳도 사람 사는 곳이라 교도관들과 안면을 익히다 보니 절차가 생략되는 것이다. 아무리 내가 재소자이지만 이곳의 최고 권력자의 시중을 드는 사람이어서 교도관들도 함부로 하지 못했다. 특히 정문 주임 교도관은 출세 지향적인 사람이었는데 그는 수시로 내게 먹을 것을 주면서 친절을 베풀었다. 뻔한 일이었다. 자신의 진급에 필요한 정보, 그것이 그는 필요했다.

군에 있을 때 나는 사단장의 공관병이었다. 일개 병사였지만 그때 내가 가진 힘은 막강했다. 식당 조리병이나 P.X병 그리고 보급병인 경우는 또래 병사들에게만 영향을 미쳤다. 소위 꽃보직인 그들은 자신이 가진 힘을 이용해 병사들의 우위에 서서 금품, 향응 등을 받았다. 그보다 더한 위치에 있는 나는 그들과 달리, 상대하는 자들이 주로 장교 등 간부들이었다. 그들은 사단장의 심기, 동태 등에 매우 민감했다. 심지어 영관급 장교들도 수시로 관사로 찾아와서 내게 사단장의 동정을 캐묻고 가곤 했다. 명절이나 진급 시기면 이런 일이 더 심했다. 그들은 나를 통해 몰래 선물과 뇌물을 사단장에게 바쳤다. 나는 그것을 고스란히 사모님에게 주면 되었다. 그로 인한 나의 이

익은 잦은 휴가와 외박이었다. 때론 내게 직접 현금을 주는 간부도 있었다. 여기서도 마찬가지였다. 진급을 앞두거나 전출을 희망하는 교도관들은 수시로 관사를 들락거렸다. 관사 정원에서 잔디를 손질하고 있으면 그들은 언제나 나를 먼저 불렀다. 내 번호는 2154번이지만 그들은 번호 대신 내 이름을 불렀다.

"이섭 씨, 오늘 사모님 계셔?"

"아이고! 수고합니다. 소지 일이 힘들죠? 오늘 소장님 기분이 어떠셔?"

"이거, 얼마 안 되는 건데 이섭 씨가 소장님 퇴근하면 전해줘. 자네에게도 내 섭섭지 않게 할게."

내가 하는 일은 주로 설거지와 청소 그리고 정원관리였다. 오십 후반의 사모님은 때때로 내게 커피를 타 주거나, 안에서 먹기 어려운 진귀한 과자도 주었다. 나는 목적을 위해 열심히 일했고 드디어 소장뿐만 아니라 그의 가족에게도 인정받는 재소자가 되었다.

퇴근 후 나와 방장은 몸만들기에 주력했다. 탈옥은 피를 말리는 작업이었다. 한 번 해보니 강한 정신력과 체력이 얼마나 중요한지 나는 깨달았다. 매일 팔굽혀펴기 200회, 쪼그렸다 일어서기 200회 등 몸만들기에 주력한 결과, 나는 체중이 무려 10kg, 방장은 15kg이나 빠져 늘씬하고 강인한 몸매가 되었다. 몸이 만들어지자 나와 방장은 어디로 어떻게 탈주할 것인가에 대해 의논하고 매일 매일 가능성을 검토했다.

그날은 토요일이었다. 나는 아침에 잠깐 소장의 지시로 보일러를 점검하고 운동장으로 돌아왔다. 방장이 기다렸다는 듯이 날 맞이했다. 천천히 운동장을 돌다 그가 그의 계획을 설명했다.

"저길 봐. 저번 태풍에 담벼락이 무너진 일이 있었어. 공사를 한다 했으나, 중간쯤 보면 계단처럼 울퉁불퉁한 곳이 있어. 저길 밟고 올라가면 어때? 줄만 구하면 될 것 같은데."

방장이 말한 곳은 높이가 3m나 되는 교도소 내벽이었다. 하지만 한번 탈주한 경험이 있는 나로서는 그의 의견이 다소 의아하게 생각되었다.

"줄은 왜요?"

"올라가면서 튀어나온 벽돌 모서리에 미리 줄을 걸어 놓는 거야. 그러면 담 너머로 내려올 때 줄을 잡고 내려올 수가 있지. 마침 그쪽은 내가 알아봤는데 CCTV의 사각지대야."

그는 자신이 있다는 듯 득의양양했다.

"내벽을 넘었다 칩시다. 그럼, 외벽은 어떻게 넘을 건데요?"

그러자 그는 갑자기 주위를 두리번거렸다.

"이건 고급 정보야. 2주일 후에 남쪽 외벽공사를 한다는 소식이 있어. 작년에 서쪽 외벽 공사할 때 일했던 애들에게 들었어. 외주업체가 맡아 공사를 했는데 인부가 부족해 일부는 재소자를 썼나 봐. 그 애들 말로 하루 만에 공사가 되지 않으니 그날 일이 끝나면 업체에서 사다리며, 벽돌 등 장비와 자재를 외벽 안쪽에 두고 퇴근한다고 하네. 그 사다리를 이용하면 외벽도 넘을 수 있을 것 같아."

방장은 나름대로 정보를 수집하고 계획을 짠 것 같았다. 그런데도 나는 그에게 이 계획의 몇 가지 문제점을 들었다.

"일단, 시도는 좋아요. 그런데 제가 보기에는 첫째, 대낮에 내벽과 외벽을 교도관과 경비교도대원들의 눈을 피해 어떻게 넘을 수 있을는지. 둘째, 외벽까지 넘었다 해도 초소를 어떻게 통과할는지. 여기에 대해 생각한 게 있습니까?"

나의 반박에 방장은 기다렸다는 듯이 말했다.

"그래서 자네 도움이 필요한 거야. 내가 무슨 수를 써서라도 외벽 공사장에 투입되도록 하겠어. 내 목표는 내벽이 아니라, 외벽만 넘는 거야. 이해 안 되지?"

그러지 않아도 나는 그가 무슨 말을 하는가 싶었다. 자신이 먼저 내벽 이야기를 꺼내놓고선 내벽을 넘지 않을 거라니.

"잘 들어 봐. 그날 D-day 때 날 도와줄 조력자가 한 명 있어. 외벽 공사가 마칠 때쯤, 아마 오후 4시 30분쯤이 되겠지. 내 조력자가 내벽을 넘어 공사팀에 합류할 거야. 인원 점검 때 한 명이 비면 안 되니 말이야. 그때 나는 사다리를 철거하는 척하면서 그걸 타고 재빨리 외벽을 넘을 거야. 자네는 그 시간, 관사에서 일하고 나오는 시간이겠지? 그럼 나와 함께, 위병소가 아닌 뒤편 산으로 도망가는 거지. 그렇게만 된다면 저녁 점호 시간까지 몇 시간을 벌 수 있어. 그사이에 우리는 멀리 도망가는 거지."

언뜻 듣기에는 완벽한 시나리오 같았다. 그런데도 이상하게 내 마음은 별로 움직이지 않았다. 그래도 상대는 방장이었다.

"제가 할 일은요?"

"자넨 그동안 며칠 동안 먹을 음식을 관사에서 준비해 둬. 가방 두 개를 만들면 되겠네. 아마 깊고 깊은 산속을 둘이서 몇 날 며칠 헤매게 될 거니까. 참! 그리고 관사에 컴퓨터 있지? 이 근방과 우리의 목적지인 D 읍까지 지도를 검색, 출력해 둬. 나침판도 있으면 좋겠지만 그건 어렵겠지?"

"D 읍에 아는 분이 있습니까?"

"아는 후배가 있어. 그곳에 가면 당장 필요한 옷과 도피자금은 구할 수 있을 거야."

그 나름대로 고심해서 짠 계획이라 당장 거절할 수는 없었다. 그도 그럴 것이 이곳은 예전 교도소와는 달라, 솔직히 내가 생각해도 뾰족한 묘안이 없다는 것이 문제였다.

"성공하면요?"

"그땐 각자 찢어지는 거지 뭐. 난 나대로, 자네는 사랑을 찾아가면 될 테지."

그는 낙관적이었다.

"알겠습니다. 우리는 운명공동체니까 방장님 의견을 따르겠습니다. 지도와 나침판 그리고 우리가 갈아입을 옷은 구해놓을 터이니 그건 안심하십시오."

그로부터 정확히 일주일 뒤에 친구, 서평이로부터 면회가 왔다.

그때 나는 관사에서 일하고 있었다. 관사에서 면회실까지는 별로 멀지 않은 거리였다. 마침 사모가 접견실 담당 교도관으로부터 내실에서 전화를 받아 내게 전해주었다. 나는 순간적으로 일반 면회 대신 특별면회를 하고 싶었다. 그리하여 사모님에게 정말 친한 친구가 왔다고 말하곤, 특별면회가 될 수 있도록 사정했다. 사모는 한참을 고민하다 내 정성에 감읍했는지 전화 한 통을 해주었다. 내가 먼저 가서 기다리고 있었다. 녀석은 접견실 담당 교도관과 나란히 들어왔다. 담당 교도관이 한마디 했다.

“어이! 이섭이. 역시 끗발 좋아. 여기 친구 모셔 왔으니 맘 편히 면회하고 후에, 내 얼굴 잊지 않았으면 좋겠어.”

서평은 무슨 일인지 몰라서 나와 교도관 얼굴을 동시에 쳐다보았다.

“여부가 있나요? 좋은 정보 있으면 바로 담당님께 알려드릴게요.”

교도관이 나가자 녀석은 우리가 살던 곳에서 이곳까지 꼬불꼬불 산길을 넘어 힘들게 왔다고 투덜거렸다.

“그래서?”

나는 그의 표정이 하도 우스워 농담하고 싶었다.

“뭐가 그래서야? 잘생긴 친구 덕분에 내가 이런 산골짜기까지 왕래할 줄 그 누가 알았겠어?”

“면회하러 왔으니 돈을 달라는 얘기야?”

“이런 씨벌놈! 내가 그런 놈이야? 정 네가 내게 성의를 보여주고 싶다면 여자, 그렇지. 지희 씨를 내게 넘겨. 지희 씨는 너 같이 바람둥이하고는 안 어울려. 알고 보니 참 착한 여자더라.”

“지희를 만났어? 넌 잘 모르잖아. 그 여자도 그렇고.”

“그렇지. 그런데 어떻게 알았던지 내 번호로 연락이 와서 한 번 만났어.”

“그래?”

그제야 나는 기억이 났다. 첫날 편의점을 털다 실패하고 둘이 술을 마실 때, 서로의 친한 친구 이야기를 한 적이 있었다. 나는 당연히 서평의 이름을 댔고 비상시에 연락하려면 이 친구에게 하라면서 전화번호를 가르쳐 주었다. 모두 술김이었다.

“만나서 무슨 이야기를 하던?”

"지희 씨가 네가 이감된 줄 모르고 그 교도소에 면회하러 간 모양이더라. 네가 없으니 내게 연락이 와서 만났는데, 너에 대해 꼬치꼬치 캐물었어. 나, 정말 힘들었다. 그 상황이."

"뭘 묻던데?"

"네게 여자가 있는 것 같다고 하데. 확실한 증거는 없지만, 여자의 직감으로 알았다고 하면서 내 앞에서 어찌나 슬피 울던지."

참 기가 막히는 이야기였다. 나와 몇 번 잤다고 이제 마누라 행세까지 하는 그녀가 불쌍했지만, 지금 한가하게 그녀 이야기나 할 때가 아니었다.

"그 이야긴 됐고, 저번에 내가 부탁한 주소 건 알아 왔어?"

내 말에 서평은 잠시 주위를 두리번거리더니 얼른 쪽지 하나를 내게 건네주었다. 나는 재빨리 그 쪽지를 속옷 안으로 집어넣었다.

"수고했어. 민채는? 물론 어떤 지시가 있었겠지?"

"만나지는 못했는데 오늘 간다니까, D-day가 정해지면 알려 달라고 하더라. 어때, 날짜는 잡았어?"

서평의 눈이 초롱초롱 빛났다.

"그래, 대략 일주일 후야. 정확한 날짜와 시간은 그날 내가 전화할게. 그때 네가 움직이든 아니면 민채가 움직이든 하면 될 거야."

"이번 방법은? 그때처럼 담 넘는 것은 아니지? 오면서 보니 여기는 담 넘기가 그때보다 훨씬 어려운 것 같아."

"물론이지. 나는 지금 소장 관사에서 일하고 있어. 그 말은 언제든 도망갈 수 있다는 말이지. 그런데 그 양반과 함께 움직이다 보니 좀 힘들어. 그래도 민채에게 전해. 우리 꼭 성공할 거라고 말이야."

"그래야지. 민채 씨 전화 목소리를 들어보니 무척 초조해 보이더라. 그 외 내게 부탁할 것 없어? 영치금 좀 넣고 갈까?"

헤어질 것을 생각하니 서평도 아쉬운 모양이었다. 이게 친구라는 증거라 생각하니 내 마음도 솔직히 무거웠다.

"아니! 필요 없어. 혹시 지희 씨가 또 전화 오면 절대 이곳에 면회하러 오지 말라 그래. 이유를 묻거든, 또 이감 간다고 그러고."

"씨벌놈! 하여간 바람둥이는 다 이렇게 냉정해요."

방장의 말대로 외벽 공사가 확정되었다.

그런 고급 정보를 미리 알 수 있다는 것은 소내에 그의 폭넓은 인간관계요, 정보망 때문이기도 하지만 무엇보다 그의 재력이었다. 돈은 바깥세상뿐만 아니라 이곳에서도 유효했다. 그가 말한 조력자도 그를 돕고자 하는 이유는 단 하나, 돈이었다. 확실히 이곳에서 방장은 범털이었다. 웬만한 교도관이나 힘깨나 쓴다는 각 공장의 반장들도 방장을 함부로 대하지 못했다.

소내에서 영향력이 있는 방장은 당연히 외벽공사에 차출되었다. 비록 외벽이 남아 있더라도 재소자들은 내벽 밖으로 나가고 싶어 했다. 그만큼 그들은 세상을 그리워하고 있었다. 벽 하나를 사이에 두고 일하는 그들은 이 일을 노역이라 생각하지 않고 놀이라 생각했다. 외부 업체, 그러니까 세상 사람들과 말을 섞을 수 있었고, 노임도 소 내 작업보다 높은 편이었다. 무엇보다 감시자들의 눈을 피해 새참이나 점심을 먹을 때 인부들이 가져온 막걸리를 얻어먹을 수 있다는 사실이 매력적이었다.

외벽공사는 일주일 동안이었다. 방장은 첫날 퇴근 후에 날 불렀다. 짐작은 하고 있었지만, 그는 마지막 날을 D-day로 잡는 게 어떠냐고 내게 물었다. 마지막 날이 토요일이라 감시가 덜한 편이라고 그는 덧붙였다. 나는 입술을 질끈 깨물고 고개를 끄덕였다.

다음날부터 나는 관사에 출근하면 사모의 눈을 피해 컴퓨터를 열어 지도를 검색하고 필요한 부분은 출력했다. 지도를 보니 방장이 말한 D 읍은 차로 가면 두 시간밖에 되지 않았지만, 산길로 걸어가면 족히 사흘은 걸릴 듯했다. 그동안 입을 옷도 두어 벌 구해두었다. 창고를 정리하다 보니 마침 소장이 예전에 입던 헌 옷 등이 있었다. 낡은 가방이지만 아들이 쓰던 것과 등산용 배낭을 찾은 것도 다행스러운 일이었다. 나침판은 읍내 중학교에 다니는 소장의 아들에게 부탁해 얻어 두었다. 평소 녀석에게 형처럼 살갑게 대한 게 유효했다. 마지막으로 사흘 동안 먹을 음식은 부엌에서 참치통조림 몇 개와 초콜릿 등 과자 그리고 소장이 먹다 남겨 둔 양주 한 병을 훔쳤다. 나는 이 모든 것들을 가방에 담아 관사에서 조금 떨어진 곳에 묻어두었다.

모든 것은 잘 진행되어 가고 있었다. 드디어 두 번째 D-day이었다.

날씨는 화창했고 컨디션도 좋았다. 나는 이틀 전에 미리 소장에게 정원 손질을 하러 출근한다고 말해두었기 때문에 별다른 문제 없이 관사로 나왔다. 때마침 소장은 친구들과 2박 3일 동안 낚시를 가서 관사에는 사모와 아들 둘뿐이었다. 오전에 사모는 읍내 마트에 갔고 아들은 제 방에서 컴퓨터 게임을 하고 있었다. 그 틈을 이용하여 나는 거실에 물 마시러 들어가는 척하다, 서평에게 전화를 걸었다.

"오늘 오후 4시 30분이야. 산으로 들어갈 거야. 사흘 후 D 읍으로 갈 테니 민채에게 알려줘. 그래, 너도 함께 오면 좋겠다."

"요새 밤 되면 쌀쌀해. 옷 잘 챙겨 입어."

그러고 보니 가을이었다. 이곳도 밤만 되면 쌀쌀해지는데 산속은 말할 나위가 없었다. 나는 한 번 더 가방이 있는 곳을 다녀와서 정원 손질을 했다. 사실, 정원 손질은 관심이 없고 나는 오로지 탈옥만 생각하고 있었다.

오후 4시 20분이었다. 마트에서 돌아온 사모는 부엌에서 김밥을 만들고 있었다. 나는 퇴근 인사를 하고 돌아서려는데, 고맙게도 사모는 내게 김밥을 담은 봉지 하나를 주었다. 마지막일지도 모른다는 생각에 나는 그녀에게 고개 숙여 인사했다. 관사를 나와서 가방을 꺼내 김밥을 넣고 방장이 넘어올 외벽 근처에 숨었다.

그런데 이상한 일이었다. 무려 십 분이 지났음에도 방장은커녕 외벽을 넘는 물체가 아무도 없었다. 불안하고 초조했다. 그때 관사 근처로 정문 담당 교도관이 걸어오고 있었다. 나는 직감적으로 일이 틀어졌을 거로 생각했다. 얼른 가방을 제자리에 다시 묻고 태연하게 관사 앞으로 걸어갔다.

"어이! 이섭 씨. 왜 거기서 나와?"

교도관은 내가 숲속에서 걸어 나오자 의아한 표정을 지었다.

"담당님! 일 마치고 나오는데 갑자기 뒤가 급해서. 다시 관사 안으로 들어가기 뭣해서요."

나는 대충 둘러댔다.

"그렇지. 아무래도 사모님이 계시는 관사 화장실은 불편하지. 그건 그렇고. 빨리 들어감세. 안에 사고가 났어."

나는 그 사고가 방장일 것으로 추측했다. 사다리를 접는 척하고 벽을 타다, 그만 교도관이나 경비교도대원에게 걸린 모양이었다. 순간적으로 나는 얼굴이 하얗게 질렸다. 그리되면 우리 계획은 수포가 되는 셈이었다. 그래도 나는 태연한 척 교도관에게 물었다.

"무슨 사고요?"

"별일은 아니고, 웬 놈이 내벽 담을 넘다가 걸린 모양이야. 지 말로 공사판 끝나는 날에 막걸리를 마시는 걸 알고 있다며, 한잔 얻어먹을 욕심으로 넘었다나, 뭐라나. 에이 멍청한 놈!"

교도관의 말에 나는 놀란 가슴을 쓸어내렸다.

"막걸리요?"

"그래, 업체에서 수고했다고 인부들과 재소자들에게 한턱냈다네. 일단 들어감세. 우리도 정문 마감해야 해."

불행 중 정말 다행이었다. 조력자가 꽤 똑똑한 모양이었다. 그가 재치 있게 넘어가서 망정이지, 그렇지 않았다면 방장과 나까지 큰 피해를 볼 뻔하였다.

방에 들어가니 방장은 허무한 듯 벽에 기대고 앉아 있었다. 텁수룩한 머리와 채 깍지 못한 수염으로 그는 십 년이나 더 늙어 보였다. 그의 얼굴에는 절망과 실망이 가득했다. 나는 그의 옆에 살포시 앉았다. 방 식구들 대부분은 방장의 표정을 보고 멀찌감치 떨어져 있었다. 방장은 작은 소리로 말했다.

"미안하다."

그의 말에 나는 고개를 저었다. 대신 그의 손을 꼭 잡았다.

"방장님. 차라리 잘 되었습니다. 이번 계획은 사실, 무리였어요. 저도 내심 불안했거든요. 이번 일을 반면교사 삼아 다음번에는 완벽한 시나리오를 만드는 게 나을 것 같습니다. 너무 상심하지 마십시오."

그는 내 말에 고개를 끄덕였다. 다음날 관사에 출근한 나는 서평에게 이번 작전은 실패했다고 알렸다. 대신 한 달 내에 완벽한 계획을 짜서 다시 실행하여 꼭 성공하겠다고 말했다. 그러면서 이번 일에 실망할 민채를 생각하니 가슴이 쓰렸다.

방장은 그 나름대로 공장에서, 나는 나대로 관사에 매일 출근하여 기회를 노렸다. 퇴근 후에 열심히 운동하는 것은 기본이었고 체력을 비축하기 위해 하루 세끼는 물론 간식으로 닭고기꼬치나 삶은 달걀 등을 꼬박 먹었다. 탈옥하기 위한 장소와 시간 그리고 방법에 골몰한 나와 방장은 만나면 그 이야기를 나누었다. 하지만 이곳은 탈옥하기 만만한 곳이 아니었다. 방장과 내가 단둘이 있는 시간이 많아지자, 주위에서 곱지 않은 시선들이 생겨났다. 눈치 빠른 교도관들은 둘이 탈옥 모의를 하는 게 아닌가 하고 의심했다. 나는 그들의 의심을 끊기 위해 백방으로 노력하는 한편, 어서 이 계획을 실행하고자 마음먹었다.

드디어 기회가 왔다. 한날, 관사에서 일하고 있을 때였다. 정확히 사모의 지시로 소장의 아들 방에 도배할 때였다. 평일임에도 웬일인지 소장이 보안과장과 함께 집으로 들어왔다. 사모는 마트에 가고 집에는 나밖에 없었다.

"마트에 갔다고? 그럼 이섭이가 마실 것 좀 내어와."

소장은 거실에서 보안과장과 마주 앉았다. 그들은 내가 있는지 없는지 별다른 관심이 없어 보였다.

"용역업체를 쓰는 게 낫지 않을까?"

소장이 대뜸 그렇게 말하자 보안과장이 반색했다.

"소장님. 현재 쓸 예산이 없습니다. 이번 외벽공사에 다 썼습니다. 잡목 제거한다고 교정국에 다시 예산을 청구할 수는 없어요. 그냥 애들을 쓰는 게 낫습니다."

여기서 애들은 소 내의 재소자들이란 건 금방 알아들을 수 있었다. 나는 간단히 마실 음료수와 과일 등을 접시에 담아 탁자 위에 두고 뒤로 물러섰다.

"그야 그렇지. 그 애들 쓰면 인건비도 안 들고 좋긴 하지만, 위험하지 않을까? 사방이 산이라서 도망가는 놈들이 분명히 있을 텐데."

"소장님! 감사가 2주밖에 남지 않았습니다. 그리 마음이 안 놓이시면 제가 알아서 인원 배치하겠습니다. 일단 모범수를 우선으로 하고 그다음에 형기가 얼마 남지 않은 놈들과 각방의 반장들 위주로 하면 탈주 위험은 없을 거로 보입니다. 여차하면 그날 비번인 직원들과 경비교도대원들을 대거 풀어놓으면 되거든요. 어떻습니까? "

보안과장이 확고하게 다그치자 소장은 못내 고개를 끄덕였다.

"하루면 되겠어?"

"예. 관사 쪽과 면회실 근방만 하면 됩니다."

"좋아. 언제 하지?"

"이번 주 토요일이면 좋겠습니다."

나는 내심 쾌재를 불렀다. 잡목 제거에 동원되는 인적 조건에 방장이 해당하였고 그날도 토요일이었다. 아무리 보안과장이 닦달해도 주말에 비번인 직원이 과연 몇 나오겠으며, 그날 외출, 외박이 많은 경비교도대원은 기존 근무에 투입되기 바쁘므로 실제, 감시하는 인력은 별 안 된다고 나는 생각했다. 그날 밤, 이불 속에 나란히 누워 나는 방장에게 조용히 이 사실을 알렸다.

"확실해?"

"그럼요. 아마 날 새면 아침에 보안과에서 지시가 떨어질 겁니다. 무조건 지원하세요. 참! 두 조로 나누어서 작업하는데, 되도록 내가 있는 관사 쪽으로 붙으세요. 아시겠습니까?"

"좋아. 그렇게 하지."

오랜만에 방장의 표정이 밝아졌다. 나는 그때부터 그날 어떤 시간대에 움직이고, 어느 쪽 산으로 튈지 관사에 출근할 때면 조사하고 연구했다. 일전에 묻어 놓은 도주 장비도 다시 한번 더 챙겼다. 결론은 이랬다. 당일, 방장이 관사 쪽 잡목을 제거하고 있을 때 나는 관사에서 그들에게 먹일 물을 준다는 구실로 접근한다. 그들이 물을 마시고 다시 작업에 들어갈 때 나는 관사로 돌아가는 척하다, 방장과 눈빛을 교환하여 그가 작업하는 쪽 반대 방향으로 튄다. 쉬는 시간은 그로부터 오십 분 후이므로 우리는 그동안 갈 수 있는 곳까지 멀리 튄다. 물론 그 전에 나는 관사에서 서평에게 연락하고 도주 장비는 미리 잡목이 우거진 곳에 갖다 둔다. 내가 생각해도 완벽한 시나리오였다.

그런데 기회는 엉뚱한 데서 왔다. 금요일 저녁이었다. 관사에서 돌아와 저녁밥을 먹고 내일 있을 탈옥 건에 대해 방장과 이야기를 나누고 있는데, 갑자기 우리 사동 교도관이 문을 두드렸다.

"2154번! 보안과 호출. 나와."

나는 혹시나 우리의 계획이 탄로 났을까 깜짝 놀랐다. 그런데 불안해하는 방장을 뒤로하고 보안과에 가보니 그게 아니었다. 보안과 서무가 관사 쪽으로 손가락을 가리켰다.

"관사에 물이 안 나온대. 얼른 가봐. 사모님 호출이야."

그제야 나는 놀란 가슴을 쓸어내리고 관사로 뛰었다. 사모가 부엌에서 쩔쩔매고 있었다. 그런 상황에서도 소장의 아들은 제 방에서 컴퓨터 게임을 하고 있었고, 소장은 읍내 기관장 회의에 참석해 집에 없었다. 확인해보니 물이 아예 안 나오는 게 아니라, 찔끔찔끔 나오는 것으로 봐서 모터와 펌프에 이상이 생긴 듯했다. 나는 전등을 들고 얼른 지하 보일러실로 갔다. 확인하니 모터는 돌아가고 있었다. 그렇다면 펌프 안, 센서에 이상이 있어 보였다. 예전 원룸에 살 때 이런 일이 수시로 있어 내가 전적으로 해결한 적이 있었다. 과연 펌프 마개를 열어 센서를 꺼내 보니 노후화되어 있었다. 이럴 땐 새것으로 교체해야 하지만, 지금은 밤이었고 읍내에 나가도 살 곳이 없었다. 방법은 하나, 센서 안의 접지점을 청소하고 기름을 치는 임시방편이었다.

그런데 그때, 나는 나도 모르게 기발한 생각이 떠올랐다. 그래! 지금이다. 아무리 생각해도 내일보다 지금이 더 좋은 기회였다. 나는 온몸이 전율했다. 직감이었지만, 지금 하면 성공할 것 같았다. 나는 머리를 굴렸다. 거실로 뛰어 올라와서 사모에게 말했다.

"사모님! 아무래도 안 되겠습니다. 모터에 이상이 생겼습니다. 기술자를 불러야 하겠는데요."

"이 밤에 어디서 부른단 말이에요? 큰일 났네. 화장실 사용도 해야 하고 빨래도 돌려야 하는데."

"사모님! 읍내에선 당연히 못 부르죠. 소 내에 제가 아는 분이 있습니다. 전기 수도 공사 기술자입니다."

"누군데요?"

"저와 같이 방을 쓰는 방장님입니다. 오시라 할까요? 그분이 오시면 단번에 고칠 수 있습니다. 대신, 사모님이 보안과에 전화 한 통 해주셔야 합니다."

"알았어요. 몇 호실 누구라 그랬죠?"

"7동 하에 3번 방. 방장인, 정태수입니다. 참! 작업 시간은 대략 두어 시간이라 말씀해주십시오."

사모가 전화할 동안 나는 노끈과 손수건 그리고 테이프를 챙겼다. 그리고 잠시 뒤, 사모가 아들 방에 들어갈 때 나는 서평에게 전화를 걸었다. 잠시 뒤, 방장이 경비교도대원 한 명을 대동하고 관사로 들어왔다.

"두 시간이면 된다 했죠? 그럼, 빨리빨리 합시다. 오늘은 불타는 금요일이고 대원 생일잔치에 참여해야 한단 말이에요."

서울 말씨를 쓰는 경비교도대원은 일전에 공장 등에서 본 얼굴이었다. 약삭빠르게 생긴 녀석은 평소 재소자들과 건방지게 담배거래를 하는 놈이었다. 나는 속으로 잘되었다고 생각했다.

"그래, 여기서 기다려. 금방 하고 올라올게."

나는 사모와 경비교도대원을 거실에 두고, 방장과 함께 지하실로 내려갔다. 방장은 어리둥절한 표정이었다. 나는 그의 양팔을 꽉 잡고 그의 눈을 뚫어지게 쳐다보았다.

"오늘입니다. 아무것도 묻지 마세요. 지금, 출발합시다."

똑똑한 방장은 내 말을 금방 이해했다.

“그래? 그럼 그러지 뭐. 그런데 저놈은?”

“당연히 제압해야죠. 이것 고치는 건 오 분도 채 안 걸립니다. 그때 계획한 장소로 갑시다.”

“D 읍?”

“지도와 나침판 그리고 손전등, 기타 갈아입을 옷과 먹을 것은 다 준비해 두었습니다.”

나는 간단하게 방장에게 지금부터의 계획과 도주 경로 등을 설명했다. 그런 후에 펌프의 센서를 청소하고 다시 끼웠다. 펌프가 돌아가면서 윙, 하는 소리가 났다. 정상 작동이었다. 거실로 올라가니 사모가 부엌에서 물을 틀고 있었다.

“사모님! 이분이 금방 끝냈습니다. 그럼, 우린 가볼게요. 어이! 교도대원 친구. 이제 가지.”

사모는 고마움과 미안함에 우리에게 김밥 몇 줄과 과일 등을 내밀었다. 고맙게도 오늘 역시 사모는 우리에게 탈주할 양식을 준 것이다. 관사를 빠져나오자마자, 나는 방장에게 눈짓했다. 경비교도대원은 작업이 의외로 일찍 끝나 기분이 좋은지 휘파람을 불고 있었다. 주위는 조용했다.

“으읍!”

방장이 뒤에서 그의 입을 막았다. 나는 재빨리 녀석을 제압해 입에 테이프를 붙이고 손을 뒤로하여 노끈으로 묶었다. 마지막으로 방장이 바닥에서 돌을 주워 녀석의 머리를 갈겼다. 힘없이 꼬꾸라진 녀석을 우리는 숲속으로 밀어 넣었다.

"1시간 40분 동안 달리는 겁니다."

우리에게 주어진 시간은 저녁 점호까지 1시간 40분이었다. 나는 얼른 탈주 장비를 꺼냈다. 각자 배낭을 짊어진 우리는 그때부터 죽자 살자 뛰고 또 뛰었다. 무려 일 년 만이었다.

Monologue 6

팜므파탈의 최종 판결

산 정상이었다.

멀리 우리가 있던 교도소가 보였다. 해발이 얼마인지 자세히 모르겠지만, 이곳도 꽤 높은 봉우리였다. 교도소 네 곳의 망루에서 서치라이트가 움직이는 게 보였다. 지금쯤이면 방장과 나의 탈주 소식이 전해질 것이었다. 방장과 나는 여기서 옷을 갈아입었다. 입고 있던 옷은 땅을 파서 숨겼다. 이제 우리는 민간인이었다. 방장과 나는 숨을 고른 뒤, 다시 반대편 산 아래를 향해 뛰었다.

가도, 가도 숲이었다. 아침이 되어서야 우리는 물이 흐르는 계곡에 당도했다. 인적이 끊긴 이곳의 물은 깨끗하고 맑았다. 그제야 우리는 목도 축이고 세수했다. 방장의 얼굴에 빛이 났다. 김밥과 과일 등으로 배를 채운 우리는 잠시 휴식을 취한 뒤 또 뛰었다. 나는 마치 한국전쟁 전후, 지리산의 빨치

산이 된 것 같았다.

이틀이 지났다. 그새 아낀다고 했으나 먹을 것은 거의 바닥이 났다. 대신 내 배낭에는 소장이 먹다 남긴 양주병이 하나 있었다. 산속의 새벽은 꽤 추웠다. 바위 밑에 나와 방장은 앉았다. 나는 양주를 꺼냈다. 안주는 소금뿐이었다. 방장이 먼저 한 모금을 들이키고 나중에 내가 마셨다. 속에서 불이 활활 붙는 것 같았다. 짜릿한 기분이었다. 나는 말없이 그때 서평에게 받은 쪽지를 방장에게 내밀었다. 방장은 쪽지에 적힌 주소를 유심히 바라보았다. 그의 표정이 순식간에 일그러졌다. 그는 내게서 양주병을 뺐더니 몇 모금을 연속해서 마셨다. 나는 그에게 왜 그러는지 묻고 싶었으나 이내 그만두었다. 지금은 남의 형편을 따질 때가 아니었다. 당장 내 눈앞의 삶이 문제였다.

새소리가 너무 시끄러워 잠을 깼다. 눈을 떠보니 햇살이 강했다. 방장은 저만치서 운동하고 있었다. 나는 소금 안주로 양주를 먹어서인지 속이 쓰렸고 배가 몹시 고팠다.

"잘 잤나? 깼으면 이제 출발하지."

방장은 제자리로 돌아와 배낭을 챙겼다. 이상하게 그의 눈은 살기가 서려 있었다. 그 쪽지를 본 후부터였다.

그날 오후, 정말 모처럼 인가를 발견했다. 화전민이 사는 움막집이었다. 밥 짓는 연기가 났으므로 집에 사람은 있었다. 나는 냄새만으로도 배가 고파 미칠 지경이었다. 그래도 이대로 들어갈 수 없었으므로 우리는 방에 불이 꺼지길 기다렸다. 그들이 잠이 든 후, 부엌으로 잠입할 계획이었다.

역시 산속이었다. 화전민의 집은 밤 7시가 조금 넘었음에도 불이 꺼졌다. 나와 방장은 몰래몰래 부엌으로 들어갔다. 안방과 떨어진 부엌이었다. 손전

등을 아래로 비추어보니 솥 안에 찐 감자 몇 알을 발견했고 미처 치우지 못한 밥상에는 고춧가루 하나 없는 신 김치가 있었다. 아! 나는 세상에서 이렇게 맛있는 식사는 난생처음이었다. 감자와 신김치를 먹고 찬물을 한 그릇 마시고 나니, 추위와 피로가 싹, 하고 가셨다.

"이제 어디로 가야 해?"

방장이 묻길래, 나는 부엌에서 지도를 펼쳤다. 앞으로 산 두어 개를 넘으면 우리의 목적지인 D 읍이었다.

"이쪽으로 가면 되고, 시간은 아마 하루 정도 걸릴 것 같네요."

"그럼, 출발하지. 마음이 급해."

방장은 또 배낭을 짊어졌다. 나는 속으로 따뜻한 온기가 있는 부엌에서 한숨 자고 가면 얼마나 좋을까, 하고 생각했다.

꼬박 하루를 걸었다. 나와 방장은 기진맥진했다. 어제 화전민의 부엌에서 먹은 삶은 감자 몇 알이 마지막 음식이었다. 물로 배를 채웠지만 배고픔은 가시지 않았다. 마침내 우리는 D 읍이 보이는 산봉우리에 도착했다. 컴컴한 밤이었지만, 멀리 읍내에는 불빛이 보였다. 나는 불빛을 보자마자 눈물이 설핏 고였다. 군 시절, 야간 행군 이후 이런 강행군은 처음이었다.

바위 밑에서 숨을 고른 뒤, 방장과 나는 산 아래로 내려갔다. 멀리 개 짖는 소리가 들렸다. 인적이 이미 끊어진 시골 소읍의 외딴집을 찾아가는 일은 결코, 쉽지 않았다. 그런데도 방장은 막판에 힘이 나는지 성큼성큼 걸어갔다. 방장이 아는 후배의 집은 읍에서 약간 떨어진 외딴집이었다. 주위는 논과 밭이었다. 그 집의 안방에는 불이 켜져 있었다. 나는 문밖에 대기하고 방장이 집 안으로 들어갔다. 방장의 나지막한 목소리가 들렸다.

"이봐! 수동이. 수동이 안에 있나?"

방장의 목소리에는 긴장감이 묻어있었다. 몇 번을 불렀는지 모를 즈음에 안방에서 인기척이 들렸다. 방문을 열고 나오는데 시끄러운 TV 소리가 들렸다.

"누구요? 누가 왔소?"

다시 한번 방장이 나지막한 목소리로 대답했다.

"이봐! 나야. 태수야."

"예? 태수 형님?"

목소리를 확인한 남자는 그제야 맨발로 뛰어나왔다.

"어이쿠! 이 야밤에 형님께서!"

"일단 들어가지. 들어가서 이야기하지. 어이! 이섭이. 들어와."

나는 남자에게 인사를 하는 둥 마는 둥, 방장을 따라 방으로 들어갔다. 군불을 땠는지 방은 따뜻했다. 오랜만에 느끼는 따뜻함에 나는 몸이 노곤했다. 방장과 나는 남자에게 물을 청하여 각자 두 그릇이나 마신 후에 약속이나 한 듯이 그 자리에 쓰러졌다.

다음 날 아침, 너무 배가 고파서 눈을 떴다. 꿈속에서 나는 서평과 돼지껍데기를 먹고 또 먹었으나 계속 허기졌다. 나는 아예 주방으로 뛰어가 껍데기를 삶고 있는 솥을 가져왔다. 솥 안에는 돼지껍데기가 맛있게 삶아져 있었다. 입맛을 다시며 먹으려 할 때 눈이 떠졌다. 눈을 떴을 때 방 안에 맛있는 냄새가 났다. 방장도 부스스한 얼굴로 막 일어나고 있었다. 남자가 아침상을 들여온 것이다. 밥상에는 된장찌개와 김치뿐이었지만, 방장과 나는 각자 밥그릇을 비우고 아예 솥째로 먹었다. 게걸스럽게 먹는 우리 모습을 남자는 무표정한 얼굴로 바라보았다.

“감방에 계신다던데 이게 어떻게 된 겁니까?”

남자가 초조한 듯 방장에게 물었다.

“보면 모르겠나? 그곳에서 튀었어. 상세한 이야기는 한숨 푹 잔 후에 말해 줄 테니 자넨, 돈과 차 한 대만 준비해 주게.”

“언제까지?”

“내일 아침에 출발할 거야.”

방장은 찬물 한 그릇을 다 비운 후, 다시 꼬꾸라졌다. 젊은 나도 이리 힘든데 나보다 나이가 많은 그로서는 그럴 만도 했다. 나는 남자에게 고맙다는 인사를 한 후, 염치없지만 담배 한 개비와 그의 휴대전화기를 빌렸다.

“죄송한데 여기 주소 좀. 이리로 절 데리러 올 사람이 있거든요.”

남자는 고맙게도 쪽지에 자기 집 주소를 적어주었다. 나는 담배를 한 대 피울 요량으로 밖으로 나왔다. 마당에서 나는 서평에게 전화를 걸었다.

“뭐야? 성공했어?”

서평은 반갑게 내 전화를 받았다.

“그래, 이놈아. 내가 누구냐? 나, 조이섭이야. 여기 주소 불러줄 테니 민채에게 전해줘. 오늘 같이 올 거지?”

“물론이지. 오늘 축하주 한잔해야지.”

전화를 끊고 담배를 물었다. 사흘 만에 피우는 담배였다. 몇 모금 빨자마자 나는 담배를 꺼야 했다. 속이 메스꺼웠다. 나는 바로 집 안으로 들어와 어제처럼 쓰러졌다. 천장이 빙글빙글 돌았다.

민채랑 나는 호화저택에 있었다.

그녀는 잠옷 차림으로 침대에서 노트북으로 소설을 쓰고 있었다. 나 역시 잠옷 차림이었다. 나는 거실로 나가 일하는 아주머니에게 민채에게 줄 음료를 부탁했다. 중국말을 하는 것으로 봐서 이곳은 중국이었다. 나는 음료를 쟁반에 받아, 안방으로 들어갔다. 그녀의 이마에 간단히 입을 맞춘 뒤 그녀에게 음료를 건넸다. 행복한 표정을 짓는 그녀는 노트북을 옆으로 치우더니 내 잠옷의 단추를 끌렀다. 둘은 침대에 쓰러졌다. 그런데 그때였다.

'야! 뭐 하는 짓이야! 얼른 나오지 못해?'

아아, 이게 웬일이란 말인가. 침대 앞에 눈을 부릅뜬 지희가 서 있었다. 지희는 갑자기 달려들어 민채를 침대 밖으로 밀쳤다. 그리고는 내 손을 잡아 이끌었다.

'오빠! 나랑 결혼할 사람이 여기 왜 있어? 이 여우 같은 여자애는 또 뭐고! 아이, 짜증 나.'

나는 이 상황이 얼른 이해되지 않아 눈만 멀뚱거렸다. 지희가 중국까지 왜 온 거지? 이게 꿈인가? 그때였다. 침대 밖 바닥에 널브러져 있던 민채가 가소로운 웃음을 지으며 지희 곁으로 다가왔다. 그런데 민채의 손에는 칼이 들려있었다.

'아! 안 돼!'

나는 소리를 질렀지만, 상황은 어이없게 끝나 버렸다. 지희가 칼에 맞은 것이다.

'내 가정, 내 행복을 앗아가는 인간들은 그게 누구라도 난 절대 용서 못 해. 알아들어? 절대 용서 못 한다고!'

민채가 쓰러져 가는 지희에게 소리를 질렀다. 지희는 다 죽어가는 상황에서도 내게 넌지시 말했다.

'사랑해. 오빠.'

다행히 꿈이었다.

나는 팔을 허우적대다 눈을 떴다. 그런데 이상한 일이었다. 내 눈앞에 시커먼 물체 여럿이 보였다. 얼핏 창문을 보니 밖은 캄캄했다. 잠깐 잔 것 같은데 어느새 밤이었다. 옆에서 방장의 자지러지는 비명이 들렸다. 나 역시 시커먼 물체들에 의해 폭행당했고, 이내 눈가리개와 입마개가 씌워지면서 두 손은 뒤로 꽁꽁 묶였다.

"넌 찍소리도 안 하는 게 좋을 거야. 목숨은 살려둔다."

시커먼 물체가 이 집의 주인인 남자에게 한 말 같았다. 방장과 나는 집 밖에 대기 중이던 차량의 트렁크에 넣어졌다. 순식간의 일이었다. 마침내 차가 출발했다. 어디로 가는지 몰랐다. 우리를 납치하는 놈들이 어떤 자들인지도 알 수 없었다. 아니, 오라는 서평과 민채는 오지 않고 왜 이런 날벼락 같은 일이 벌어지는지 나는 도통 이해가 되지 않았다. 목이 타고 또 배가 고팠지만 나는 이 상황에서도 잠이 왔다. 에라, 모르겠다. 일단 잠부터 자야겠다고 생각한 나는 트렁크 안에서 또 꼬꾸라졌다.

트렁크 문이 열렸다. 찬바람이 들어왔다. 몹시 추웠다. 방장과 나는 사내들에 의해 어디론가 끌려갔다. 코로 들어오는 바람을 맞아보니 이곳은 한적한 시골이었다. 바람은 선선했고 풀냄새가 났다. 우리가 끌려간 곳은 큰 건물 안이었다. 넓은 공간 중간에 방장과 나는 각자 의자에 뒤로 손이 묶인 채 앉아 있었다. 잠시 뒤, 문 여는 소리가 났다.

"수고했어요. 이제 가도 좋아요."

익숙한 목소리였다. 그 목소리의 주인공은 민채였다. 나는 너무 반가워 소리를 질렀으나 입마개 때문인지 짐승 울부짖는 소리밖에 나오지 않았다. 사내들이 봉투를 받는지 일제히 감사합니다, 하고 외쳤다.

"이섭 씨는 눈과 입만 풀어주어요."

누군가 내 얼굴의 눈가리개와 입마개도 벗겼다. 놀랍게도 그는 친구 서평이었다. 하지만 서평은 내게 자기 손가락을 입에 대며 아무 말 하지 말라는 신호를 보냈다. 이 녀석은 또 왜 이럴까?

시골의 폐교 같은 곳이었다. 교실 안은 텅 비어 있었고 민채가 앉은 의자 그리고 방장과 내가 앉은 의자 세 개, 칠판 앞 중앙 탁자 위에는 초가 타고 있었다. 서평은 방장 뒤에 서 있었다. 나는 어찌 된 영문인지 몰라 고개만 주억거렸다. 옆에 있던 방장은 입마개 때문에 끙끙 앓는 소리를 했다. 분위기는 싸했다. 넓은 교실 안은 아무도 말을 하지 않은 채 방장의 앓는 소리만 들렸다.

드디어 민채가 말을 꺼냈다.

"정태수! 법은 널 심판하지 못해. 이 땅의 법은 피해자를 위한 게 아니라, 오로지 너 같은 인간 말종에게 유리해. 뭐? 심신미약? 우울증? 그런 개뼈다귀 같은 병명으로 내년 초에 나오겠다고?"

방장은 계속 입마개 밖으로 말을 쏟아냈지만, 아무 소용이 없었다. 그가 내뱉는 말은 그냥 신음이었다.

"넌 오늘 내가 심판할 거야. 그래, 네 아내를 죽일 때 기분이 어땠어? 네 아내와 새끼들을 마구 짓밟고 폭행할 때 기분이 어땠냐고? 그 기분을 내가 오늘 한번 느껴보겠어. 너도 얼마나 아프고 고통스러운지 한번 느껴봐."

놀랍게도 민채의 손에는 쇠 파이프가 들려있었다. 순식간이었다. 민채는 방장을 사정없이 두들겨 팼다. 옆에서 지켜보던 나는 소름이 끼쳐 아무 말도 할 수 없었다. 민채에게 저런 면이 있나 싶어, 나는 두려움에 어서 여기를 벗어나고 싶었다. 얼핏 보니 방장의 머리가 터진 것 같았다. 빨간 피가 머리에서 솟구쳤다. 나는 더는 아니다, 싶어 소리를 질렀다.

"그만해! 이게 무슨 짓이야? 사람을, 사람을 이렇게 패다니."

그러자 민채가 그 특유의 표정으로 날 다그쳤다.

"이섭 씨는 조용히 있어요. 잠시 뒤에 당신 차례가 올 테니."

어잉? 나는 민채가 농담을 하나 싶었다. 두 번이나 의뢰에 성공한 날 설마 방장처럼 한다는 것은 있을 수 없는 일이었다.

"서평 씨. 이자에게 물을 부어요."

"넵, 알겠습니다."

서평이 마치 민채의 부하 같아 보였다. 녀석은 밖에 나가더니 양동이에 물을 가득 담아왔다.

'쫘악'

마치 폭포에서 물이 떨어지는 소리처럼 들렸다. 겨우 정신이 든 방장은 의자에 묶인 채로 몸을 떨었다. 나는 방장의 불쌍한 처지에 눈물이 나왔다. 민채가 왜 이러는지 아무리 생각해도 이해가 되지 않았다.

"민채 씨! 왜 이러는지 이유나 압시다. 도대체 이 사람에게 왜 그래요? 말 좀 해봐요. 나도 알아야 할 사람 아닙니까? 힘겹게 동반 탈옥해 왔는데 도대체 왜?"

그때였다. 방장은 더 강하게 신음을 하며 몸을 흔들었다. 옆에서 들어도 이건 정말 아니다, 싶었다.

"서평 씨. 소주 있죠? 한 병만 줘요."

민채는 내가 보는 앞에서 소주 한 병을 병째로 들이켰다. 그녀의 얼굴은 더는 사람의 얼굴이 아니었다. 살기가 느껴졌고 분노에 찬 표정이었다. 언제인가 방장의 얼굴에서 본 것 같은 표정이었다. 민채의 눈에 설핏 눈물이 고이는 듯했다. 하지만 그도 잠시 그녀는 쇠 파이프를 던져버리고 다른 장비를 잡았다.

'저건 뭐야?'

그녀가 손에 쥔 것은 옷걸이였다. 그녀는 옷걸이 몇 개를 엮어 하나로 만들었다. 어느새 뭉텅하면서 끝이 뾰족한 옷걸이는 사람을 폭행할 무기로 변하였다. 민채는 그 옷걸이로 재차 방장의 온몸을 때렸다. 민채가 때릴 때마다 방장, 정태수는 자지러졌다.

"엄마와 나 그리고 동생들이 이걸로 많이 맞았지. 그래, 맛이 어때? 때려보니 나도 참 기분이 좋네. 폭행하는 놈들의 심리를 이제야 알겠네."

'헉! 뭐? 엄마 그리고 민채와 동생들?'

그제야 나는 방장과 민채와의 관계를 눈치챘다. 아아, 이럴 수가. 내가 탈옥시킨 방장이 민채의 아버지였다. 이런! 나는 이 사실에 머리가 어질했다.

"으아! 어어!"

방장은 계속 앓는 소리를 냈다. 아버지가 자기 딸에게 맞고 있었다. 나는 이쯤 되자, 도저히 참을 수가 없었다.

"야! 정민채! 너 미쳤어? 세상에 아버지를 폭행하다니. 이거 진짜 세상 인간 말종이구먼. 당장 그만둬."

그러자 놀라운 일이 벌어졌다. 민채가, 그렇게 예쁜 나의 그녀가 옷걸이로 날 사정없이 쳤다. 나는 그만 의자에 앉은 채로 옆으로 고꾸라져버렸다.

"당신이 어떻게 알아? 넌 네 부모에게 맞아봤어? 평생을 아버지란 작자 때문에 도망 다니고 죽을 수도 있다는 공포를 느껴봤냐고? 네 엄마가 아버지에게 칼에 찔려 봤어? 아무것도 모르면 닥치고 있어."

이제야 나는 이 일의 앞, 뒤 맥락을 알 것 같았다. 이건 단순한 납치 폭행이 아니었다. 방장, 정태수는 평생 자기 가족을 괴롭혔다. 특히 자기 아내를 상습구타하다 그녀가 아이들과 도망을 가자, 찾아가서 그녀를 살해했다. 경찰에 체포되면서도 그는 우울증, 심신미약 등의 병명을 들어 감형받으려 했다. 그러면서 그는 자신의 아이들에게도 죽이겠다고 협박했다. 그는 한다면 하는 사람이었다. 그래서 민채가 먼저 움직인 것이다. 자신과 동생을 지키기 위해, 살해의 위험을 아예 차단하는 것이다. 그건 먼저 자신의 아버지를 죽이는 것이었다.

이쯤 추리가 되자, 나는 온몸에 한기가 들었다. 민채에 대한 좋았던 기억은 모조리 사라지고 나는 내가 한 일에 후회가 앞섰다. 결국, 나는 이 여자의 복수에 이용당한 것인가. 머리가 어질거렸고 먹은 것을 모조리 토하고 싶었다.

서평이 넘어진 나를 바로 일으켰다. 오늘따라 서평은 친구가 아닌 것 같았다. 그저 민채에게 고용된 부하로 나는 생각했다. 서평은 계속 나와 눈을 맞추지 않았다. 방장은 몸을 떨며 울고 있었다.

"다음은 조이섭! 희대의 바람둥이 네 차례야."

민채가 옷걸이를 대신 쇠 파이프를 들고 내 앞으로 왔다. 난 이게 무슨 일인가 싶었다.

'내가 왜?'

민채는 정말 날 때릴 것 같은 무서운 표정이었다.

"민, 민채 씨, 왜 그래요?"

"너! 이 자식. 넌 여자를 또 하나의 인격체라 단 한 번도 생각하지 않은 놈. 그저 여자를 쾌락과 욕망의 대상으로 삼은 놈이야. 똑똑하고 능력 있는 여자와 결혼했으면 약국의 셔터맨으로 감지덕지하면서 살아가지, 꼴에 바람을 피워 그 여자에게 상처를 입혀?"

나는 말문이 막혀 아무 말도 할 수 없었다.

"이혼한 네 전처 말이야. 그 언니는 학교 다닐 때 내 룸메이트였어. 예쁘고 정말 마음이 여린 여자였지. 그런 여자를 두고 뻔뻔스럽게 바람을 피워? 미친놈, 그뿐 아니었지. 당시, 넌 학교 내에 반반하다 싶으면 모조리 다 건드렸어. 넌 남자가 아니야. 알아? 넌 그냥 발정 난 수캐였다고. 수캐, 알아? 이 개새끼야."

나는 얼른 기억을 떠올렸다. 전처와 연애할 때 몇 번 그녀의 원룸에 간 적이 있었다. 그때 가끔 나와 마주친 룸메이트가 있었다. 아아, 그녀가 지금 내 앞에서 위력을 행사하던 민채였다.

"약간 얼굴을 바꾸었을 뿐인데, 넌 기억을 못 하더군."

맙소사. 그녀는 성형수술을 한 것이다. 나는 앞이 컴컴했다.

"아악!"

그녀의 무자비한 폭행이 시작되었다.

"네가 건드린 여자 중에서 내 사촌 동생도 있었어. 내 친한 친구도 있었고, 어떤 때 넌 나까지 겁탈하려 했지. 이 미친놈아. 내가 널 응징하려고 얼마나 별렀는지 넌 모를 거야."

'퍽 퍽 퍽'

나는 맞으면서도 이 모든 상황이 그녀의 복수에서 시작된 것이라 확신했다. 자신의 아버지 정태수와 나, 조이섭. 우리는 여기서 모든 게 무너지고 있었다. 눈물조차 나오지 않았다. 나는 이제 죽는가 싶었다.

어지간히 때린 모양이었다. 때리는 그녀도 지쳤고 맞는 나도 정신이 몽롱했다. 어쨌든 방장과 나에 대한 폭행은 끝난 것처럼 보였다.

"서평 씨, 담배 한 대 줘요."

서평이 담뱃불을 붙이면서 그녀에게 말했다.

"시간이 없어요. 어서 마무리합시다."

서평의 말을 듣고 방장과 나는 사시나무 떨듯 몸을 떨었다. 담배 냄새가 지독했다. 연기는 교실 안으로 퍼지고 있었다. 나는 무엇보다, 이런 날 보고도 오히려 민채에게 동조하는 서평이 너무 미웠다. 녀석은 이제 친구도 아니었다. 민채가 담배를 껐다.

"이제 판결하겠다. 정태수! 넌 네 아내를 살해한 죄 그리고 자식들을 죽이겠다고 협박한 죄를 물어 평생 앞을 못 보게 되는 형벌을 받을 거야. 죽이고 싶지만, 그것만큼은 그놈의 알량한 핏줄이라서 봐준다. 그리고 조이섭! 넌 수많은 여성을 농락한 죄를 물어 네 아랫도리를 거세하는 형벌이야. 그동안 재미 많이 봤지? 이젠 끝이야. 서평 씨, 어서 주사 놓아주세요."

청천벽력 같은 소리였다. 내 아랫도리를 거세하다니. 난 차라리 죽여달라고 고함을 질렀다. 물론 실제로 죽고 싶진 않았지만, 내시같이 사느니 차라리 죽는 게 나을 것 같았다. 옆에 있던 방장은 온몸을 비틀었다. 그새 서평이 내게 다가와 입마개를 했다. 그리고는 방장과 내게 주사를 놓았다.

"마취제야. 고통을 덜어줄 거야."

'읍, 읍…….'

서평이 내 귀에 대고 속삭였다.

"친구야. 날 원망하지 마. 공부를 하려 해도 잘되지 않았어. 마침 민채 씨가 이런 날 어여삐 봤어. 우린 서로 사랑하고 있어. 함께 중국으로 떠날 거야. 잘 살 거야. 축복해 줘. 참! 지희 씨에게 연락해 두었으니 몇 시간 내에 119 대원들과 함께 올 거야. 잘 있어."

'사랑? 이런! 이런 개씨벌 연놈들!'

그때였다. 민채가 서평에게 지시했다.

"이자의 눈가리개를 벗겨요."

방장은 눈가리개를 벗자마자 그녀를 노려봤다. 옆으로 고개를 돌린 나는 사람의 눈매가 이렇게 무서운 것임을 처음 보았다. 증오와 살기가 서려 있는 끔찍한 눈이었다. 그래도 그때까지 나는 정말, 설마 했다. 나는 민채가 자신의 아버지에게 이런 일을 하게 될 줄 정말 몰랐다. 하지만 민채는 방장의 벗겨진 눈에 거침없이 약을 뿌렸다. 방장의 가려진 입에서 고통에 찬 욕지기가 나왔다. 나는 차마 그 광경을 볼 수 없어 얼른 고개를 돌렸다.

"바지 벗겨요."

이어 내 차례였다. 서평이 인정사정없이 내 바지와 팬티를 벗겼다. 여자

앞에서 정말 쪽팔리는 일이었다. 민채가 칼로 내 낭심을 도려냈다. 마취했지만, 나는 사타구니에 불이 붙은 줄 알았다. 눈물이 핑, 하고 돌았다. 나는 이제 남자로서 끝이었다.

'허걱!'

작업이 끝나자 민채는 지갑에서 수표 세 장을 꺼내 내 앞으로 던졌다. 약속한 3억 원이 바람에 날려 내 앞으로 떨어졌다. 오랫동안 친구였던 서평과 한때, 나와 잠자리를 같이 했던 민채가 손을 꼭 잡고 교실을 빠져나가고 있었다. 나는 그들의 등에 대고 내 생애, 제일 험한 욕을 했다.

"잘 먹고 잘살아라! 이 호로 잡것들아!"

하지만 내 목소리는 입 가리개 안에서 맴돌 뿐이었다. 그때 민채가 뒤돌아봤다. 그녀는 날 보며 웃고 있었고 쪽팔리지만, 그녀는 여전히 예뻤다.

Monologue 7
치졸한 복수

눈을 떠보니 지희가 내 옆에 서 있었다. 하얀 벽면과 하얀 침대에 누워있는 것으로 봐 여기는 병원이었다. 그녀는 내가 눈을 뜨자마자 와락, 껴안으면서 울음부터 터뜨렸다. 그녀의 몸에서 짙은 향수 냄새가 풍겼고 풍만한 가슴이 내 얼굴에 닿았다. 이쯤 되면 내 아랫도리는 반사적으로 반응하여야 할 터인데, 이상하게 무덤덤했다. 순간, 나는 이상한 생각이 들었다. 얼른 그녀를 밀치고 나는 그곳을 보았다. 그 부분을 본 순간 나는 끝장이다, 는 생각이 앞섰다. 아! 이럴 수가. 그 부분은 붕대로 칭칭 감겨 있었다.

"오빠! 왜 이래? 아직 움직이면 안 돼. 지금 어때? 정신은 들어?"

그녀는 눈물을 닦으며 날 제자리로 눕혔다. 나는 속으로 날 이렇게 만든 그년, 민채가 떠올랐다. 치가 떨렸다. 그때 그 상황에서는 미처 느끼지 못한 감정이었지만, 막상 현실에 부딪히자, 치밀어오는 분노에 온몸이 떨렸다.

게다가 날 배신한 친구, 서평이까지. 이런 씨벌 연놈들, 난 그들을 모조리 쳐죽이고 싶었다. 이제야 나는 살인자의 심정을 이해할 것 같았다. 그래도 지희가 앞에 있으니 일단, 안 그런척해야겠다는 생각이 퍼뜩 떠올랐다.

"그래, 정신이 드네. 내가 여기 얼마 있었지?"

"일주일. 무려 일주일 만에 눈을 뜬 거야."

일주일이란 말에 나는 온몸에 힘이 빠졌다. 그날 민채와 서평이 폐교를 빠져나간 것은 기억이 났다. 방장과 나는 그곳에서 두어 시간을 고통과 절망 속에서 보냈다. 마취가 풀리는 즈음 바깥에서 119의 사이렌 소리를 들었다. 그게 끝이었다.

"어떻게 된 거야? 네가 어떻게 알고 그곳으로 왔지?"

나는 대충 알고 있었지만, 지희에게 상세한 이야기를 듣고 싶었다.

"응, 전화가 왔었어. 웬 젊은 여자였는데 대뜸 이섭 오빠와 같이 있다면서 오빠가 날 찾고 있다고 하더라고."

"그때가 몇 시쯤인데?"

"아마, 내가 잠이 안 와서 맥주 한잔 마시고 잠자려 할 때니까 정각 12시."

짐작에 그 시각은 나와 방장이 폐교로 막 끌려온 시간으로 추정이 되었다.

"그래서?"

"그 여자가 주소를 가르쳐주면서 정확히 두 시간 뒤에 119에 신고하고 나더러 직접 이곳으로 오랬어. 그래서 직감적으로 나는 오빠에게 무슨 일이 생겼는지 알았어. 감방에 있을 이섭 오빠가 왜 그곳에 있냐고 물었더니, 그 여자 하는 말이 오빠가 누군가와 함께 탈옥하다가 다쳤다고 말했어. 지금 응급처치 중이니 꼭 두 시간 후에 오라는 말에 조금 의아했지만, 상황을 모르는 난 그 여자가 시키는 대로 할 수밖에 없었어. 정확히 새벽 2시에 119에 신고하고 나도 차를 몰고 출발했어."

"그곳이 어디쯤인데?"

"아니, 그곳에 있었던 오빠가 어딘 줄도 몰라? 내 참! 우리 원룸에서 한 시간 정도만 가면 되는 곳이야. 변두리 학교였는데 폐교된 지 아마 5년쯤 됐을걸?"

순간, 나는 뭔가 짚이는 게 있었다.

"그 학교가 충무동에 있었던 명강 초등학교 아냐?"

"맞아. 나도 얼마 전에 인터넷 검색해보니 그 학교였어. 그런데 오빠가 어떻게 알아? 아깐 어딘지도 모른다더니."

맙소사! 그 초등학교는 지금은 폐교되었지만 오래전, 나와 서평이 다니던 학교였다. 나는 범행 장소를 그곳으로 선택한 민채의 뻔뻔함을 생각하니 구토가 나올 뻔했다.

"교실로 들어오니 나 말고 또 한 사람이 더 있었지?"

그러자 지희가 고개를 갸우뚱했다.

"무슨 소리야? 오빠 말고 누구?"

"아니 내 옆에 오십 대 중년 남자가 있었잖아."

"헐! 아직 정신이 안 돌아왔네. 무슨 잠꼬대야? 그 여자가 오빠 혼자 있다고 말했고, 내가 갔을 때 오빠만 의자에 묶인 채 아랫도리에 피를 줄줄 흘리고 있더구먼. "

"뭐?"

나는 설마 지희가 거짓말을 하는 것 같지는 않았다. 그렇다면 방장은 어디로 갔단 말인가. 분명 내가 당하기 전에 민채가 눈머는 약을 뿌려 처절한 비명을 질렀던 그였다. 나는 한 번 더 지희에게 물었다.

"지희야. 혹시 착각하는 건 아니지? 내 옆에 분명 나처럼 의자에 묶여 있던 중년 남자가 있었거든."

지희는 그 말에 내가 정상인지 아닌지 확인하느라 몇 번이나 날 이리저리 살폈다.

"아니거든! 분명 오빠 혼자였어. 그런데 그게 중요한 게 아니야! 오빠! 도대체 왜 탈옥한 거야? 조금만 있으면 만기로 나올 수 있잖아. 또! 왜 그곳에서 피를 흘리며 묶여 있었는데? 그것도 남자에게 제일 중요한 부위를 다쳐 가면서 말이야."

그녀는 봇물 터지듯 질문을 쏟아냈다. 그렇다고 내가 지금 그녀에게 다 말할 수 없는 형편이었다. 왜냐하면, 아직도 최초 목격자인 그녀에게 내가 질문할 게 많았기 때문이었다.

"그건 차차, 설명할게. 음, 일단 그 남자는 못 봤다고 쳐. 그러면 혹 내 주위에 있던 수표는 못 봤어? 그래, 돈 말이야. 3억 원인데."

"또 무슨 헛소리를 하는 거야? 3억 원? 개뿔! 주변은 물론이고 오빠 옷에 100원짜리 동전 하나도 없었어. 도대체 오빠는 지금 정신이 돌아온 거야, 만 거야?"

나는 지희의 말을 듣자마자 아랫도리가 당기면서 그만 실신했다.

'그게 어떤 돈인데!'

다시 눈을 뜨니 이번엔 하얀 가운을 입은 의사가 내 앞에 서 있었다.

뒤로 건장한 남자 두어 명이 서 있었는데 나는 그들이 남자 간호사인 줄 알았다. 의사는 내 눈을 까서 유심히 보더니 이내 그의 시선이 아랫도리로 옮겨갔다.

"수술은 어떻게 되었습니까?"

뒤에 있던 건장한 남자가 의사에게 물었다.

"깔끔하게 끝났지요. 그런데."

의사는 남자에게 무엇인가 말하려 하다 내 눈치를 봤다. 나는 재차 잠든 척했다.

"앞으로 남자구실은 못 할 거요. 누가 그랬는지 몰라도 진짜 깔끔하게 그 부분만 도려냈네요."

의사의 말에 나는 눈물이 찔끔거렸다. 예상은 했지만 그래도 수술만 잘하면 정상은 아니더라도 마지못해 발기 정도는 기대했던 나였다. 나는 속으로 이제 남자로선 정말 끝이구나, 라고 생각했다. 그러면서 나는 지희가 제발 이 사실을 몰랐으면, 하는 생각이 들었다. 그녀는 내가 성불구자라 하면 지금이라도 떠날 것 같았다. 나는 날 이렇게 만든 민채 그리고 그 잡년에게 빌붙어 날 이렇게 만든 서평, 나아가 최초 원인 제공자였던 전처가 떠오르면서 분노가 치밀었다.

그런데 그때였다.

"이봐, 이봐! 다시 자는 거야? 이야기 좀 하지."

어떤 남자가 날 툭 건드렸는데 그 부위는 아랫도리였다.

"악!"

"아이고. 살아있네."

그새 의사는 이런 무지막지한 행동을 하는 남자들을 제지하지 않고 곧바로 병실을 나가버렸다. 세상에 믿을 놈 하나도 없다더니 그건 맞는 말이었다. 남자 간호사인 줄 알았던 그들은 경찰이었다. 그중 팀장이란 자가 신분증을 내밀었다. 언뜻 보니 그의 이름은 '최림'이었다.

"조이섭 씨. 이제 눈 뜨고 우리와 대화 좀 하지."

나는 그가 또 내 아랫도리를 때릴 줄 알고 일단 눈을 떴다.

"예."

"시간 끌 것 없이 빨리빨리 합시다. 당신은 그날, 청송교도소를 탈옥하여 어떤 일인지 고향 집으로 가지 않고 그곳으로 갔소. 그곳에서 도대체 무슨 일이 있었기에 당신은 폐교 교실 한 가운데서 의자에 묶여 피를 흘린 채 우리에게 발견되었소. 아! 물론 119에서 신고가 들어왔지만. 어떻게 된 일이요?"

경찰은 나에 대해 조금은 아는 것 같았다. 그렇다면 이왕에 알아본 것, 지네들이 알아서 더 캐어야지 무엇 때문에 당사자에게 질문한단 말인가 싶어 나는 묵비권을 행사했다.

"좋소. 묵비권을 행사한단 말이지. 알았어, 알아. 이 부분은 추후 밝히기로 하고 우리가 묻고 싶은 건 따로 있소. 당신과 함께 탈옥한 양반 있잖소. 정태수, 이자는 어떻게 된 거요?"

"저도 궁금합니다. 그분이 어디로 가셨는지."

이 말을 해놓고 나는 얼른 머리를 굴렸다. 현장을 본 지희 말로는 교실에 나밖에 없는 게 확실했다. 그렇다면 굳이 방장이 그곳에 나와 함께 있었다고 말할 필요가 없었다.

"뭐요?"

"정태수 씨와 함께 탈옥한 것은 맞습니다. 그런데 첫날 그와 이견이 생겨 우리는 바로 헤어졌습니다."

경찰을 눈을 찡그렸다.

"어디서?"

"교도소 뒤편 산 정상에서입니다. 저는 계속 산을 타고 위쪽으로 가자 했으나, 그는 이쯤에서 산등성이를 타고 남쪽을 내려간다 했습니다. 그래서 쿨, 하게 헤어졌죠."

"남쪽 어디로 간다고 했죠?"

"새끼들이 부산시에 살고 있으니 당연히 그쪽으로 갔겠지요. 감방에 있을 때 평소에도 자기가 죽인 마누라의 애들 이야기를 많이 했거든요."

내 말에 최림이라는 형사가 무릎을 쳤다.

"맞아. 이거 큰일이네. 분명히 자기 자식들에게 위해를 가할 텐데. 이봐! 김 형사. 그 아이들 머무는 곳에 일단 가보자고. 신변 보호 요청하기 전에 우리가 먼저 해야겠어."

그러자 김 형사라는 자가 생뚱맞은 얼굴을 했다.

"거기는 벌써 그쪽 경찰에서 몇 명이 나가 있잖아요."

"아니, 둘째랑 막내 말고. 첫째 딸 있잖아. 예전에 자신의 아빠를 사형시켜달라고 청원한 여자 말이야. 기억 안 나?"

"그 큰딸은 주거지도 불명확하고 아예 연락이 안 되던데요."

나는 그들이 주고받는 말 중에 그 큰딸이 민채임을 금방 알아차렸다. 하긴 그녀는 지금 서평과 함께 중국으로 도망갔으니 연락이 안 되는 건 당연한 일이었다. 나는 무엇보다 돈이 없어진 것에 걱정되어 경찰에게 물었다.

"저기, 형사님! 제가 묻고 싶은 게 있는데요."

그러자 최 형사란 자가 눈을 동그랗게 말았다.

"뭐요?"

"그때 현장에 오셨죠?"

"그렇수다."

"혹시 그때 제 주변에 수표가 떨어져 있지 않던가요?"

내 말에 경찰 둘은 웃었다. 그 말은 돈이 없었다는 말인 셈이었다.

"알겠습니다. 돈이 없었군요. 그리고 하나만 더. 이제 저는 어떻게 되는 건가요?"

"어떻게 되긴. 여기 나가면 다시 감방으로 가야지. 내일 그쪽 교도소 관계자와 다시 올 테니 탈주 동기, 경로, 그리고 당신에게 이런 짓을 한 사람들. 이유 등을 미리 생각해두어야 할 거요. 그럼, 이만."

그때 최 형사란 자가 잊었다는 듯 내게 덧붙였다.

"행여, 또 탈주 생각이란 하지들 마요. 병실 입구에 우리 직원이 지키고 있으니까."

그들이 나가자 나는 한숨이 밀려왔다. 방장은 사라지고 돈도 없어졌다. 그때 착수금으로 받았던 오백만 원도 서평이 가져가 버렸다. 난 이제 고자에다, 완전 빈털터리였다. 게다가 또 추가 징역을 살게 되었으니 내 인생은 앞으로 끝장이었다.

오후에 간호사가 들어와서 내게 링거를 꽂아 주었다. 하얀 얼굴에 도톰한 입술, 그리고 몸매가 좋은 여자였다. 나는 나도 모르게 그녀의 허벅지를 만

지다, 그녀로부터 폭행에 가까운 몰매를 맞았다. 나는 그녀에게 맞으면서도 아랫도리가 서지 않는다는 사실에 눈물이 나왔다.

저녁밥을 먹는 둥 마는 둥 나는 병실에 처연히 앉아, 바깥을 바라보고 있었다. 완연한 가을이었다. 병실 밖에 외로이 서 있는 나뭇가지의 잎이 노랗게 물들고 있었다. 나도 이 나이면, 내 인생도 노랗게 물들어야 할 터인데, 오히려 새까맣게 탈색되는 사실에 눈물이 줄줄 흘렀다. 어쩌자고 내가 민채 같은 불여우를 만나 이렇게 고생하는지 하염없이 고개를 떨구다 문득 이런 생각이 들었다.

'죽이고 싶다.'

다음날 병실에 어제 왔던 경찰 둘과 청송교도소 직원 둘 그리고 정체를 알 수 없는 사내 한 명이 한꺼번에 들이닥쳤다. 아침을 먹고 난 뒤 의사 회진이 막 끝난 뒤였다. 미처 일행을 따라가지 못하고 남아 있던 간호사가 그들을 보자 기겁하며 병실 밖으로 뛰쳐나갔다. 교도소 직원은 내가 예상했던 인물이 아니었다. 나는 적어도 보안과장 정도는 오지 않을까, 했는데 막상 온 이는 보안과 계장과 서무였다. 그래도 안면이 있는지라 나는 손을 들어 반가운 체했다. 그때 갑자기 계장이 내게 달려들었다.

"철썩!"

얼마나 세게 때렸는지 내 오른쪽 뺨이 45도나 돌아갔다.

"야 2154번! 이놈의 새끼. 너 때문에 우리 과장, 소장이 지금 ×되었잖아. 이런 쌍놈의 새끼!"

옆에 있던 경찰이 말리고 나서 겨우 계장은 씩씩대며 자세를 고쳤다. 바라보던 서무가 통쾌한지 웃고 있었다. 나는 아직 몸과 마음이 회복도 되지 않았는데 이런 대우를 받는다고 생각하니 기가 찼다. 그때 경찰 뒤로 낯선 사내가 내 앞에 섰다. 그는 깔끔한 양복 차림이었고 선글라스를 쓰고 있었다.

"조이섭 씨!"

"누구?"

사내는 선글라스를 벗으며 간단한 자기소개를 했다.

"법무부 교정국 박 수사관입니다. 정태수 씨 어디 있죠?"

"아니 그건 어제 경찰분들께 말씀드렸잖아요. 탈주하던 날, 산 정상에서 바로 헤어졌다니까요. 전 모릅니다."

"한 번 더 묻습니다. 정태수는 어디 있지요?"

나는 그의 말에 그만 짜증이 나서 화를 내었다.

"아! 씨팔! 모른다니까. 독방에 집어넣든, 고문을 하든 당신들 마음대로 해봐. 난 정말 모르는 일이야."

사내는 내 말에 아무 반응이 없었다. 그는 뒤돌아서서 경찰과 몇 마디 나누었다. 그러자 경찰은 웃으면서 병실 밖으로 나가버렸다. 이윽고 사내는 양복 상의를 벗었다. 호주머니에서 막대기 같은 것을 꺼냈다. 서무가 양복을 받쳐 드는 것으로 보아 꽤 높은 지위인 것 같았다. 왠지 심상찮은 일이 벌어질 것 같은 예감이 들었다. 그래도 여긴 병원인데, 하면서도 나는 소름이 돋기 시작했다.

"문 잠가!"

서무가 재빨리 그의 명령을 수행했다.

"이 새끼 잡아!"

이어 서무가 내 뒤로 돌아 양팔을 잡았다. 앞에 있던 계장이 헝겊을 뭉치더니 내 입에 쑤셔 넣었다. 그때부터 사내의 고문은 시작되었다. 그가 호주머니에서 꺼낸 것은 단순한 막대기가 아니었다. 몽둥이도 되고 어떤 때는 전기 충격기도 되는 것이었다.

"이런 나쁜 새끼. 너 하나 때문에 우리 교정국과 너희가 탈주한 교도소가 존폐 위기에 빠졌어. 네가 주동이지. 빨리 말해. 정태수를 꼬드겨 네가 나가자고 했지?"

나는 고문을 당하면서도 까짓 죄수 두 명이 탈옥했다고 지네 조직이 위태하다는 말에 웃음이 나올 뻔했다. 그런데 정말로 그가 전기 충격기를 내 몸에 댔을 때 어처구니없이 웃음이 나왔다.

"웃어?"

그는 더욱더 세게 내 발바닥을 지졌다. 웃음은 고통이 되고 고통은 아픔이 되더니 순식간에 내 정신은 혼미해졌다. 도저히 참을 수가 없었다. 나는 의리고 무엇이고 간에 당장 이 고통을 멈추고 싶었다.

"말 하겄습니다요! 선상님."

나는 또 이혼한 전처의 고향 사투리가 나왔다. 위급할 때마다 그쪽 지방의 사투리가 나온다는 것은 불가사의한 일이었다. 잠시 전기 충격기는 멈추었지만, 이번에는 계장과 서무의 무차별적인 구타가 있었다. 이들은 외부에 상처가 나지 않을 정도로 주로 손바닥과 주먹을 이용해서 내 뺨과 목덜미 그리고 가슴팍을 쳤다.

"그만! 말한다니까요."

"정말이야?"

사내가 전기 충격기를 접으면서 말했다.

"넷!"

"이봐. 서무! 밖에 경찰분들 오시라 그래."

경찰과 병원 직원 몇이 탁자와 의자 여러 개를 가지고 들어왔다. 일을 마친 병원 직원들이 나가자 졸지에 병실은 심문실로 바뀌었다. 병실 문은 안으로 꼭 잠겨있었고 바깥 창문에는 커튼을 쳤다. 내 침대 옆으로 경찰, 교정국 수사요원 그리고 교도소 계장과 서무가 나란히 앉았다. 경찰과 수사요원은 탁자 위에 노트북을 설치했고 녹음기도 돌렸다. 나는 그들의 주도면밀한 작전에 혀를 내둘렀다. 나는 상황을 받아들이기로 하고 나름대로 준비했다. 우선은 생각할 시간을 벌기로 했다.

"저기요."

서무가 뭔 일인가 싶어 목을 뺐다.

"영화 같은 것 보면 이런 경우에, 피의자에게 담배도 주고 커피고 주고 그러더니만요. 어떻게 안 될까요?"

이건 정말 진심이었다. 이런 상황이 되니 커피 한잔과 담배 한 개비가 몹시 그리웠다. 생각해 보니 그곳을 탈주한 이후, 마지막으로 담배와 커피를 마신 것은 D 읍의 방장인 정태수의 후배 집이었다. 내 말에 수사요원은 끙, 하는 신음을 내더니 서무에게 눈짓했다. 서무는 나가면서 날 꼬나보았지만, 한차례 일을 치른 나는 전혀 겁나지 않았다. 자판기에서 뺀 일회용 커피였지만 아주 맛있었다. 게다가 오랜만에 피워보는 담배 맛은 둘이 먹다 하나 죽어도 모를 만큼 일품이었다. 나는 되도록 시간을 끌기 위해 천천히 담배를 피웠고 커피를 마셨다. 그 와중에 그들은 회의하고 있었다.

"아니 그렇게 빨리 약속을 잡으면 어떡합니까? 아직 심문도 시작 안 했건만."

수사요원이 경찰에게 짜증을 냈다.

"우린들 무슨 힘이 있습니까? 다 위에서 시켜서 하는 일인데요."

"그래도 그렇지. 당장 오늘 오후에 온다고 하면. 야. 이거 지금 시간이……."

나는 그들이 무슨 이야기를 하는지 너무 궁금했다. 나는 염치 불고하고 그들에게 물었다.

"선생님들 말고, 누가 또 오기로 했습니까? "

그러자 수사요원이 기가 찬 듯 대답했다.

"그래, 이 잘난 놈아. 너 때문에 방송국에서 취재하러 온단다. 그러니 어서 시작하자. 그만 담배 끄고."

나는 방송국이란 말에 화들짝 놀랐다. 아아, 그건 안 된 말이었다. 쪽팔리게 내 얼굴이 나가면 나의 부모, 형제, 지인들 그리고 지희네 식구들이 날 어떻게 볼 것인가. 그리 생각하니 입이 바짝 탔다.

"모자이크는 약속해 줘야 합니다. 안 그러면 인터뷰 안 하겠습니다."

내 말에 모두 어이가 없는지 그냥 웃었다.

"이런 잡놈이 별걱정 다 하네. 자! 이제 시작하죠."

수사요원이 다그치자 경찰 중 한 명이 내 이름을 물으면서 심문은 시작되었다.

"이름?"

"조이섭."

"나이?"

"36세"

"주소"

"부산시 ……."

그렇게 시작된 심문은 내가 친구 서평이로부터 전해 들은 취업 사이트를 본 것부터 시작해서, 민채를 만나고 어찌어찌하여 교도소에 들어가 일차 탈옥을 하고 다시 들어가서 청송교도소로 이감하여 정태수와 동반 탈옥하여 D 읍에 머물다, 납치된 후 시골 폐교에 있었던 일까지 일사천리로 진행되었다. 시간을 보니 두 시간이나 지나있었다.

"그래서 돈 오천만 원 때문에 그 일을 시작했다는 거야? 이 미친놈아."

서무가 노골적으로 날 무시했다.

"정태수와 마지막까지 학교에 함께 있었다는 거지. 그런데 병원에 실려 온 뒤, 알아보니 그자는 그곳에서 감쪽같이 사라진 거고. 맞지?"

수사요원은 날카로운 목소리로 내게 다그쳤다.

"예, 저도 어찌 된 영문인지 정말 모르겠습니다."

"민채라는 여자가 정태수의 딸이잖아. 와! 이건 진짜 엽기적인 일이다. 딸이 자신을 낳아준 아버지의 눈을 멀게 하다니. 세상에! 눈먼 아버지를 위해 인당수에 몸 던진 심청이는 알고 있지만, 이런 경우는 처음이야."

경찰 한 명이 이렇게 말하자 옆에 있던 최림 형사란 자가 발끈했다.

"정태수는 그 딸의 엄마이자 자기 아내를 잔혹하게 살해한 희대의 살인자야. 딸은 자신과 동생들을 위해 아버지라는 생각 대신 짐승을 그리 한 거야.

언제 보복할지 모르는 미친놈을 제대로 응징한 거라고."

"에이, 씨발! 그래도 그렇지요. 입장 바꿔서 생각해 봐요. 팀장님 딸이 팀장님을 그렇게 했다면 기분이 어떻겠어요?"

경찰 둘은 갑론을박하며 다투고 있었다. 그때 교정국 수사요원이 나섰다.

"조용!"

수사요원의 말에 경찰들은 움찔했다.

"이봐. 조이섭 씨. 정태수와 함께 간 D 읍의 후배 집, 지금 기억나? 기억나는 대로 여기 그려봐."

그날 밤 컴컴할 때 그 집으로 들어가서인지 솔직히 자세한 기억은 없었지만, 나는 수사요원이 시킨 대로 기억난 만큼 약도를 그려주었다. 수사요원은 내가 그린 약도를 보더니 경찰에게 물었다.

"빨리 가봐야 하지 않겠어요?"

"알겠습니다. 일단 서에 들어가 보고하고 지원 병력을 보충하여 가보겠습니다. 그런데 여기에 우리가 없어도 되겠습니까?"

수사요원은 담담히 말했다.

"지금까지 다 기록하셨죠? 나머지 나오는 게 있으면 우리가 정리해서 보내드리리다. 정태수를 빨리 잡아야 해요. 그놈은 언제 어디로 튈지 아무도 모릅니다. 우리 교정국에서도 비상이에요. 어이! 서무. 자네도 이분들과 함께 가. 여기는 우리가 맡을 테니."

"알겠습니다. 잠시 뒤, 방송국 사람들과 우리 요원들도 같이 올 겁니다. 그럼, 수고하십시오."

경찰은 노트북을 챙겨 자리에서 일어섰다. 서무는 수사요원의 말에 차렷 자세로 대답하며 경찰들을 따라나섰다.

경찰과 서무가 나가자 수사요원은 병원 직원을 불러 중국집에 음식을 주문했다. 오랜만에 맡아보는 짜장면 냄새에 나는 환장하여 단숨에 한 그릇을 비우고 추가로 나온 군만두를 게걸스럽게 먹었다. 그때 수사요원이 배달통에 있던 소주 한 병을 꺼냈다. 말인즉 어제 과음하여 해장하고 싶어 소주도 따로 한 병을 시켰다고 했다. 하지만 이번엔 남아 있는 보안계장이 발동이 걸렸는지 중국집에 또 전화하여 소주와 배갈 그리고 탕수육을 추가 주문했다.

그래서 우리는 아예 병실 문을 걸어 잠갔다. 수사요원은 밖에 날 지키던 경찰에게 의사든 누구든 지금은 심문 중이니, 아무도 들여보내지 말라고 지시했다. 그는 내게도 한잔 마시라고 큰 컵에 소주와 배갈을 섞어 주었다. 호탕하고 유쾌한 술자리였다. 나는 내가 탈주범인지 민간인인지 구별이 되지 않았다. 오랜만에 먹어보는 탕수육과 배갈에 완전히 정신이 팔려있다, 문득 오늘 오후에 찾아온다는 방송국 사람들을 기억했다. 어찌 된 셈인지 내 앞의 공무원 둘은 아예 신경조차 쓰지 않는 것 같았다. 결국, 배갈이 거의 비워갈 때쯤 걱정이 된 나는 수사요원에게 방송국 이야기를 꺼냈다. 그러자 그는 대수롭지 않은 듯, 바로 해당 경찰서에 전화를 걸었다. 수사요원이 몇 마디 말하자, 그쪽에서 명쾌한 답이 나왔다.

"알겠습니다. 방송은 내일로 연기하겠습니다. 수고하십시오."

수사요원과 보안과 계장은 그 자리에서 남은 탕수육과 배갈을 다 비우고서야 병실을 빠져나갔다. 나는 덕분에 즐거웠지만, 그들이 떠나가고 난 뒤 앞으로의 내 삶은 어떻게 될 것인가를 생각하니 한없는 고민이 밀려왔다.

다음 날 아침, 의사 회진이 끝나자마자 어제와는 또 다른 경찰을 대동하고 모 방송국에서 날 취재하기 위해 병실에 왔다. 어제 오랜만에 독주를 마셨으니 아침으로 시원한 해장국을 기대했지만, 병원 측에서 제공한 식단은 모조리 싱겁거나 간이 덜된 것들뿐이었다. 겨우 흰죽에 간장을 곁들여 억지로 먹은 나는 아침부터 짜증이 났다. 왜냐하면, 병원 홍보팀에서 미리 올라와 내게 병원 홍보를 부탁한 것 때문이었다.

그들은 침대 시트에 새겨져 있는 자신의 병원 마크를 최대한 카메라 앞에 보여줄 것과 내게 자기네 병원 측 의료진의 정성 어린 보살핌이 있었다고 말해달라고 신신당부했다. 홍보팀장은 내가 협조만 잘하면, 병원비 삭감은 물론 별도로 홍보비를 현금으로 줄 수 있다고 노골적으로 말했다. 나는 그가 말한 현금이 얼마인지 나도 노골적으로 물었지만, 그는 어색한 미소를 지으며 얼마가 필요한지 오히려 내게 협상을 시도했다. 이런! 제기랄. 감방이나 병원, 이 모든 것에도 오로지 돈, 돈이었다. 어쨌거나 시간이 되자, 병원 직원 그리고 경찰을 앞세우고 방송국 사람들은 플래시를 터뜨렸다. 이어 어떤 예쁜 여기자가 날 취재했다. 그들이 가장 궁금해한 것은 철옹성 같은 청송교도소를 어떻게 탈옥했는지와 교도소 뒤편 산속에서 어떻게 사흘을 견뎠는가였다.

나는 이왕에 이렇게 된 것, 나의 이미지 관리를 위해 탈옥 경로와 산에서 버틴 사흘 동안을 극적으로 표현하기로 했다. 비록 등단을 못 했지만 나는 한 때 소설가를 꿈꾸던 문학 소년이었다. 작가적 상상과 스토리텔링이 중요한 시점이었다. 나는 덧붙여 이왕이면 나의 탈옥 동기가 '사랑' 때문이었다고 말해 이 방송을 시청하는 전 국민이 날 한층 로맨틱한 남자로 간주하길 원했다. 그건 방송을 지켜볼, 날 일방적으로 사랑하던 지희 때문이었다. 아아, 사실, 이제 내게 남은 사람은 진정, 그녀밖에 없었다.

"네? 탈옥 동기가 사랑 때문이었다고요?"

여기자는 깜짝 놀라 내게 재차 물었다. 나는 카메라를 똑바로 보고 여유만만하게 지껄였다.

"그렇습니다. 비록 제가 한 번 결혼에 실패했지만, 다시 한번 사랑의 불씨를 댕기기 위해 이혼 후, 어떤 여자를 만나 사랑에 빠졌습니다. 저는 그 여자와 꼭 결혼하고 싶었고 너무 보고 싶었습니다. 그래서, 형기가 얼마 남지 않은 시점에서 이런 결정을 내렸고요. 그녀만 이해해 준다면 저는 후회 없습니다."

나의 이 말에 병원 직원, 특히 간호사와 홍보팀의 여직원 그리고 방송 제작진 중 여자들이 아, 하는 탄식과 와, 라는 감탄을 쏟아냈다.

"그렇다면 그 여자분의 이름을 말해줄 수 있습니까?"

여기자는 당돌하게 내게 물었다. 나는 이 타이밍이 굉장히 중요하다고 느꼈다. 나는 눈을 찔끔 감고 입술을 앙다물었다. 지금은 전국 방송이었다. 내가 어떻게 말하느냐에 따라 앞으로의 내 인생이 좌우된다는 것을 동물적 본능으로 나는 알고 있었다. 현실적으로 병원비 그리고 추가 징역을 살 때 영치금 그리고 그곳을 나온 뒤 생활비 등 어쨌든 나는 돈이 필요했다. 갑자기 머릿속에 내가 살았던 원룸의 건물과 한때 내가 털었던 편의점이 떠올랐다.

"그녀의 이름은 이지희입니다. 제가 이혼 후, 방황할 때나 교도소에 있을 때나 그녀는 변함없이 날 위해주던 천사였습니다. 이 시간 가장 보고 싶은 사람은 역시 그녀입니다. 전 그녀로 인해 이런 힘든 시간도 이겨내고 있습니다."

나는 연기한 것도 아닌데, 왠지 눈물이 나왔다. 내 눈에서 닭똥 같은 눈물이 뚝뚝 흐르는 게 얼핏 바라본 카메라에 고스란히 담겼다.

"와우! 너무 멋져요. 이 시대 마지막 로맨티시스트 같아요."

병원 여직원의 박수 소리가 들렸다. 이어 병실에 있던 모든 사람의 환호와 격려의 함성이 터졌다.

'뭐지? 이 상황은.'

나는 깜짝 놀라 카메라 주위를 둘러보았다. 언뜻 보니 카메라 기사도 얼굴이 벌겋게 달아오른 게 보였다. 다시 여기자가 물었다.

"그렇다면 조이섭 씨의 얼굴과 실명을 공개해도 무방할까요? 내일 나올 기사 내용도 '사랑을 위하여 탈주를 감행한 로맨티시스트, 탈옥수 조이섭'이라 할 건데."

나는 여기자의 말에 깜짝 놀랐다.

"아니, 이것 생방송 아닙니까?"

"아니에요. 조이섭 씨의 말이 사실인지, 아닌지 검증한 후에 편집해서 내일 나가는 방송입니다."

나는 그녀의 말에 뒤통수를 한 대 얻어맞은 것 같았다. 검증이라니? 그렇다면 지금 내가 한 말이 그대로 방송으로 나가지 않을 수 있다는 말이었다. 나는 재빨리 머리를 굴렸다.

"아, 네. 실명으로 나가고는 상관없지만 될 수 있는 대로, 제가 한 말이 그대로 나가면 좋겠습니다. 기자님이 알아서 잘해주시길 바랍니다."

그러자 카메라 뒤쪽에 검은 뿔테 안경을 쓴 PD가 여기자에게 O.K 사인을 보냈다.

그건 내 의견을 반영한다는 방증이었다.

"알겠습니다. 마지막으로 하나만 더 묻죠. 조이섭 씨는 사랑 때문에 그곳을 탈옥하셨다고 말씀하셨는데, 왜 정태수라는 죄수와 동반 탈옥했는지 많은 시청자분이 궁금해하고 있습니다. 이유를 말씀해 주실까요?"

여기자의 질문이 날카로웠다. 나는 있는 그대로를 말할까, 하다 그건 경찰이나 검찰 혹은 법무부 교정국 소관이라 판단했다.

"그건, 그 사람이 내가 탈옥하는 계획을 알고 자기도 나가고 싶다고 사정해서입니다. 저는 웬만하면 혼자 하려 했지만, 원체 그 사람의 사정이 딱해서."

그러자 여기자가 또 물었다.

"지금 조이섭 씨는 정태수란 자가 어떤 범행을 저질렀는지 몰랐단 말입니까? 어떤 사람인 줄 알고 동반 탈옥을 감행했는지요?"

순간, 나는 여기자가 어느 정도 사실을 알고 질문하는 것 같은 느낌이 들었다. 하지만 나는 짐짓 아무것도 모르는 척, 내색하지 않기로 작정했다.

"그 양반은 폭력조직원으로서 조직을 위해 상대편 조직원을 살해했다고 저는 알고 있습니다. 비록 사람을 죽였지만, 그분은 제게 엄청나게 잘해주었고 우리 방의 방장으로서 최선을 다한 사람이었습니다. 그래서,"

그러나 여기자는 이쯤에서 내 말을 끊었다.

"이상! 문화병원 301호 병실에서 자신은 '사랑의 희생 꾼'이라 주장하는 희대의 탈옥수 조이섭 씨와 인터뷰를 나눠봤습니다. 이런 탈옥수가 반성은

커녕 자기 합리화로 일관하며 활개 치지 않는 세상을 꿈꾸는, 저는 WTN의 김남주 기자였습니다."

"컷."

"수고했습니다."

"그래, 수고했어요."

나는 순간, 이게 뭔가 싶어 어안이 벙벙했다. 병원의 홍보팀장은 여기자에게 자신의 병원 이름을 언급해주어 고맙다고 연방 고개를 숙였고, 방송팀은 남은 나에게 아무런 관심도 없이 장비를 챙겨 철수해 버렸다. 기가 찰 노릇이었다.

다음날이었다. 아침밥을 먹고 난 뒤, 간호사가 내게 간단한 처치를 위해 병실에 들렀다. 어젯밤에 이상하게 수술한 사타구니 쪽에 가려웠다. 원래는 손을 대면 안 되지만 너무 가려운 나머지 손으로 몇 번 긁었더니 염증이 생긴 것 같았다. 의사회진 때 말하자 의사는 별 게 아니고 그쪽에 약물 몇 방울만 투입하면 된다고 하여 간호사가 올라온 것이다. 그런데 간호사가 병실에 들어서자 호들갑을 떨더니 부리나케 TV를 틀었다.

화면은 경찰 고위관계자의 기자회견이었다. 마이크를 툭 건드리며 읽어나갈 연설문을 준비하는 것으로 봐서 이제 막 시작하는 모양이었다. 역시 나와 정태수의 동반 탈옥에 관한 내용이었다.

"지난달 말일 밤, 8시 20분경 경북 청송교도소 관사에서 작업을 마치고 소내로 들어오던 중, 감시하던 경비교도대원을 때려 실신시킨 후, 뒷산으로 달아났던 조이섭과 정태수는 사흘 뒤, 부산시의 외곽 폐교에서 경찰에 발견되었습니다. 현장에서 조이섭을 검거하여 현재 신병을 확보했지만, 공범인 정태수는 행방이 묘연하여 아직 검거하지 못하고 있습니다. 이에 우리 경찰에서는 병력 600여 명을 풀어 그의 연고지를 중심으로 쫓고 있습니다. 탈옥수 정태수의 행방을 알고 계시는 시민 여러분께서는 주저 말고 신고해주시면 고맙겠습니다."

경찰의 기자회견은 의외로 짧았다. 나는 아직 방장이 잡히지 않았다는 게 한편으로 안심되었지만 정말 그의 행방이 궁금했다. 이어 기자들의 질문이 이어졌다.

"어제 정태수의 후배 집인 D 읍으로 경찰이 급파된 것으로 알고 있습니다. 거기에는 어떤 흔적도 없었습니까?"

"경찰이 현장에 도착했지만, 그 집 주인도 사라진 상태였습니다. 이에 우리 경찰은 후배 모 씨가 정태수를 은닉한 것으로 보고 그 역시 지명수배를 한 상태입니다."

또 다른 기자가 질문을 이었다.

"탈주 동기가 뭐죠? 병원에 입원 중인 공범 조이섭 씨가 뭐라던가요?"

경찰은 잠시 그 기자와 눈을 마주치더니 내가 자백한 사실과 다르게 대답했다.

"조이섭은 형기가 얼마 남지 않았지만, 약혼녀가 너무 보고 싶어 탈주했다고 일방적으로 진술하고 있습니다. 세세한 사항은 더 조사를 해봐야 나오겠지요."

일방적인 진술이었다는 건 거짓말이었다. 아마 어제 찾아온 방송국 여기자와 경찰 간의 은밀한 거래가 있는 게 분명했다. 모두가 시청률 때문일 거라 나는 생각했다. 기자회견이 끝나자 갑자기 병실에서 인터뷰하는 내 얼굴이 나왔다. 어제 그 여기자였다. 내 얼굴과 여기자의 마이크가 겹치면서 '사랑을 위하여 탈주를 감행한 로맨티시스트, 탈옥수 조이섭'라는 자막이 나왔다.

나는 얼굴이 화끈거렸다. 어제 여기자와 나눈 대사 하나하나가 빠짐없이 소개되고 나의 민얼굴이 여과 없이 나왔다. 나는 순간, 이 방송을 부모님과 우리 형제 그리고 지인들이 보면 어쩌나 싶어 그제야 후회되었다. 어제 모자이크 처리를 하고 이름도 가명으로 하는 게 맞았다. 하지만 이미 엎질러진 물이었다. 방송은 단 오 분 만에 끝이 났다. 나는 멍한 얼굴로 옆에 간호사가 있는지도 몰랐다.

"벌려요!"

간호사는 붕대에 쌓인 내 거시기 위에 주사기를 찔러넣었다.

'헉!'

오후에 방송을 봤다며 지희가 찾아왔다. 그녀는 내 멘트에 감동했다고 했다. 정말 울 것 같은 표정으로 그녀는 날 꼭 껴안았지만, 정작 나는 아무런 감흥이 없었다. 오로지 이대로 남자로서의 내 삶은 끝이다, 라는 생각밖에 안 들었다.

그런데 문제는 그다음이었다. 방송을 본 대한민국 국민 특히 여자들이 사랑을 위하여 탈옥을 감행한 내게 응원과 박수를 보냈다는 사실이었다. 어떤 여자들은 이런 나에게 중형은 과하니 감형해야 한다며 국민청원에 글을 올렸다고 했다. 지희는 실시간으로 올라오는 대중들의 나에 관한 관심을 자신의 휴대전화로 모조리 보여주었지만, 나는 아무 생각이 없었고 그냥 쉬고 싶었다.

Monologue 8
추가 징역

한 달 후 나는 퇴원했다.

당연히 집으로 가지 못하고 이번에는 따뜻한 남쪽, 지방의 J 교도소로 들어갔다. 아랫도리 수술 결과는 좋았지만, 그날 폭력에 대한 트라우마 때문에 나는 일반 사동 대신 바로 의무 병동으로 입방 되었다. 그쪽 관계자 즉 소장과 보안과장 그리고 의무 병동 주임 교도관은 나에 대한 전력을 모조리 알고 있었다. 입소하는 날부터 그들에게 뒤통수를 맞는 등 여러 가지 관심과 주의를 받은 나는 이참에, 병동에서 나가는 날까지 찌그러져 있기로 마음먹었다. 잔여 형기 2개월과 추가 징역 1년 4개월을 더해 1년 6개월만 버티면 되었다.

의무 병동의 재소자들도 언론과 소문을 통해 날 잘 알고 있었다. 그 병동의 반장은 첫날부터 내게 가혹한 신고식을 시켰다. 나는 그들에게 돌림빵을 당했고 수시로 원산폭격 등 군에서 많이 했던 행위를 당분간 반복했다. 나는 내 인생이 이렇게 된 것은 모두 민채 때문이라 생각했다. 그리고 내 돈 3억 원. 나는 머리를 박고 있는 동안 줄곧 이 생각을 했다. 어떻게든 나가면 그녀를 만나고 싶었다. 마치 예전 방장, 정태수가 생각하는 대로였다. 나는 그 생각을 할 때마다 울분과 탄식에 휩싸였다.

나는 이제 빈털터리였다. 면회를 올 사람도 친구도 그리고 여자도 없었다. 사실, 지희도 날 떠났다. 퇴원을 앞둔 어느 날, 그녀는 나 몰래 의사에게 내 아랫도리에 관하여 물은 모양이었다. 의사는 대답 대신 손가락을 구부렸다고 했다. 그날 밤 그녀는 내 병실에서 한참을 울다 갔다. 그게 끝이었다. 다행히 지희는 내 병원비만큼은 계산했다고 했다.

사는 건 그런 거였다. 상대방에 무엇인가 줄 수 있을 때 그 사람은 가치가 있는 것이다. 주위를 둘러봐도 그런 것쯤은 금방 알 수 있다. 왜 중년 남자가 직장을 퇴직하면 마누라에게 괄시받고 종국에는 폐인이 되는지. 나는 이제 지희에게 더 줄 게 없었다. 특히나 남자를 유난히 밝히는 그녀에게는 더욱 그렇다. 한번 이혼한 경험이 있기에 나 역시 지희가 끝까지 남아줄 거라고는 생각지 않았다.

하지만 전처 그리고 민채, 이제 지희마저 날 떠나자 나는 앞이 컴컴했다. 병원에 있을 때 혹시나 하고 기다렸던 가족은 일절 오지 않았다. 그건 가족들이 날 내놓은 자식으로 취급하겠다는 의사표시였다. 나는 날마다 침실에 누워 울었다. 그러나 '슬픔은 한곳에 머물지 않는다'하는 말이 있듯이 나는 이곳에 서서히 적응해 갔다.

나는 이곳에서 살아야 했다. 돈이 없으면 당장 사식과 담배를 살 수 없는 현실에서 그나마 내가 유일하게 살 방법은 소지가 되는 일이었다. 의무 병동 재소자들의 사소한 심부름이나 부탁 등을 들어주면 최소한의 담배나 용돈 등을 받을 수는 있었다. 나는 당장 병동 반장에게 소지를 맡겠다고 말했다. 마침, 의무 병동 소지가 다른 곳으로 이감을 갔기 때문이었다. 이곳의 소지는 다른 사동보다 일이 복잡하고 많았으므로 소지는 빠릿빠릿하고 계산이 정확한 재소자가 맡는 게 관례였다. 반장은 거절할 이유가 없었다. 그는 신입 때 자신이 내게 행한 게(과한 신고식 등) 모두 관례라 둘러대며 날 담당 교도관에게 소지로 추천해 주었다.

그때부터 나는 복도 청소는 물론 아픈 재소자를 대신하여 잡심부름을 해주는 등 소지로서 할 일을 충실히 해나갔다. 어떤 때는 보안과로 가서 직접 약품을 받기도 하고, 의무 병동에 교대근무 중인 교도관들이 다쳤을 때 파스를 발라주는 등 그들의 비위도 잘 맞추었다. 역시 소내의 소문은 빠른 편이었다. 얼마 되지 않아 교도소 직원은 물론 재소자들이 나를 모르면 간첩이었다. 직원들에게는 죄를 반성하고 개과천선한 성실한 재소자로 인정받았고, 재소자 간에는 아픈 사람을 진정으로 보살펴주는 의리 있는 소지로 통하였다. 물론 개중에는 내가 또 이런 틈을 이용해 탈옥을 계획하고 있다는 의심하는 이도 있긴 있었다. 하지만 이번엔 진짜 아니었다. 내가 왜 지긋지긋한 탈옥을 삼세번이나 하겠는가. '탈옥'이란 말만 들어도 나는 몸서리칠 만큼 싫었다.

세월이 퍽 흘렀다.

나는 그 교도소에서 벌써 일 년을 보냈다. 원래 6개월 정도 의무 병동에 있다가 일반 사동으로 방을 옮겨야 했지만, 보안과에서는 내가 워낙 환자들에게 잘하고 병동 관리를 철저하게 한다고 판단, 아예 나가는 날까지 이곳의 소지로 말뚝을 박았다.

그러던 한날이었다. 의무 병동 로비를 청소하려 빗자루를 들고 들어갔는데 마침 TV에서 내가 좋아하는 프로그램이 나왔다. NBS의 '이것이 알고 싶지?'였다. 언뜻 보는데 화면에 한때 내 방의 방장이자, 민채의 아버지, 자기 아내를 무참히 살해한 살인자, 그날 폐교에서 돌연히 사라졌던 정태수의 얼굴이 나오는 게 아닌가. 나는 손에 쥐고 있던 빗자루를 나도 모르게 떨어뜨렸다.

"작년 경북의 청송교도소에서 동반 탈옥에 성공했던 한 사람, 정태수의 소재가 아직도 파악되고 있지 않습니다. 경찰은 일 년 동안 연 병력 1,000명을 풀어 그를 쫓고 있지만, 아직도 그의 행방은 오리무중입니다. 그는 과연 어떻게 된 것일까요?"

영화배우이자 탤런트인 사회자가 특유의 목소리로 시청자들에게 묻고 있었다. 이어 화면은 리포트와 범죄 프로파일러가 청송교도소 관사 앞을 출발하여 그때 우리가 도주했던 길을 그대로 따라가고 있었다. 나는 섬뜩했다. 일 년 전 경찰에 털어놓았던 도주 경로를 어떻게 똑같이 재현할 수 있는지, 나는 취재진에게 경의를 표했다. 범죄 프로파일러가 교도소 뒷산 정상에서 땅을 헤치다, 시청자들 향해 설명했다.

"보십시오. 그들이 입었던 죄수복입니다. 이곳에서 교도소를 탈주했던 조이섭과 정태수는 자신들이 수용되어 있던 사각형의 요새를 바라보며 흐뭇한 미소를 지었을 것입니다. 이제 성공했다고 말이죠. 보십시오. 멀리 교도소가 보이지 않습니까? 이제 이들은 어둠을 타고 산을 넘어 정태수의 후배가 있는 D 읍으로 출발했을 겁니다."

그다음 화면은 놀랍게도 나와 방장이 감자 몇 알과 신김치를 훔쳐먹은 화전민의 집이었다.

"그들은 이 집에서 어둠이 내리기를 기다리다, 부엌에서 음식을 훔쳐먹었습니다."

프로파일러가 설명하자 리포트가 물었다.

"그들은 여기서 자고 갔을까요? 아니면, 음식만 먹고 바로 나왔을까요?"

"부엌에 깔아놓은 짚이 흐트러지지 않았다는 화전민의 증언에 의하면, 그들은 음식만 먹고 바로 갔을 확률이 높지요."

"그만큼 그들은 주도면밀했다는 거죠?"

"그렇습니다."

마침내 정태수의 후배 집이었다.

"이곳이 조이섭과 정태수가 하루 정도 묵은 정태수의 후배 집입니다. 그들은 여기서 음식을 먹고 최소 하루 정도는 지냈을 거로 추정이 됩니다. 그런데 그다음 날 밤, 의문의 차량이 이 집으로 와서 그 둘을 다른 곳으로 데려갑니다."

프로파일러가 설명하자 리포트가 덧붙였다.

"그렇습니다. 그날 밤, 마실 나온 주민이 봉고차를 목격했다고 합니다."

"맞습니다. 그런데 우리는 여기서 두 가지 의문이 듭니다. 첫째, 그날 밤 그들을 데려간 사람들은 누구인지 둘째, 봉고차가 출발한 후 정태수의 후배마저 사라진 점입니다."

프로파일러의 말이 끝나자 화면은 집 구석구석을 비추었다. 화면을 봐서라도 그 집은 지금 아무도 살지 않는 집인 줄 금방 알 수 있었다. 리포트가 프로파일러에게 물었다.

"그 점에 대해 경찰은 어떤 설명도 없었습니다. 그건 경찰도 이 두 가지 의문을 풀지 못한 것으로 보입니다만. 선생님께서는 어떻게 추리하시는지요?"

프로파일러는 예전에 TV에서 많이 본 사람이었다. 경찰에 몸담다 한때 국회의원 그리고 지금은 방송인으로 활동하는 표마산이었다.

"알다시피, 정태수는 자기 아내를 무참히 살해한 살인자였습니다. 그는 가정폭력의 가해자로서 아내에 이어 자기 자식들에게도 위협과 폭력을 서슴지 않는 파렴치한 범죄자입니다. 구속되어 교도소에 갈 때도 그는 자기 딸들과 아들에게 자신은 심신미약으로 곧 나올 터이니 그때 보자는 위협적인 말을 남겼습니다."

리포트가 또 덧붙였다.

"그렇습니다. 그래서 그의 큰딸이 국민청원에 우리 아빠를 사형시켜 주세요, 라고 올리지 않았습니까?"

프로파일러는 리포트의 말에 잠시 뜸을 들였다.

"그래서 저는 이 점에 주목하고 싶습니다. 그들을 데려간 사람이 아직 확실치는 않으나 저는 그의 큰딸을 용의자로 지목하고 싶습니다. 왜냐하면, 현재 그녀도 그 사건 이후에 종적을 감추었습니다. 봉고차와 그녀, 이 둘의 상관관계만 밝혀진다면 이 사건은 완전히 해결될 것입니다."

"그렇지만 그때 잡혀 현재 지방 교도소에 수감 중인 조이섭은 그날 봉고

차로 납치되어 폐교까지 정태수와 함께 있었다고 진술하지 않았습니까? 그런데 그들로부터 테러당해 병원에서 깨어보니 정태수가 없었다며 다소 수사에 혼선을 주는 듯한 증언을 하였습니다. 또한, 그는 납치한 사람들이 전혀 모르는 사람이었다고 말했습니다. 그에게 테러를 가한 이유도 모르겠다 하면서 말이죠."

사실이었다. 나는 그때 경찰에게 이 부분만큼은 모르쇠로 일관했다. 우리를 납치한 자들이 어떤 자들이며 왜, 내 아랫도리에 테러를 가했는지 말하지 않았다. 왜냐고? 그건 당연히 쪽팔렸기 때문이었다. 그런데도 표마산과 리포트는 추론을 잘 끌어내고 있었다. 프로파일러가 대답했다.

"조이섭의 진술은 솔직히 믿을 수 없습니다. 저는 그에 대한 조사를 면밀하게 해봤습니다. 그는 대학 졸업 후에 변변한 직장도 없이 여자에게 빌붙어 먹고 사는 천박한 이혼남일뿐더러, 돈이라면 간에 붙었다, 쓸개에 붙었다 하는 인간이었습니다. 그런 인간의 진술을 곧이곧대로 믿은 경찰이 실수한 겁니다. 최초 경찰의 초동 수사 때 조이섭을 잘 조졌다면 의외로 정태수는 쉽게 잡을 수 있었는데 그 점이 참으로 안타깝습니다."

나는 나와 일면식도 없는 그가 왜 이렇게 날 나쁘게 말하는지 화가 났다. 갑자기 지금까지 그에게 가졌던 호감이 일순간에 사라졌다.

"그렇다면 정태수의 딸이 그를 납치하려 사람을 샀단 말입니까?"

"그렇게 보는 시각이 정확할 겁니다. 그의 큰딸은 아버지가 탈옥했다는 소문을 듣고 비밀리에 먼저 선수를 친 겁니다. 자신과 자기 동생들을 위해서 말이죠. 그런데 납치하다 보니 정태수 외에 조이섭이 있어, 그는 그 자리에 조이섭을 기절시키고 정태수만 데려갔다고 봐야죠."

프로파일러는 자신만만했다.

"그렇다면 지금 정태수가 죽었을 수도 있다는 추론이 나옵니다."

"글쎄요. 거기까진 아직 그렇다, 하고 말할 수 없습니다."

나는 그의 추론이 너무 정확해 소름이 돋았다. 그런데 과연 정태수는 죽었을까? 나는 그것만큼은 아니라고 생각했다. 그들이 간과한 게 하나 있었다. 정태수는 쉽사리 죽을 사람도, 그의 목표를 포기할 사람이 아니었다. 그가 살아온 여정을 보면 그는 거친 야생에서 살아남은 맹수 같은 존재였다.

"그렇다면 정태수의 후배라는 자는 어떻게 된 걸까요? 경찰이 그의 집을 급습했을 때 아무도 없지 않습니까?"

리포트는 마지막으로 표마산에게 물었다.

"그건 두 가지로 생각할 수 있습니다. 첫째, 경찰이 오기 전에 그는 범인 은닉과 도피를 도왔다는 죄 때문에 도망을 갔거나 아니면."

표마산은 잠시 말을 끊었다 이었다.

"둘째, 정태수를 구하기 위해 그날 봉고차를 추격했을 가능성이 있습니다. 왜냐하면, 범죄자들 간에는 끈끈한 의리가 있거든요."

그러자 리포트가 반문했다.

"그렇다면 그 후배란 자가 정태수만 빼돌려 함께 도망갔을 수도 있다는 말씀으로 들립니다만."

"그건 정황상 그렇다는 말이죠. 그 부분은 단순한 추리입니다."

그때였다. 로비로 들어서는 환자들의 소리가 들렸다. 나는 급히 TV를 꺼버렸다. 그리고는 곧바로 방에 들어와 버렸다. 이불을 깔고 자리에 누워있는데도 나는 아까 프로파일러가 한 이야기가 귀에 아른거렸다. 어떤 말은 맞았고 어떤 것은 틀렸지만 나는 정태수와 내 돈 3억 원의 행방이 몹시 궁금했다.

거꾸로 매달아 놓아도 국방부 시계, 아니 교도소 시계는 돌아간다더니 마침내 출소일이 가까워졌다.

딱 일주일 남았다. 그동안 나는 될 수 있는 대로 의무 병동 소지 일에만 신경을 쏟았다. 나머지는 일단 교도소를 나간 뒤에 해결하기로 했으므로 크게 문제 될 것은 없었다. 그동안 날 면회한 사람은 아무도 없었지만, 나는 쓸쓸하거나 외롭다고 생각하지 않기도 했다. 이 모든 게 내 운명이라 생각했다. 내 인생의 첫 단추를 잘못 끼웠으니 종국에는 이런 일도 겪는다, 생각하니 체념이 되었다. 나의 잘못 끼운 첫 단추는 사랑 없이 오로지 돈과 배경을 바라보고 한 전처와의 결혼이었다.

그때만 해도 나는 사랑 같은 건 사치요, 쓸데없는 시간 낭비라고 생각했다. 아내는 돈을 잘 버는 사람이었고 아내 외의 여자는 그저 즐기기 위한 수단이었다. 나는 그때 돈이란 먹고 살 수 있는 만큼을 넘어, 즐기기 위해 될 수 있는 대로 넉넉해야 한다고 생각했다. 그런데 이게 무엇이란 말인가. 이제 나는 출소하면 돈 한 푼 없는 빈털터리로 살아가야 한다. 그리 생각하니 하루에도 몇 번씩 나는 나를 골탕 먹인 민채와 서평에게 복수해야겠다고 다짐했다. 운명은 운명이고 체념은 체념이었지만, 내 솔직한 의지는 복수였다.

어쨌든 그날은 내가 마지막으로 소지 일을 하는 날이었다. 출소가 일주일 남았으니 오후에 예정된 예비 소지와 인수인계만 남았다. 그런데 오전에 신입이 들어왔다. 어제까지만 해도 보안과에서 별다른 말이 없었는데 이상한 일이었다. 그는 내가 있던 방으로 들어왔는데 나이는 나보다 많았으나 의무병동에 들어올 만큼 아픈 환자로 보이지 않았다. 그래도 나는 별다른 의심 없이 그에게 이곳의 시설과 규칙 등 여러 가지 알려줄 게 있어 그를 데리고 안내를 해주었다. 식당을 지나 복도 맨 끝에 있는 휴게소에 함께 갔을 때였다. 갑자기 그가 자기의 손가락을 입에 대었다.

"쉿! 조이섭 씨죠."

나는 그가 내 이름을 알고 있는 게 이상했다.

"그런데요."

"그분 심부름입니다."

그는 주위에 사람들이 올까 계속 살폈다.

"그분이라뇨?"

나는 그가 무슨 말을 하나 싶었다.

"정태수 씨. 그분의 심부름입니다."

순간, 나는 앞이 캄캄했다. 입은 부들부들 떨렸고 가슴은 벼락을 맞은 듯 쿵쾅거렸다.

"그분이 어디 있습니까? 아니, 당신은 누구십니까?"

그러나 그는 대답 대신 내게 쪽지를 얼른 건넸다.

"중국에 있습니다. 제가 누군지는 알 필요 없습니다. 이제부터 그분의 말씀을 그대로 전합니다. 똑바로 들으면 됩니다."

나는 멍한 얼굴로 그를 쳐다보았으나 그는 상관없다는 듯 일방적으로 정태수의 말만 전했다. 아니, 정태수처럼 말했다.

"이섭아. 그동안 고생 많았지? 출소하면 빨리 쪽지에 있는 주소로 날 찾아와. 아무런 죄도 없는 네가 공연히 이런 일에 엮여 그년에게 몹쓸 일을 당했잖아. 복수는 해야지. 안 그래? 만반의 준비는 해두었다. 참! 3억 원은 내가 가지고 있다. 오는 즉시 돌려줄게"

그는 이 대사를 외우기 위해 엄청난 노력을 한 것 같았다. 표정도 목소리도 정태수와 거의 똑같았다.

"자, 저는 그분의 말씀을 가감 없이 전했습니다. 이제 제 임무는 끝이 났습니다. 내일 저는 외래 병원으로 갈 테니 저와 이섭 씨는 더는 볼 일이 없습니다."

그는 꼭 북한 공작원처럼 표정이 강철같았다. 그런데 외래 병원? 나는 그가 무슨 말을 하나 싶었다. 이곳에 온 지 얼마나 되었다고 대기업 회장처럼 밖에 있는 병원으로 가는지 이해가 되지 않았다. 나는 그에게 더 묻고 싶었지만, 그는 그 시간부터 단호히 고개를 돌렸다. 할 수 없이 나는 쪽지를 팬티 안에 숨기고 얼른 방으로 들어왔다. 그때부터 나는 갑자기 머리가 아프고 속에 메스꺼워 아무 일도 못 하고 누워있었다.

새벽이었다. 갑자기 어제 정태수의 지시를 내게 말해주던 신입이 단말마적인 비명을 지르며 복통을 호소했다. 그의 옆에 누웠던 막내가 그를 깨웠는데 놀랍게도 그는 입에 거품을 물고 쓰러져 있었다. 놀란 방장이 교도관을 불렀다.

"교도관!"

복도에서 순찰 중이던 교도관이 우리 방의 열쇠를 따고 들어왔을 때 신입은 거의 죽은 사람 같았다. 낯빛이 흑색으로 변하였고 숨소리도 거칠었다.

교도관은 급히 관구 실로 뛰어가 비상벨을 눌렀다. 잠시 후, 보안과에서 당직이던 주임 교도관과 경비대원 몇이 뛰어 들어왔다. 주임 교도관이 상황을 살피더니 긴급 이송을 지시했다. 마침내 신입은 들어온 지 하루도 채 되지 않아 의무 병동을 떠나갔다. 내게 정태수의 말만 전하고 말이다.

"이 새끼. 제가 먹던 숟가락을 삼켰네."

방장이 재수 없다는 듯 혼잣소리했다. 나는 이게 다 정태수의 작품이라 생각했다. 이곳에 있으면서 밖으로 나가기 위해 일부 재소자가 숟가락을 삼켰다는 소리를 들었지만 나는 이 광경을 처음 보았다. 어떤 재소자는 바늘에 실을 꿰어 자기 눈을 한 땀 한 땀 꿰매면서 근무 중인 교도관을 부르는 예도 있었다고 했다. 자신의 방에 꼴 보기 싫은 재소자가 있어 이감시켜달라고 하는 짓거리였다. 하여간 이곳의 재소자들은 일반 사람들이 생각하는 상식을 넘은 자들이었다.

"뭣땜시 숟가락을 목구멍으로 넘겼대요?"

우리 방의 막내가 방장에게 물었다.

"왜 그렇긴? 독한 놈들의 수법이지. 그래야 외래 병원에 갈 거고 변호사 잘 꼬드겨서 병으로 인한 형집행정지로 풀려날 속셈이야. 하여간 한국의 도둑놈들은 진짜 독종이야. 독종."

나는 그 일이 있었던 뒤로 잠을 이루지 못하고 정태수를 생각했다. 그는 살아있었다. 살아서 지금 민채가 있는 중국으로 건너갔다. 그렇다면 민채가 그곳에 있다는 것을 그는 후에 알았을 것이었다. 하긴 그의 정보망은 막강하니 그 정도는 알 수 있었을 것이다. 그런데 그때 민채가 그의 눈에 약을 뿌렸으므로 그는 이제 시각장애인이었다. 눈도 보이지 않은 그가 무슨 복수를 한단 말인가. 아무리 조력자가 있다 하더라도 그건 힘든 일이었다. 아마 그래서 날 부르는 모양이었다.

나는 계속 그날 폐교에서의 일을 기억해 내었다. 내가 기억하기론 그 자리엔 분명히 민채와 서평이 떠날 때까지 아무도 없었다. 그렇다면 내가 실신한 뒤, 정태수를 데려간 자는? 순간적으로 나는 TV에서 나온 프로파일러의 말이 떠올랐다. 정태수를 데려간 자는 봉고차를 추격하여 폐교까지 따라온 정태수의 후배, 그자였다. 그런 생각이 들자 나는 의문이 풀렸다. 범죄자였던 정태수의 후배는 실신한 내 앞에 수표를 발견했을 것이고 그는 돈 욕심에 그걸 챙겼다. 후에 정태수를 업고 자신의 승용차로 어디론가 도망을 갔다. 그런 후에 정태수가 안정을 찾자 그는 3억 원과 함께 정태수를 데리고 중국으로 밀항했다. 정태수는 3억 원을 미끼로 날 부른 것이다. 나는 내 추리가 맞는지 안 맞는지 확신하진 않았다. 그냥 짐작으로 그럴 것 같았다.

나는 드디어 출소했다.

두 번의 탈옥을 거쳐 추가 징역을 살던 나는 마침내, 만기를 채우고 정상적으로 세상에 나왔다. 하늘은 맑았고 바람은 시원했다. 비록 정문 앞에서 날 기다리던 사람은 없었으나, 나는 교도소 밖 땅을 밟는 것으로 만족했다. 여기저기서 출소자를 맞는 가족과 지인 그리고 일부 조폭 조직원들이 출소한 두목에게 두부를 먹이고 축하의 인사를 건네고 있었다. 나는 행여, 내 가족 중 누구라도 나와 있을까 주위를 둘러보았지만, 예상대로 아무도 없었다. 그래도 나는 조금도 서글프지 않았다. 모자를 푹 눌러쓰고 가방을 멘 나는 버스 정류소로 발걸음을 옮겼다.

시외버스 터미널에 도착한 나는 내 고향 부산시로 가는 버스를 탔다. 의자에 기대어 창밖을 보니 만감이 교차했다. 유치원 때 아버지의 손을 붙잡고 놀이공원에 간 것부터 초등학교 다닐 때 백일장에 입상하여 어머니로부터 칭찬을 받은 것까지 어린 시절의 일들이 주마등같이 떠올랐다. 서평은 그때부터 나와 단짝 친구였다. 고지식하고 공부를 잘했던 그는 훤칠한 외모에 능수능란한 입심을 가진 나를 늘 부러워했다. 특히 타고난 바람둥이 기질로 예쁜 여자만 골라가며 사귈 때 그는 내게 열등감을 느끼곤 했다. 하지만 세월이 흘러 그의 그 열등감과 패배감이 날 궁지로 몰아넣었다. 배신은 상상하지도 못했건만, 그는 내게 치명적인 상처를 입혔다.

전처가 생각났다. 시골 부잣집 딸로 태어나 도도하면서도 곧잘 공부를 잘했던 그녀는 의외로 내게 쉽게 넘어왔다. 그녀가 적령기에 자신의 배경에 맞는 배우자를 골랐다면 나는 제외였겠지만, 그녀는 다행히 외모지상주의자였다. 그녀는 나의 조각 같은 얼굴과 몸매에 반해 결혼을 결심했다고 언제가 내게 말했다. 그녀는 얼굴도 예뻤고 약사로서 능력도 있는 여자였다. 비록 이혼했지만, 나는 그 점만큼은 인정했다.

그리고 정민채, 팜므파탈 같은 그녀는 의도적으로 내게 접근했다. 돈과 미모를 미끼로 날 한 방에 보내기 위해서였다. 나는 그녀에게 수단이었지 결코 목적이 아니었다. 내 친구인 서평을 유혹한 것도 나는 그녀라고 생각했다. 그녀는 날 철저히 골탕 먹일 심산이었다. 그런 상념에 젖어 있을 때 버스는 목적지인 내 고향, 부산시에 도착했다.

내가 살던 원룸의 건물은 그대로였다. 나는 몰래 건물 비상구 쪽으로 올라가 문을 열었다. 다행히 방은 내가 교도소에 가기 이전의 상태 그대로였다. 이제 이곳에 더는 올 기회가 없었으므로 나는 꼭 필요한 짐만 챙겼다. 보증금이 남아 있었지만, 그동안 그의 딸이 내게 베풀어준 게 있어 건물주에게 그냥 떼이기로 했다.

짐을 챙긴 후 아무 생각 없이 편의점 쪽으로 걸어갔다. 편의점 역시 그 자리에 있었다. 창밖으로 얼핏 보니 지희는 보이지 않았다. 대신, 한 번도 본 적이 없는 아르바이트생이 근무하고 있었다. 나는 도로에 서 있기가 영 불편하여 맞은편에 있는 술집으로 들어갔다. 예전 편의점을 털기 전에 딱 한 번 갔던 그 술집이었다. 안에는 손님은 없고 어떤 남자가 청소하고 있었다.

"아직 영업 안 하는데요?"

나는 얼른 시계를 보았다. 오후 세 시였다. 나는 낭패다 싶어 나가려는데 다행히 그 남자가 날 붙잡았다.

"생맥주는 됩니다. 안주는 네 시 이후에 사장님이 나오시면 가능합니다만."

"감사합니다. 안주 필요 없고 생맥주 한 잔만 주세요."

나는 편의점이 잘 보이는 창가에 가방을 내려놓았다. 아침과 점심을 먹지 않아 몹시 배가 고팠다. 종업원은 생맥주 한 잔과 팝콘 한 접시를 내어놓았다. 나는 생맥주 한잔을 한 번에 마셔버리고 팝콘을 일 분도 안 되어 다 먹었다. 꿀맛이었다. 생맥주와 팝콘을 시키길 여러 번, 사장이 출근했다. 나는 그 집에서 제일 비싼 안주를 주문했다. 푹 눌러 쓴 모자에 낡은 점퍼를 입은 내가 그리 주문하자 종업원은 고개를 갸우뚱거리며 주방으로 걸어갔다.

어스름 해가 지는 저녁 무렵이었다. 편의점은 장사가 잘되는 모양이었다. 그 안으로 들어가는 사람만 해도 벌써 수십 명이 넘었다. 그때였다. 마지막으로 생맥주를 시킨 후에 창밖을 보다 나는 깜짝 놀라고 말았다. 남녀가 팔짱을 끼고 술집으로 들어오려 했는데 그 여자는 바로 지희였다. 그새 생맥주가 나와버렸다. 나는 꼼짝없이 앉아 눌러 쓴 모자를 더욱 눌러 쓸 수밖에 없었다. 지희와 사내는 내 뒷좌석에 앉았다. 들어올 때 옆눈으로 보니 사내는 당시 내가 살던 원룸의 옆방에 막 들어온 놈팡이 같은 자였다. 나이가 나보다 열 살 정도 적은 것으로 기억이 났다. 그런 놈을 지희가 낚아챈 것 같았다. 나는 기가 차서 술맛이 떨어졌다.

"애, 이것도 먹어. 이게 남자에게 그리 좋다며?"

지희의 목소리에 교태가 묻어있었다.

"누난, 방금하고 왔으면서 또 무얼 바라?"

사내도 싫지 않은지 지희에게 고분고분했다. 나는 이 자리에 계속 있어야 하는가에 대해 심각한 고민을 했다. 그렇다고 지금 일어서자니 지희에게 내 얼굴을 보이는 것 같아 망설였다.

"나는 너랑 백번 해도 좋더라. 넌 매일 무얼 먹기에 이리 힘이 세냐?"

예전 나와 모텔에 갔을 때 그녀가 내게도 묻던 말이었다. 나는 지희의 목소리를 듣다가 갑자기 내 아랫도리가 생각났다. 그날 이후 계속 죽어있던 내 물건이었다. 나는 별안간 수치와 짜증이 한꺼번에 몰려오면서 나도 모르게 그만 고함을 질렀다. 거기에다 손으로 탁자를 세게 쳐버렸다.

"그만!"

내 고함에 뒷좌석의 지희와 사내뿐만 아니라, 주방에 있던 사장과 홀에서 서빙하던 종업원, 기타 술 마시고 있던 손님들의 시선이 모조리 내게 쏠렸다. 이런 상황에서 나는 지희가 보든 말든 상관할 바가 아니었다. 나는 벌떡 일어나 가방을 챙겼고 쓰고 있던 모자를 확 벗어버렸다. 그러자 지희와 눈이 마주쳤다. 그녀는 내 얼굴을 보더니 하얗게 질렸다. 나는 계산대에 가서 술값을 지급하고 술집을 나왔다.

"오빠! 이섭 오빠."

뒤에서 지희가 부르는 소리가 들렸으나, 나는 무작정 거리로 뛰쳐나왔다. 쪽팔려서 도저히 그녀를 볼 수가 없었다.

어느새 밤이었다. 도로변의 상점과 가게에 사람들이 넘쳐났다. 거리에는 젊은 청춘들이 활보하고 있었다. 나는 발길 가는 대로 걸었다. 한참을 걷다 보니 나는 서평과 자주 갔던 돼지껍데기 집 앞에 서 있었다.

"껍데기 하나하고 소주 한 병 주세요."

그날따라 손님이 많아 나는 맨 구석 자리에 앉았다.

"이섭이 총각 아잉교? 맞제? 아따 오랜만이네. 고시 공부하는 친구는 오늘 왜 안왔능교?"

주인아주머니가 날 기억하고 있었지만, 최근의 일은 모르는 것 같았다. 난 모자를 벗고 건성으로 웃으며 인사했다. 전주가 있어서인지 나는 몹시 취하고 말았다. 오늘따라 서평이 몹시 보고 싶었다. 나는 내 앞에 서평이 있는 거로 착각하고 그에게 술을 따라주며 횡설수설하고 하다, 끝내 그 자리에서 펑펑 울고 말았다. 그곳에서 소주를 서너 병이나 먹은 나는 다시 편의점 쪽으로 발길을 옮겨 예전, 지희와 함께 갔던 모텔로 갔다.

다음날, 별수 없이 찾아간 곳은 전처가 운영하는 약국이었다. 돈이 필요했다. 이혼 후 처음이었다. 아내의 약국이었지만 결혼 후 나는 이곳에서 셔터맨으로 근무했다. 잘나가던 시절이었다. 근무 시간 외에 수영과 골프를

칠 수 있는 여유와 외간 여자들을 만날 수 있는 돈이 있었다. 결국, 방탕한 삶 때문에 아내로부터 이혼당했지만, 나는 그 시절을 잊을 수가 없었다. 몇 번을 망설였다. 그러나 이 방법 외에는 달리 해결책이 없었다. 본가는 가기도 싫었고 행여 간들, 자식 취급도 하지 않은 부모님이기에 별 대책이 없었다. 언제나 내 편이던 친구 서평마저 없었다. 비록 헤어졌지만 그래도 한때 밤마다 살을 부대낀 전처밖에 없었다. 나는 모자를 푹 눌러쓰고 약국 문을 열었다.

“어서 오세요.”

몇 년 만에 들어보는 아내의 목소리였다. 아내는 먼저 온 손님과 이야기하고 있었다. 나는 마땅히 눈 돌릴 데가 없어 입구 쪽으로 시선을 고정했다. 그때 내실에서 어떤 사내가 튀어나왔다.

“여보. 헬스장 다녀올게. 걱정하지 마. 셔터 내리기 전까진 올 거야.”

사내는 찢어진 눈에 기생오라비같이 생긴 남자였다. 아내는 나와 헤어진 후 이런 놈을 셔터맨으로 고용한 모양이었다. 나는 이 자가 그때 내가 누렸던 복을 대신 누린다 생각하니 갑자기 내 입에서 욕지기가 나왔다.

“다음 손님! 어디가 아파서…….”

아내의 목소리에 고개를 돌리다 정면으로 그녀와 얼굴이 마주쳤다. 그녀는 지희와 마찬가지로 얼굴이 하얗게 질렸다. 나는 어떤 말로 인사를 해야 하는지 정말 어색했다.

“오랜만이야. 여보.”

내 입에서 나온 말은 겨우 이 정도였다. 아내는 어이가 없는지 한동안 날 빤히 쳐다보더니 한마디 했다.

"여보는 아니지. 우리 이제 남남이거든."

"아! 그래, 미안. 내가 실수했네."

아내는 눈을 흘겼다. 나는 그녀의 눈에서 옛날 연애할 때를 떠올렸다. 원체 도도하고 새침한 그녀는 내가 조금이라도 잘못하면 저렇게 눈을 흘겼다.

"웬일이야? TV에 나왔던 왕년의 스타가?"

아내는 대수롭지 않은 표정으로 내게 비아냥거렸다. 그 모습에 나는 갑자기 수치심이 온몸을 감싸면서 내가 여기에 왜 왔나, 싶어 후회되었다. 뻣뻣하게 서 있는 내가 안 되어 보였던지 아내는 조제실 안으로 불렀다. 손수 커피를 타왔는데, 아주 예전 내가 즐겨 마시던 모카커피였다. 나는 커피 향으로 그 옛날 이곳에서 아침, 저녁으로 셔터를 내리고 올렸던 기억과 한때나마 단란했던 아내와의 기억이 되살아났다.

오늘 생각해보니 우리는 그때 아이를 가졌어야 했다. 아내는 아이를 무척 원했지만, 사실 놀고 싶은 마음에 내가 거절한 터였다. 철없고 어린 나의 생각이었다. 만약 아이가 있었더라면 아내는 바람피운 사실 때문에 날 이리 내치지는 않았을 것이었다.

"출소했어?"

간단한 과일을 챙겨오던 아내가 쟁반을 탁자 위에 놓으며 물었다. 하얀 가운을 입은 아내는 그때보다 훨씬 세련되고 품위가 넘쳤다.

"응."

"그러면 이제 어디로 갈 건데? 본가에? 아직 아버님, 어머님 건강하시지?"

"그래야 하지 않겠어? 집도 절도 없는 놈이."

"응. 그렇구나. 그런데 날 왜 찾아왔어? 그동안 코빼기도 안 비치더니."

아내의 질문에 선뜻 대답하기가 어려웠지만 그래도 해야 했다.

"돈이 필요해."

나는 그 말을 하면서 고개를 떨구었다. 그때 아내의 호탕한 웃음소리가 들렸다.

"내가 준 위자료는 벌써 다 쓴 거야? 아니, 아니지. 그때 TV에서 사랑하는 여자가 있다고 하지 않았어? 그 여자에게 가지 않고 헤어진 지 몇 년이나 지난 전처를 찾아온다는 게 지금 말이 돼?"

나는 가슴이 찔렸지만 어떻게든 그녀에게 불쌍하게 보여야 했다.

"그때 그건 연극이었어. 무슨 여자? 내가 당신 외에 여자가 어디 있단 말이야?"

그러자 아내는 더 크게 웃었다.

"그래? 인간 조이섭이는 여전하네. 이혼 후에 천하의 바람둥이가 나 외에 딴 여자가 단 한 명도 없었단 말이지. 알았어. 내, 믿어주지. 그래, 얼마나 필요하신가?"

아내는 조제실 옆의 금고로 갔다. 역시 시원시원한 성격이었다. 나는 얼마나 부를까, 잠시 고민하다 그냥 필요한 만큼만 말하는 게 내 자존심을 지키는 것 같아 원하는 금액을 불렀다.

"삼백."

아내는 고개도 돌리지 않고 금고를 열었다. 언뜻 보아도 현금만 수천만 원 정도 들어 있는 것 같았다.

"자! 오백이야."

아내는 봉투에 5만 원권 지폐를 담아서 내게 건넸다. 나는 순간, 눈물이

핑하고 돌았다. 역시 헤어지긴 했지만, 이 여자는 내 아내였다. 하지만 이다음에 나오는 아내의 말에 나는 정신이 번쩍 들었다.

"이걸로 정리하고 우리 안 보면 좋겠어. 아까 봤지? 남편이 있어. 쓸데없는 소문 안 돌게 두 번 다시 찾아오지 마."

아내의 비정한 말에 나는 분노를 억누르며 일어서려 했다. 그때 아내가 한마디를 덧붙였다.

"앞으론 그렇다는 말이고. 어떻게, 밥은 먹었어? 안 먹었으면 마지막으로 함께 밥이나 먹을까?"

아아, 천당과 지옥을 오가는 그녀의 말 때문에 나는 정신을 차릴 수가 없었다. 아내는 늘 이런 식이었다. 내가 바람을 피우던 때도 그녀는 날 끊임없이 협박과 회유를 반복하며 그 상황을 즐긴 여자였다. 그때마다 내가 당하던 고통은 이루 헤아릴 수가 없었다. 그녀의 제안에 나는 엉뚱한 대답을 했다.

"약국은?"

"응, 지금 아르바이트 약사가 오는 중이야. 잠시만 기다려. 옷 갈아입고 올게."

화사하게 차려입고 나온 아내는 콜택시를 불렀다. 아내의 옆자리에 앉은 나는 긴장해서 그녀에게 어디로 가는지 물어보지 않았다. 아내는 아내대로 만감이 교차하는지 창밖만 보고 있었고 나는 어이없게도 그만 차 안에서 깜빡 잠이 들고 말았다. 이윽고 택시가 도착한 곳은 바닷가 근처였다. 아내가 깨우는 바람에 눈을 뜬 나는 주위를 두리번거리다 그만 깜짝 놀라고 말았다. 그곳은 민채와 왔던 그 바닷가였다.

아내가 설마 알고 이곳에 온 것 같지는 않았다. 그래도 긴장을 늦추지 않고 나는 그녀의 뒤를 따라갔다.

"이섭 씨는 장어 좋아하잖아. 우리 연애할 때도 자기가 맨날 이런 곳에 날 데려갔었지. 조개구이, 회, 장어 등. 그래도 그때가 좋았어."

아내는 횟집에서 멀리 떨어진, 그때 민채와 앉았던 야외 파라솔로 들어갔다. 종업원이 다가오자 그녀는 지갑에서 만 원짜리 몇 장을 꺼내, 팁으로 주더니 제일 물 좋은 조개와 해산물 그리고 장어를 주문했다. 민채가 그때 시킨 것과 비슷했다. 아까 택시 안에서 그녀처럼 나도 만감이 교차했다.

"이제 무엇하며 살 거야?"

아내는 종업원이 밑 안주로 내어준 오이를 하나 베어먹었다.

"아직 생각 안 했어."

나는 밑 안주와 함께 들어 온 소주를 한 병 땄다. 맥주잔에 가득 부어 마시려는데 아내가 자신의 잔을 내밀었다.

"나도 한 잔 줘."

평소 술을 즐기지 않은 그녀였는데, 의외였다. 아내와 나는 오래간만에 잔을 부딪치며 첫 잔을 건배했다.

"새서방과 사니 행복해?"

나는 술을 마신 김에 정말 묻고 싶었던 질문을 던졌다.

"행복? 그 무슨 개뼈다귀 같은 소리야? 남자와 같이 있으니 내 인생이 행복하냐고? 내 참! 당신과 있을 때도 행복하지 않았는데 당신보다 덜떨어진 작자와 사는 게 과연 행복하겠어?"

나는 아내의 말에 이상하게도 안도의 한숨이 나왔다.

"그럼, 왜 재혼했어? 그냥 혼자 살면 되지."

그러자 아내가 웃었다.

"그래 말이야. 그냥 돈이나 벌면서 혼자 살면 되었는데, 내가 무슨 남자 복에 겨운지. 굳이 말하자면 셔터 내리고 올려줄 남자가 필요했어. 됐냐?"

그 말은 아내는 나 대신에 새로 얻은 서방과 진정 행복하지 않다는 말이었다. 나는 아내의 말에 은근슬쩍 기분이 좋아졌다. 술이 몇 잔 들어간 아내는 이혼할 당시 쌀쌀하고 냉랭한 여자가 아니었다. 가끔 우리가 연애할 때 이야기를 꺼내는가 하면, 결혼 후 함께 놀러 다녔던 부산시의 관광지를 언급하며 웃기도 하였다.

맛있는 해산물과 장어구이를 소주와 곁들이니 나는 그간의 고생이 바다 너머로 지나간 것 같은 기분이 들었다. 나는 역시 단순했다. 맛있는 음식만 있으면 나는 만사 오우 케이인 성격이었다. 아내는 술이 많이 취하는 모양이었다. 그새 수평선 너머로 해가 지고 이곳도 파장에 가까웠다. 멀리 모텔과 커피 가게가 있는 건물에 불이 들어왔다.

"우리 저기서 오랜만에 잘까?"

아내의 술 취한 눈은 고혹적이었다.

"어디?"

"저 모텔 말이야. 저기 보니까 우리 처음 만난 날, 그래, 학교 축제 때. 이섭 씨가 날 꼬드겨 처음 갔던 모텔이 떠오르네. 아! 그때 정말 달콤했는데."

확실히 아내는 술에 취해 맛이 간 모양이었다. 나는 그만 내 사정을 전혀 생각하지 않고 그녀에게 손나발을 불었다.

"좋아. 까짓거. 마지막인데 뭐."

나도 술에 꽤 취했다. 우리가 간 모텔은 그날, 민채와 잔 그곳이었다. 몽롱하게 나는 그때의 그 방 그리고 그녀와의 기억이 떠올랐다.

"먼저 씻고 올게. 이섭 씨 뭐 필요한 것 없어? 자기는 소주 마시면 항상 맥주 마시잖아. 프런트에 이야기해. 시원한 거로 두어 병 시켜."

아내는 헤어져도 아내였다. 나의 술 취향을 정확히 기억하고 있었다. 나는 이게 웬 떡이냐 싶어 당장 프런트에 전화했다. 아내가 욕실에 나오기 전에 시원한 맥주와 간단한 안주가 도착했다. 목이 말라 먼저 한잔할 욕심으로 맥주병을 따 시원하게 따라 마셨을 때, 나는 문득 내가 정상이 아니란 것을 깨달았다.

낭패였다. 아아, 술 때문에 잠시 나는 내가 성불구자인 것을 잊고 있었다. 당황한 나는 아내에게 어떤 변명을 해야 할지 좁은 방안을 몇 번이나 서성댔다. 결론은 하나 밖이었다. 술에 약한 아내를 무슨 수를 쓰든지 더 먹여서 빨리 재워야 했다. 그러기 위해선 무거운 주제를 하나 골라, 이야기하면서 그녀가 스스로 술을 먹게 하는 수밖에 없었다. 나는 프런트에 전화해서 추가로 소주와 맥주를 시켰다. 그새 아내가 촉촉한 머리를 매만지며 가운을 입고 나왔다.

"나 예뻐? 역시 씻으니 술이 깨네."

"응. 아직 쓸만해. 예뻐."

"자기도 씻고 오지?"

아내가 나더러 이름을 부르지 않고 자기, 라는 호칭을 불렀다는 것은 그만큼 기분이 좋다는 증거였다.

"아냐. 맥주 좀 마시고 당신과 이야기하고 나서 씻을게. 얼른 앉아봐."

나는 그녀에게 컵 가득 맥주를 따랐다. 아무것도 모르는 아내는 냉큼 한 잔을 비웠다.

"한잔 더 마셔."

나는 아내의 잔에 또 맥주를 따랐다.

"뭐야? 자기는 안 마시고?"

"아니, 나도 마셔야지. 야! 맥주는 너무 싱겁다. 우리 소맥으로 건배하자. 재회를 위하여!"

아내가 목젖이 보일 만큼 웃었다.

"재회? 그럼 뭐해. 내일부터 보지 않을 것을. 호호."

그래도 기분이 좋은지 그녀는 내가 제안한 소맥을 단숨에 마셨다. 아주 고무적이었다. 아내의 주량을 아는 나는 이제 그녀가 두어 잔만 마시면 뻗어버릴 것으로 확신했다. 그전에 그녀가 화가 날 만한 이야기를 꺼내야 했다. 아니, 내가 궁금하기도 한 부분이었다.

"정민채라고 기억나?"

아내는 흐릿한 얼굴로 날 보더니 고개를 갸우뚱했다.

"들어봤어. 누구더라?"

"대학 다닐 때 당신 룸메이트였잖아. 친하게 지냈다던데."

그러자 아내의 안색이 확 바뀌었다.

"그래. 기억나. 이섭 씨랑 나랑 사귀고 있을 때 그년도 자길 좋아했잖아. 그래, 기억이 확실히 나. 아! 그러고 보니 몇 년 전에 약국에 한 번 찾아왔어."

아내의 말에 나는 깜짝 놀랐다.

"뭐? 민채가 당신을 찾아왔다고? 그때 왜?"

"이섭 씨 전화번호를 물었어. 내가 왜 그러냐 했더니 얼버무리면서 학교 동창이 찾고 있다나 뭐라나. 그런데 자기는 그때 전화번호를 바꾸어 버렸잖아. 그래서 할 수 없이 친구, 서평 씨? 그래, 서평 씨의 전화번호를 주었어."

원래 의도는 아내의 화를 북돋아 그녀에게 술을 더 먹이려 했다. 하지만 그녀의 입에서 '서평'이라는 이름이 나오자, 나는 나도 모르게 맥주잔에 소주를 부어 두어 잔 급히 마셨다. 그랬구나. 민채는 서평을 이용해 나에게 접근한 거였다.

"그런데 갑자기 그 애 이름은 왜 들먹여? 둘이 뭔 일이 있냐?"

다행히 아내도 맥주잔에 스스로 소주를 부어 한잔 마셨다. 그녀도 궁금한 모양이었다. 나는 아내에게 그간의 일들을 사실대로 말할까, 무척 고민되었다.

"말해봐. 부부간에 말 못 할 건 뭐야?"

그 말을 해놓고선 아내는 자기 입을 막았다. 나는 그녀 입에서 나온 부부, 라는 단어에 한참 동안 아내의 얼굴을 쳐다보았다. 아내의 얼굴도 벌겋게 달아올랐다. 그때 내가 바람만 안 피웠어도 우리는 아직 부부였다. 그랬으면 내가 민채에게 홀려 이런 짓거리도 하지 않았을 것이다.

"나, 이섭 씨 아직도 사랑하고 있어. 말해봐."

아내의 말은 결정타였다. 결국, 아내의 이 말에 나는 그간에 있었던 일, 즉 민채로부터 탈옥 제의를 받고 어찌어찌하다가 여기까지 왔다는 말을 숨김없이 털어놓았다. 그사이 열받은 아내는 소맥을 연거푸 석 잔이나 마셨다. 그런데 아내의 반응은 의외였다. 더군다나 첫마디는 이랬다.

"그때 나도 알고 있었어. 이섭 씨가 나 없는 사이에 내가 사는 원룸에 들어가 그 애를 따먹었지? 그 정도는 알고 있어. 그런데 지금 뭐야? 그 여우 같은 년이 당신을 홀린 거잖아. 아무리 나와 이혼했다 하더라도 엄연히 나의 전 남편인 당신에게 감히! 그런데 그년과 잤어?"

결국, 아내는 내 이야기의 진실이 문제가 아니라 그녀와 잤는지에 관심이 더 컸다. 나는 딱 잡아뗐다.

"무슨 소리! 난 당신과 이혼하기 전, 그날 밤으로 끝이야."

"그날 밤이라면? 우리 오빠에게 개 맞듯이 맞고 내게 싹싹 빌던 밤 아니야? 난 그때 미워서 그런 생각도 없었는데, 당신이 그때도 일방적으로 날 자빠뜨렸잖아."

"일방적이었다고?"

"아니, 아니, 좋았어. 그건 그렇고. 그래서 그년을 잡기 위해 중국에 가겠다는 거야? 돈도 찾고? 얼마? 3억 원?"

아내는 맥주 한 잔을 더 마셨다.

"그래."

나는 힘없이 맥주잔을 놓았다. 아내는 한숨을 쉬다 내 아랫도리를 뚫어지게 쳐다보았다. 난 눈을 찔끔거리며 손으로 그 부분을 가렸다.

"그년이 그랬단 말이지. 이제 인간 조이섭 씨도 끝이네. 그리 한량 짓 즐기더니, 꼴 좋다. 내일 아침에 당장 이곳을 나가. 내가 눈 뜨기 전에. 그게 당신의 가장 큰 매력인데 이제 아무 소용없네. 왜 진작 이야기 안 했어! 그럼, 여기 오지도 않았을 거잖아."

아내는 입에 거품을 물고 화를 쏟아내더니 그 자리에 꼬꾸라졌다. 나는 그런 아내를 안아 침대에 고이 눕혔다.

그런 후 나는 아내 곁에서 잠시 눈을 붙인 후, 새벽에 모텔을 나왔다. 이제 한국 땅은 미련이 없었다. 당장 아침이라도 중국에 가려고 마음먹었다. 그리하여 날 배신한 민채와 서평에게 복수한 후, 내 돈 3억 원으로 중국 땅에서 남은 생을 살겠다고 굳게 맹세하였다.

그런데 다음 날이었다.

"조이섭! 널 긴급체포한다."

'헉!'

그렇게 출국 전에 경찰에 체포되었으니 사달이 난 것이다.

에필로그

수상한 체포 작전

부산시 서부 경찰서 형사팀장 최림은 피의자 조이섭이 쓴 자술서를 꼼꼼히 읽은 후 무릎을 쳤다. 조이섭이 경북 청송교도소에서 동반 탈옥할 때 조사한 경북 G 경찰서의 초기 수사자료 그리고 그가 탈옥 후 홀로 병원에 있을 때 간략하게 조사했지만, 이해하지 못한 부분이 명확하게 눈에 들어왔기 때문이었다. 사실, 초동 수사 때 워낙에 둘의 탈주 과정이 기묘하였고 이후 둘 중 한 명인 정태수의 행방이 묘연하여 범행동기, 사건과 연결된 인물, 배후 등 전반적인 탈주 과정을 유추하지 못하였다.

최초 경북 G 경찰서의 조사는 그 둘이 탈옥한 교도소 내 재소자들의 진술에만 의존할 수 없었다. 물론 성과는 있었다. 정태수와 조이섭은 최초에 부산시의 B 교도소에 함께 있었고, 무슨 이유에서인지 둘은 약속이나 한 듯이 경북 청송교도소 같은 방에 있었다. 이후 둘은 누가 주범인지 모르겠지만 어쨌든 그들은 탈옥을 모의하였고 마침내 성공했다.

이 과정에서 정태수가 자기 아내를 살해하여 징역살이하는 것과 그의 가족관계를 조사하던 중 그의 큰딸이"엄마를 무참히 살해한 우리 아버지를 사형시켜 주세요"하고 국민청원을 넣은 정민채임을 확실하게 알게 되었다.

하지만 조이섭은 달랐다. 그는 그야말로 이 땅의 평범한 젊은이였다. 정태수와 비교하여 그는 정상적인 가정에서 성장하고 대학까지 마쳤다. 그런 후 같은 대학 출신 약사와 결혼 후 이혼하였지만, 그 전 과정을 통해 어떤 전과도 없었다. 그래서 최림을 비롯한 형사들은 조이섭과 정태수의 동반 탈옥에 관한 연결고리를 찾지 못한 것이다.

하지만 결국 이 조이섭의 진술서를 통해 최림은 둘의 탈옥 동기와 전 과정을 알게 되었다. 특히 최림은 최초 이 사건의 발단이 정태수의 딸, 정민채에 있다는 점에 경악하였다. 이 모든 과정을 알게 되자, 최림은 되려 조이섭이 불쌍하게 생각되었다. 평범했던 이혼남이 한 여자에 의해 이런 끔찍한 사건에 연루되었다는 점에서 최림은 최근 우리 사회를 떠들썩하게 만든 제주 전남편 살인사건(고유정), 가평계곡 살인사건(이은해) 등 강력 사건의 주범이 주로 여자인 점을 떠올렸다. 물론, 전체 범죄로 보자면 남성의 범죄 비율이 높았지만, 이런 특이한 사건은 비뚤어진 심성과 돈에 대한 병적인 집착으로 살인까지 스스럼없이 저지른 여성들이 있다는 점이었다.

"수고했어. 소설가 지망생답게 진술서를 정말 잘 썼네."

최림이 진술서를 읽는 동안 멍하니 천장만 보던 조이섭이 그의 말에 고무되었는지 눈을 깜빡이며 물었다.

"약속은 지켜주시는 거죠?"

"일단 알았어. 회의한 후 결과를 알려주지. 물론 긍정적인 검토야."

최림은 조사실 문을 나가서 자신의 휘하 형사들을 모두 모이게 하였다. 그리고 정태수와 최초 이 사건의 의뢰자 정민채를 체포하기 위한 회의를 진행하였다. 최림은 먼저 진술서를 복사하여 모든 형사에게 돌렸다. 여기저기서 아, 하는 탄식이 나올 만큼 진술서는 완벽한 모양이었다. 이 과정이 끝나자 형사 한 명이 손을 번쩍 들었다.

"우리 모두 중국에 가야 합니까?"

팀 내에서 가장 눈치 빠른 형사였다. 최림은 고개를 끄덕이며 준엄하게 말했다.

"물론, 하지만 나를 포함하여 서너 명만 가면 될 거야. 자! 지원자는 여기서 손을 들지."

그러자 눈치 빠른 김 형사와 막내 형사가 손을 들었다.

"좋아. 일망타진해보자고. 그래서 포상도 받고 우리 막내 형사 승진에도 도움을 주자고."

"그런데 우리만 갑니까?"

눈치 빠른 형사가 물었다.

"아니, 미끼와 함께 간다."

"미끼라면?"

최림은 턱으로 슬쩍 조사실을 가리켰다. 그런 후 최림은 곧바로 수사과장과 서장을 찾아가 중국행을 승낙받았다. 이로써 세상을 떠들썩하게 만든 동반 탈옥의 한 축인 정태수와 이 사건의 주모자인 정민채를 잡기 위한 여정이 시작되었다.

다음날 마음이 급한 최림과 체포팀이 조이섭과 함께 인천공항에서 출발하여 중국 칭다오 공항에 도착한 것은 오후 5시 15분 경이였다. 이곳은 한국보다 밤이 더 빨리 찾아왔다. 아직 6시도 채 되지 않았는데 날이 어둑어둑 저물고 있었다.

택시를 잡기 전, 최림은 조이섭에게 실시간 촬영과 음성을 녹취할 수 있는 첨단 장치인 만년필을 그의 양복 상의에 꽂아 주고 별도로 휴대전화를 건넸다.

"허튼짓은 안 하는 게 좋을 거야. 정태수는 물론이고 정민채와 친구 서평에도 따질 거만 따져야지, 절대로 사적 복수 따위는 용납이 안 되네. 그들은 이 사건의 주모자이자, 용의자, 동조자임을 명심하게. 그들은 우리가 체포하여 국내로 이송할 거야."

그 말을 들은 조이태는 의외로 담담했다.

"민채와 서평도 체포한다고요?"

"당연한 것 아냐? 그러니 이섭이 자네 하기에 달렸어. 이번 체포만 성공한다면, 네가 저지른 범죄는 정상참작이 될 거야."

'내가? 그 일로 추가 징역까지 산 내가 또 무슨 처벌을 받는단 말이지?'

조이섭은 속으로 최림을 비웃었으며 다짐을 했다.

'무슨 소리? 내가 왜 그 지긋지긋한 한국 땅에 되돌아간단 말이야? 난 3억으로 여기서 새로운 인생을 살 테다.'

그들은 택시를 잡아 목적지인 교주 쉐라톤 호텔이 적힌 종이쪽지를 기사에게 보여주었다. 중국인 기사는 고개를 갸웃거리며 뭐라 뭐라 말했지만 아무도 정확히 알아듣지 못했다. 단지 생각에 이왕 관광하러 왔으면 시내로 갈 거지, 이렇게 먼 곳에 숙소를 잡았느냐는 정도의 눈치를 챘을 뿐이었다. 실제로 그 호텔은 번화가로부터 75km나 떨어져 있었다. 어제 예약을 담당했던 경찰서 직원이 한 말이 생각났다.

호텔은 근사했고 건물은 웅장했다. 이때부터 조이섭만 홀로 이동했고 최림과 체포팀은 여행객으로 가장하고 호텔 로비를 서성거렸다.

"조심해. 그리고 무슨 일 있으면 바로 소리치거나 연락하라고."

최림은 이섭의 등을 부드럽게 때려주었다.

로비로 이동한 이섭은 곧바로 프런트로 갔다. 방장 정태수는 701호에 묵고 있었다. 교도소에 있을 때부터 7동을 좋아하더니 호텔 방도 7층을 택한 그의 선택에 이섭은 웃음이 났다. 호텔직원은 이섭이 건네준 쪽지를 보더니 어디론가 전화했다.

잠시 후, 로비에서 나타난 자는 얼추 예상했던 대로, 그때 D 읍에서 봤던, 정태수의 후배였다. 그는 별말 없이 눈짓으로 이섭을 정태수가 있는 방으로 안내했다. 이섭 역시 그에게 반갑게 인사할 정도의 기분은 아니어서 잘된 일이라 여겼다.

"이섭이! 어서 와. 정말 반가워."

방에 들어서자마자 방장은 두 팔을 벌리며 이섭을 껴안았다. 언뜻 보아도 그날 폐교에서 자기 딸에게 죽도록 맞은 사람 같지 않았다. 그는 중국풍의 옷을 입고 검은 선글라스를 하고 있었다.

"방장님, 반갑습니다. 이리 늦게 와서 정말 죄송합니다."

"아니야, 아니야. 그동안 고생 많았지? 사실, 내가 미안하지. 그날 이 친구가 봉고차를 미행하여 막판에 날 데려갔기 망정이지, 그러지 않으면 큰일 날 뻔했어. 이 친구 잘 알지?"

그러면서 방장은 이섭을 안내한 그의 후배를 인사시켰다.

"아아! 물론. 그때 이섭이 자네도 함께 데려갔으면 좋을 뻔했지. 미안해. 이 친구가 그것까진 미처 생각하지 못했다네. 자! 중국에 왔으니 우리 술이나 한잔하자고."

테이블에는 미리 준비해 둔 간단한 안주와 칭다오 맥주 여러 병이 있었고 놀랍게도 재떨이가 있었다.

"여기선 흡연할 수 있습니까?"

"그럼, 여긴 쫀쫀한 대한민국이 아니라 대륙, 중국이니까. 담배 피워도 돼. 마음껏. 참! 자넨 볼일 보고 오지. 난 이 친구랑 할 말이 많으니까 말이야."

그러자 방장의 후배는 아무 말 없이 방을 빠져나갔다. 방장은 이섭과 둘이 있는 게 편안한지 선글라스를 벗었다. 그런데 놀라운 일이었다. 그의 왼쪽 눈은 함몰되어 있었지만, 나머지는 눈은 정상처럼 보였다.

"아! 다행히 한쪽 눈은 맛이 갔지만, 나머진 희미하지만 보여. 민채, 이년이 일말의 양심이 있는지 두 눈을 다 멀게 하진 않았어. 하하. 농담이고 이곳으로 넘어와 거금을 들여 수술한 결과야. 자, 들지."

방장은 손수 이섭에게 술을 따라주면서 가벼운 농담부터 시작했다. 이섭은 오랜만에 그와 술을 마시면서 그간의 있었던 일에 관해 이야기를 나누었다. 술이 오르자 방장은 본색을 드러냈다. 이섭은 먼저 패를 잡지 않으려 생각했기 때문에 그의 정확한 의중을 알고 싶었다.

"어때? 자네도 막상 겪어보니 그년이 만만찮지? 나처럼 죽이고 싶은 마음이 분명히 들 거야."

"어디쯤 있습니까? 소재는 파악해 두셨는지요?"

이섭의 말에 방장은 흥분한 것 같았다.

"물론이지. 내가 눈만 정상적으로 잘 보였어도 직접 찾아보면 될 것을. 할 수 없이 이곳 건달들의 힘을 좀 빌렸어. 얼마나 꼭꼭 숨었는지 찾아만 가면, 이사가 버리고 또 찾아가면 도망가 버리고. 애를 많이 먹었어. 그런데 이번은 확실해. 여기서 멀지 않은 곳이야. 당장 내일 가보자고."

방장, 정태수는 예전이나 지금이나 변한 게 없었다. 그는 아직도 자기 딸인 민채를 죽이고 싶어 하는 것 같았다. 그의 말과 태도에 경찰 끄나풀이 된 이섭은 한숨이 나왔다.

"왜 그래? 자넨 안 그래?"

"글쎄요. 저는 솔직히 말해서 제 돈 3억 원을 찾으러 왔을 뿐입니다. 민채? 사실, 이제 관심도 없습니다. 제가 멍청해서 그녀에게 당한걸요. 인제 와서 복수한들 뭐가 달라지겠습니까?"

이섭은 그의 마음을 한 꺼풀 더 떠보기 위해 거짓말을 했는데 과연 그의 얼굴이 붉으락푸르락하기 시작했다.

"무슨 소리 하는 거야! 돈 3억 원은 내일, 작업이 끝나는 대로 바로 줄 수 있어. 이봐. 이섭이! 마음을 굳게 먹으라고. 우리의 목표는 우리를 고통에 이르게 한 그년을 철저하게 응징하는 거라고. 알겠어?"

역시 방장은 처음 가진 마음 그대로였다. 그의 확고한 마음을 확인하니 이섭은 자기 손에 피 안 묻히고 그가 대신 처리한다는 데에 오히려 마음이 편했다. 뭐, 솔직히 오늘 일은 오늘 처리하면 되고, 내일 일은 내일 하면 되었다. 그 결과는 알 수가 없지만.

"좋습니다. 내일 우리 둘만 가죠. 후배란 분은 상관없는 일이니 빠지고요."

그제야 방장의 얼굴에는 미소가 흘렀다.

"좋아! 오우 케이."

이 과정을 로비에서 최림과 체포팀이 모두 듣고 있었다.

정민채가 사는 곳은 청도의 외곽, 우리식으로 말하자면 중산층들이 모여 사는 단독주택이었다. 그새 방장은 간단한 중국어를 익힌 모양이었다. 호텔 앞에서 택시를 탔는데 반 시간 채 되지 않아 목적지에 도착했다. 그 뒤로 최림과 체포팀이 몰래 뒤따랐다.

아침나절이라 주택가는 조용했다. 방장은 가방을 품속에 지닌 채 이섭과 함께 내렸다. 가방에는 그때 폐교에서 민채에게 맞았던 도구들이 들어있었다. 그녀에게 당한 대로 갚아줄 심산인 모양이었다. 도구는 옷걸이를 꼬아 겹쳐 만든 매, 쇠 파이프 그리고 회칼이었다. 섬뜩했다. 이섭은 어젯밤 방장이 준비한 걸 얼핏 보았다. 그래서 이섭은 이것들을 그냥 호텔에 두고 가자고 말하려 했으나 방장은 요지부동이었다. 그는 복수의 화신인 양 그 도구들을 보며 의미 있는 웃음을 보였다. 그제야 이섭은 이게 과연 자식을 향한 올바른 부모의 마음인가, 하고 회의가 들었다.

방장과 이섭은 민채의 집 근처를 몇 번이나 서성댔다. 이 시간 과연 그녀가 집에 있는지, 만사에 주도면밀한 그녀가 경호원을 고용했는지 등 탐색하는 시간이 필요했다.

민채가 사는 집은 정원이 딸린 집이었다. 정태수와 조이섭은 일단 길 건너편으로 건너갔다. 그곳에서 동태를 살펴보고 있었는데 이섭이 나무 뒤에서 담배를 피우고 있을 때 방장이 툭, 건드렸다.

"저길 봐!"

언뜻 보니 집 현관문을 열고 민채가 나오고 있었다. 먼발치였지만 이섭은 가슴이 떨렸고 다리가 후들거렸다. 민채의 손엔 플라스틱 바구니가 들려있었다. 빨래였다. 그녀는 정원 한쪽의 빨래걸이에 옷가지 등을 널었다. 그런데 희미하게나마 이섭의 눈에 보이는 게 있었다. 그건 아기 기저귀였다. 이섭은 심장이 쿵, 하고 떨어지는 것 같았다. 다행히 방장은 눈치채지 못하였다. 한쪽 눈은 완전히 멀었고, 다른 눈은 현저하게 시력이 떨어졌기 때문이었다.

'이런! 이제 내 친구 서평과 뒹굴더니 아이까지 낳았단 말이지? 내, 이것들을!'

이섭은 충격과 배신감에 치를 떨었다.

"그년 맞지? 응? 혼자지?"

그래도 이섭은 자기 딸에게 그년이라는 말을 내뱉는 방장이 역겨웠다. 하지만 아직은 상황 파악이 되지 않아 고개만 끄덕였다.

"그럼, 지금 들어가자."

"알았어요. 일단 민채가 집 안으로 들어가면요."

이섭은 아직도 심장이 벌렁거렸다.

"무슨 소리야. 저년이 들어가면서 문을 잠글 수도 있잖아. 오늘 왜 이래?

어제 약속 잊었어? 어서 끝내고 3억 원 받아 가야지."

방장은 이섭의 팔을 끌었다. 그러나 그는 이섭의 도움 없이는 한 걸음도 움직일 수 없는 시각장애인이었다. 이섭은 별수 없이 그의 팔을 잡고 천천히 그녀의 집으로 다가갔다. 그새 그녀는 빈 바구니를 들고 집 안으로 들어가 버렸다. 다행히 현관문은 열려있었다.

"그래도 안에 저년 외에 누가 있는지 잘 살펴봐."

방장은 속삭이듯 이섭에게 말하면서 품속에서 가스총을 꺼냈다. 이섭은 가스총을 보고 깜짝 놀랐다. 어제 보지 못한 장비였다. 방장 역시 민채 못지않게 주도면밀한 자였다.

"알았어요. 잠시 기다리십시오. 제가 먼저 살펴볼게요."

현관문을 열고 들어가니 거실이 나왔다. 그곳에 아무도 없었다. 이섭은 먼저 거실과 연결된 욕실 문을 살짝 열었으나 아무도 없었다. 거실과 연결된 방은 3개였다. 그중 안방으로 추정되는 방외의 두 곳을 열어보았으나 역시 아무도 없었다. 그렇다면 지금 이 집에는 민채 외에는 아무도 없는 셈이었다.

'서평은 왜 없지?'

이섭은 안방 문을 살짝 열었다. 아직 민채는 아무것도 눈치채지 못하고 있었다. 그런데 예상대로 안방엔 아기가 있었다. 민채가 아기의 기저귀를 갈더니 옆으로 누워 젖을 먹이고 있었다. 이섭은 얼른 문을 닫고 방장을 불렀다.

"왜 그래? 여기 없어?"

"쉿!"

방장은 이섭의 갑작스러운 태도에 황당한 얼굴이었다.

"갓난아이가 있어요. 젖을 물리고 있습니다."

"뭐?"

방장도 전혀 예상하지 못한 일인 것 같았다. 그의 얼굴이 급격히 굳어졌다. 예전 교도소에서 몇 번 봤지만, 오늘은 일그러지는 게 심해 보였다.

"이년이 그새, 뭐? 아기? 이런 화냥년 같으니. 상관없어. 빨리 들어가자고."

방장은 이섭을 제치고 안방으로 들어가려 했지만, 이섭은 그의 팔을 잡아당겼다. 그러자 그의 얼굴은 심한 노기를 띠었다.

"도대체 뭐 하는 거야?"

드디어 방장이 폭발했다.

"아니, 아이에게 젖 물리는 시간은 주어야죠. 그리 급한 건 아니잖습니까!"

그와 고함과 이섭의 맞고함에 안방 문이 열렸다.

"누가 왔어요?"

민채였다. 화장기는 하나도 없었다. 가슴팍을 저미며 나온 그녀는 이섭과 방장을 보자 얼굴이 새하얗게 질렸다. 이섭은 그녀에게 인사를 해야 할지 아니면 제압해야 할지 헷갈렸다.

"네, 이년! "

순식간이었다. 방장이 그녀 쪽으로 다가서더니 민채의 머리채를 잡았다. 그는 민채를 거실 가운데로 끌고 와서 한 손으로 가스총을 겨누며, 이섭에게 눈짓으로 가방을 가리켰다.

"가방 안에 다 있어. 입마개, 테이프, 그리고 줄. 빨리 묶어."

이섭은 일단 그의 말을 따르기로 했다. 예전 폐교에서 서평이 한 것처럼 이섭은 그녀의 입을 막고 손을 뒤로하여 줄로 묶었다. 그녀는 거실 한가운데에 꿇어앉았다. 방장은 만족한지 가방에서 쇠 파이프를 꺼냈다.

"넌 내가 눈이 멀어 비참하게 찌그러져 사는 줄 알았지? 하하하. 인간 정태수가 그렇게 만만하게 보였냐? 내 인생에서 실수가 두 번 있었지. 하나는 네 어미를 만난 것 또 하나는 널 낳은 거야. 이 화냥년 같은 년아. 폐교에서처럼 내가 똑같이 갚아줄게. 아! 아니지. 난 너보다 더해야지. 우선 너의 눈을 멀게 하고 그 고통으로 몸부림칠 때 지옥으로 보내줄게. 지옥에서 네 어미랑 만나게 해줄 거야."

방장은 말릴 틈도 없이 쇠 파이프를 한번 휘둘렀다.

'퍽'

그녀의 이마에서 피가 튀었다. 이섭은 그냥 눈을 감았다. 지금으로선 그가 할 일이 아무것도 없었다. 몇 차례 이어진 폭행에 그녀는 정신을 잃었다. 그녀가 맞고 있을 때 이섭은 흡사 자신이 맞는 기분이었다.

"이섭이! 물 좀 떠와."

욕실에 가져온 물을 끼얹자 민채가 정신이 드는지 깨어났다. 방장은 쇠 파이프를 이섭의 손에 쥐여주었다.

"이번엔 이섭이 차례야. 마음껏 분풀이해. 이년은 어차피 죽을 테니까."

방장은 힘들었는지 소파에 앉아 담배를 물었다. 씩씩대는 숨소리가 몹시 거슬렸다. 이섭은 최소한의 시간이 필요했다.

"민채와 이야기할 시간을 좀 가질게요. 방장님은 잠깐 나가서 담배 피우세요. 방에 아이가 있잖아요. 빨리요. 5분이면 됩니다."

이섭은 필요 이상으로 방장에게 화를 내었다.

"뭘 그래? 거실에서 피우는데. 아기는 안방에 있잖아."

방장은 이섭의 말에 기분이 상했는지 투덜거렸다. 이섭은 안 되겠다 싶어 한 번 더 정색하며 말했다.

"나가서 피우세요!"

그러자 방장의 기세가 조금 누그러졌다.

"알았어. 나가서 피면 되잖아."

그가 나가자, 이섭은 묶인 민채의 두 팔과 입마개를 풀어주었다. 그녀는 아무 말 없이 울고 있었다. 이섭은 그제야 그녀에게 따졌다.

"내게 왜 그랬어? 단순한 복수 때문인 거야? 그것 때문에 날 이리 비참하게 만든 거야? 도대체 이유가 뭐냐고!"

이섭은 그녀의 양팔을 잡고 흔들었지만, 그녀는 아무 말도 하지 않고 그저 흐느껴 울기만 했다.

"날 정말 사랑했던 거야?"

그러자 그녀는 이섭의 눈과 마주치지 않고 그냥 고개만 끄덕였다.

"그렇다면 왜! 왜 이런 방법으로 나에게 고통을 주는 거야. 응? 내가 지금 얼마나 힘든 줄 알기나 하는 거야?"

이섭은 스스로 감정이 절제되지 않아 속으로 울려 했지만, 결국 그녀 앞에 눈물을 보이고 말았다.

"하나만 더 묻자. 너처럼 날 배신한 서평은 어디 있어?"

그러자 민채는 퀭한 얼굴로 이섭을 바라보았다.

"지금 없어요."

"뭐?"

"죽었다고요."

민채의 말에 이섭은 충격을 받았다.

"뭐? 서평이 죽었다고?"

민채는 손으로 피 묻은 입술을 닦았다. 비로소 그녀는 예의, 늘 그랬듯이 차분하게 말을 이었다.

"서평 씨는 이곳에 와서 당신을 배신했다는 죄책감에 술과 약물로 살았어요. 제가 몇 번이나 말렸지만, 그는 오히려, 날 미친년 취급하며 멀리했었죠. 그날도 당신 문제로 그와 심하게 다투었어요. 술과 약을 한 그가 바깥으로 나가다 그만, 교통사고를 당했습니다. 죄송해요. 그가 그렇게 변할지 몰랐어요. 다 제 불찰이에요."

이섭은 그녀의 말이 끝나자마자 재차 물었다.

"서평이와 잤어?"

그러자 그녀의 눈빛이 확연히 달라졌다.

"미쳤어요? 당신은 내가 사랑하는 남자의 친구와 같이 잘 만한 여자로 보였나요? 아니, 어릴 때부터 친구였던 서평 씨를 도대체 믿긴 한 건가요. 그가 그렇게 할 사람이 아니라는 것을 당신이 잘 알잖아요. 서평 씨는 그날, 한국으로 돌아가 감옥에 있는 당신에게 용서를 빌기 위해 집을 나가다가 그리 된 거라구요."

그녀의 말은 거짓이 아닌 거 같았다. 이섭은 혼란스러웠다.

'그렇다면 방 안의 아이는 누구란 말인가?'

이섭은 그의 가장 친한 친구였던 서평에 대한 믿음과 애증이 빗나간 사실 때문에 가슴이 먹먹했다.

"정말이야?"

"사실이에요."

그때 안방에서 아이의 울음소리가 들렸다. 민채는 반사적으로 일어나더니 안방으로 달려갔다. 엉거주춤 서 있던 이섭도 그녀를 뒤따라갔다. 아기는 민채가 앉아서 안아주니 금방 울음을 그쳤다. 민채가 아기를 이섭에게 보여주었다.

"당신 아이예요. 딸이구요. 음, 당신이 안 계실 때 미리 이름을 지었어요. 당신의 '이'자와 나의 '민'자를 따서, '조민이'라고 지었어요. 서평 씨가 아이 낳을 때 그리고 그 후에도 민이를 참 잘 보살펴주었죠."

이섭은 또 충격을 받았다.

'이 아이가 내 아이라고?'

"언제?"

"기억 안 나요? 당신이 첫 탈옥에 성공했을 때 ……."

'아! 그날!'

자세히 보니 아기는 이섭의 눈과 입술, 코를 빼어박은 듯 닮아 있었다. 이섭은 눈물이 핑, 하고 돌았다. 이혼한 그에게 꿈에도 생각지 못한 자식이 생긴 것이다. 이섭은 울음을 주체 못하고 아기를 민채의 품에서 그의 품으로 옮겼다. 아기는 이섭을 보더니 방실방실 웃었다.

"저는 언젠가 당신이 올 줄 알고 기다리고 있었어요. 하지만 설마, 저 사람과 같이 올 줄은 몰랐네요. 좋아요. 오늘, 날 죽이더라도 우리 아기는 절대

안 돼요. 당신 아기니까 한국으로 데리고 가세요. 부탁이에요."

이섭은 아기를 보느라 민채의 당부가 귀에 제대로 들리지 않았다. 그때였다.

"지랄들 해요! 내, 이것들이 보자 보자 하니, 화냥년과 바람둥이가 그새 사고까지 쳤네. 이 미친것들!"

방장의 손에는 회칼이 쥐어져 있었다. 매우 급박한 순간이었다. 민채는 모든 것을 포기했는지 혼자 일어섰다.

"이왕 죽이려면, 거실로 나가요. 애 보는 앞에서 이러면 안 되잖아요."

민채는 아기를 이섭에게 맡겨둔 채, 거실로 나가버렸다. 방장은 같잖은 듯한 표정을 지으며 그녀를 따라 나갔다. 이섭은 이제 모종의 결정을 해야 했다. 아기를 뉘고 천장에 달린 모빌을 돌렸다.

민채는 거실 가운데에 눈을 감고 조용히 무릎을 꿇고 앉아 있었다. 방장은 시퍼런 회칼에 침을 뱉었다. 일촉즉발의 순간이었다. 방장이 칼을 휘두르는 순간이었다. 이에 이섭은 단번에 몸을 날렸다. 회칼이 떨어지고 그가 넘어지자 이섭은 아까 민채에게 묶었던 줄로 방장을 묶었다.

"너! 이 새끼!"

방장의 험한 말을 더 듣고 싶지 않아, 이섭은 그의 입에 마개를 씌었다. 그러고는 만약을 대비해 전에 민채가 썼던 눈머는 약을 품속에서 꺼내 그의 나머지 성한 눈에 부어버렸다.

"아악!"

놀란 건 오히려 민채였다. 그녀는 이섭과 방장을 번갈아 가며 보았다. 잠시 후, 어느 정도 정신이 든 방장에게 이섭은 마지막 말을 남겼다.

“장인어른! 따님과 우리 사이를 인정하고 두 번 다시 자식들에게 상처를 주지 않겠다는 생각이 들면 우리를 찾아오세요. 그때 우리도 어르신을 용서할 겁니다. 돈 3억 원은 그냥 두고 갑니다. 치료비에 보태쓰세요.”

그리곤 이섭은 최림이 건네준 만년필을 창문 밖으로 던졌다.

‘치지직~.’

대략 길 건너에 있는 그들이 이 집에 진입하려면 3분 정도를 예상했다. 그 3분은 두 번의 교도소 탈옥을 경험한 이섭에게 있어 충분한 시간이었다. 이섭은 민채에게 다급하게 말했다.

“밖에 경찰이 있어. 어서 도망가자. 참! 민이는 내가 안고 갈게. 우리 다시 시작하는 거야.”

마침내 이섭은 한 손으로 아이를 꼭 안고 나머지 한 손은 민채의 손을 잡고 뒷문으로 재빨리 튀었다.

그런데 이상한 일이었다. 뻔히 이상함을 감지했음에도 형사팀장 최림과 체포팀은 일부러 느릿느릿하게 그 집으로 들어와 정태수만 체포했다.

* * *

세월이 퍽 흘렀다.

그동안 국내에서 조이섭과 정민채를 본 이는 아무도 없었다. 또한 지금까지 그 둘이 경찰에 체포되었다는 언론보도도 일절 없었다. 그사이 정태수는 재차 교도소에 들어갔고 최림은 그해 연말에 정상적으로 경찰에서 퇴직하였다.

그러던 어느 날, 울산의 한 출판사에서 '리벤지 게임'이란 장편소설이 출간되었다. 최림이 퇴직하여 지리산이 가까운 산골에서 유유자적하게 지낼 때 이 책이 그에게 배달되었다. 처음엔 의아해하던 최림은 막상 책을 펼치자, 읽는 내내 입가엔 웃음이 떠나지 않았다. 지금까지 읽은 소설 중에서 이렇게 흥미로운 작품은 처음이라는 표정이었다. 짧다면 짧고, 길다면 긴 여정을 끝까지 읽은 그는 마침내 시나브로 해가 넘어가는 산청의 지리산 자락을 보며 두 팔을 활짝 들어 보였다.

이후 소설은 지역에서 알음알음 읽히더니, 종국엔 국내 문학 판도를 바꿀 베스트셀러가 되었다. 그런데도 사람들은 누가 이 소설을 썼는지 아무도 몰랐다. 오직 한 사람, 전직 경찰 최림만 빼고 …….

작가 연보

- 1962년 부산시 서구 초장동에서 2남 1녀 중 차남으로 출생
- 부산 토성 초등학교 재학, 졸업(30회)
- 부산 사하 중학교 재학, 졸업(6회)
  중3 때 통기타 입문
  교내 전교생 백일장에서 장원(詩 : 길)
- 부산 남고등학교 재학, 졸업(24회)
  듀엣곡 '봄밤' 작사, 곡, 노래로 전교생 노래자랑에서 우승
- 서울 명지대학 화학공학과 입학, 2년 중퇴
  신입생 환영회 때 춤 '토요일 밤의 열기'로 우수상
- 육군 복무
- 부산 경성대학교 경영학과 입학, 졸업
  통기타 동아리 '메아리'에서 활동(작곡, 작사, 노래 등)
  경성대 콘서트홀 '이인규 창작곡 라이브 콘서트' 총 2회
  제1회 해변가요제(부·울·경) 금상 수상(곡명 : 겨울 바닷가에서) 작사·곡
  단편소설 「바보의 독창」으로 교내 '용연 문학상' 본선 진출
- 교정직 공무원(부산교도소) 근무 후 퇴직
- 부산시 공무원(서구청) 근무 후 퇴직
- 동래병원(정신과 보호사) 근무 후 퇴직
- 해군 군무원(군수사령부) 근무
- 1994년 결혼, 슬하에 1남 1녀(이솔파, 이미래)
- 1999년 부산대학교 사회교육원 '소설창작 과정 2기/부산소설가협회 주관' 수료
- 2004년 해군 군수사령부 진중 문예에 수필 「어떤 기억」으로 최우수상 수상
- 2006년 제9회 '공무원 문예 대전' 장려상 수상(단편소설 「비상」)
- 2008년 '경남일보 신춘문예' 당선(단편소설 「내 안의 아이」)

- 2008년 부산작가회의, 부산소설가협회 가입
- 2008년 《작가와 사회》에 단편소설 「어떤 오해」 게재
- 2008년 『부산을 쓴다』에 단편소설 「연꽃은 피고 또, 지다」 게재
- 2009년 첫 소설집 『내 안의 아이』 출간(청어/ 「내 안의 아이」 등 8편 수록)
- 2010년 《The 좋은 소설》에 단편소설 「그곳에 형이 있었다」 게재
- 국군복지단 '부산지구대장(해군 작전사령부)/복지단(서울, 용산) 복지과' 근무 및 명예퇴직
- 2012년 가족과 함께 지리산이 있는 경남 산청(신안면 내고리 구담마을)으로 귀촌
  2012년 경남문화재단 창작지원금 선정
  2012년 두 번째 소설집 『지리산 가는 길』 출간(「북두칠성」, 「귀촌」 등 8편 수록)
- 2014년 경남문화예술진흥원 창작지원금 선정
  2014년 소설창작 과정 및 통기타 강의(산청군청)
  2014년 지역 주민 통기타 과정 강의(신등면 복지회관)
  2014년 첫 장편소설 『아름다운 사람』 출간(해성)
- 2015년 경남문화예술진흥원 창작지원금 선정
  2015년 세 번째 소설집 『동굴 파는 남자』 출간(북산/「산청에서 길을 묻다」 등 8편 수록)
- 산청군청(신안면 사무소/한시 임기제 공무원) 근무 및 퇴직
- 2017년~2019년 부산 국제신문 '감성 터치' 정기 필진(「그가 산골로 간 까닭」 등 19편)
- 2017년 웹소설(e-book) 『그해 여름 교도소장 살인사건』 발간(추리/라떼북)
- 2018년~2019년 경남문화예술진흥원 입주작가
- 2018년 경남문화예술진흥원 창작지원금 선정
- 2018년 네 번째 소설집 『여름』 출간(문학과 감성)
- 2018년 첫 디지털 앨범 발표(디지털 레코드/ 보헤미안 영혼을 위한 여덟 곡의 랩소디(「비와 그대」 등 8곡 수록)
- 2018년 《한국 문학예술》 신인상 수상(작사 부문/ 「비와 그대」)
- 2017~2019년 경남신문(「농민수당, 이제 시작이다」 등), 서부 경남신문(「인공지능과 소설」 등) 칼럼 게재
- 2017~2019년 경남문화예술진흥원, 산청 호국원 문화예술기자단에서 활동
- 2018~2021년 《경남 공감》에 「천원으로 행복을 산다고?」, 「여행 하나 노래 둘」, 「내 인

생의 책」, 「소설가의 지리산 대원사 답사기」, 「소설가가 만난 문학 수도 하동」 등 게재
2018년 웹소설(e-book) 『이혼남 조이섭의 교도소 탈옥 성공기』 발간
- 2019년 산청군 문화예술진흥 기금 및 경남예술인 복지센터 창작활동 준비금선정
2019년 첫 산문집 『누가 귀촌을 꿈꾸는가?』 발간(교보 퍼플/ 「귀촌 일기」 등)
2019년 웹소설(e-book) 『보헤미안 영혼을 위한 여덟 곡의 랩소디』 발간
2019년 《The 좋은 소설》에 단편소설 「시간은 장소마다 다른 속도로 지나간다」 게재
- 2020년 산청문인협회 가입
2020년 웹소설(e-book) 『폭염, 야차의 습격』 발간
2020년 네이버 웹소설 2020 지상최대 공모전 미스터리 부분 최종심 진출(「화형, 죽어 마땅한 자들」)
2020년 산청군 문화예술진흥 기금 및 한국예술인 복지센터 창작활동 준비금선정
2020년 두 번째 장편소설 『지리산에 바람이 분다』 발간(전망)
2020년 박황 작가 『초록 야차의 환시』 추천사 및 서평(한국 소설 247호)
2020년 《산청 문학》에 단편소설 「어서 말을 해」 게재
2020년 《마루 문학》에 단편소설 「고시원 그녀」 게재
- 2021년 신중년 사회공헌 박경리 문학관 파견 작가(경남문화예술진흥원)
2021년 《작가와 사회》에 단편소설 「설령 지리산에 오셨다 해도」 게재
2021년 《경호 문학》에 단편소설 「사랑은 없다」 게재
2021년 《주변인과 문학》에 단편소설 「섬진강」 게재
2021년 《필봉 문학》에 단편소설 「쌍계에서 대성까지」 게재
2021년 《산청 문학》에 단편소설 「용서」 게재
2021년 '코로나19, 예술로 기록' 사업 선정(한국문화예술위원회/'귀촌 작가들 코로나19와 상생하다')
2021년 산청군 문화예술진흥 기금 및 경남문화예술진흥원 창작지원금 선정
2021년 소설창작 과정(진주중독치료센터) 강의
2021년 세 번째 장편소설 『심판의 날』(총 2권) 출간(전망)'
2021년 《경남 공감》에서 올해의 기자상(경남 도지사상) 수상
- 2022년 산청군 문화예술진흥 기금 선정
2022년 전국 학생문예 공모전(산청문화원) 심사

2022년 지역 문화예술육성지원(경남문화예술진흥원) 문학 분야 심사
2022년 이인규 시골살이 TV 채널(유튜브) 운영 (총 24편)
2022년 네 번째 장편소설 『53일의 여정』 출간 (푸른고래)
(2023년 대한민국 소설 독서 대전 선정/한국소설가협회)
2022년 《산청 문학》에 단편소설 「어떤 비행」 게재
2022년 《필봉 문학》에 단편소설 「설령, 지리산에 오셨다고 해도」 게재
2022년 《경남 공감》에 「지리산 중산리계곡」 게재
2022년 '경부울문화연대' 결성 및 스토리위원회 위원장 선임
2022년 『53일의 여정』 출판 나눔회 개최(한국문화예술교육원)
- 2023년 《시사 문단》 9월호에 시 부문 신인상 수상
2023년 《작가와 사회》 봄호에 「작가의 사생활」 기고
2023년 《더 좋은 소설》에 단편소설 「K의 변심」 게재
2023년 《산청 문학》에 단편소설 「어리석은 사람들」 게재
2023년 《경남 공감》에 「학이재」 게재
2023년 《산청문화원》에 단편소설 「귀향」 게재
2023년 '요산 문학 축전'에 짧은 소설 「어리석은 사람」 게재
2023년 전국 학생문예 공모전(산청문화원) 심사
2023년 지역문학회(필봉 문학회) 소설창작 (소설, 어떻게 쓸 것인가?)강연
2023년 지역 청소년 '소설창작 과정' 강의(한국문화예술교육원)
2023년 다섯 번째 장편소설 『사랑과 절망의 이중주』 발간(푸른고래)
2023년 경부울문화연대 스토리위원회 공저(스토리집/푸른고래)) 『유토피아로 가는 여정』 발간
2023년 웹소설(e- book) 『윤주』 출간(로맨스/스토리로즈)
- 2024년 산청군 문화예술진흥 기금 선정
2024년 부·울·경의 올곧은 소리(시민 시대) 정기 필진 선정, 게재 시작
2024년 산청 문학 편집위원
2024년 《산청 문학》에 단편소설 「지리산 유토피아」 게재
2024년 《산청문화원》에 단편소설 「정취암」 게재
2024년 《필봉 문학회》에 초난편소설 「하늘 전망대」 등 3편 게재

2024년 《경남 공감》에 「산청 큰들 마당극 마을」 게재
2024년 전국 학생문예 공모전(산청문화원) 심사
2024년 《밀리의 서재》에 단편소설 「어떤 장례식」 연재
2024년 '밀다원 문학제'에 짧은 소설 「하늘 정원」 게재
2024년 '요산 문학 축전'에 통기타 공연(듀엣 : 이인규/신호철 소설가)
2024년 백승휘 소설가 장편소설 『대금 소리』 추천사
2024년 퓨전 장편소설 「지리산 디스토피아」, 「K-교도소 생존자 구출팀」
2024년 『짐승의 숫자 666』 발간(판타지/한국문학 방송)
2024년 온라인 웹소설 플랫폼(모픽) 10화 공모전에서 「666의 비밀」로 3위 수상
- 2025년 산청문인협회 사무국장 선임 및 산청군(장천 및 청현) 문해교사 선정
2025년 산청군 문화예술 기금 및 경남문화예술진흥원 창작지원 기금 선정
2025년 전국 학생문예 공모전(산청문화원) 심사
2025년 산청·함양 민간인 학살사건 학생문예 대전(산청군청) 심사
2025년 《작가와 사회》에 단편소설 「보연사」 게재
2025년 '금정산 생명 문화 축전'에 짧은 소설 「천왕봉 일출」 게재
2025년 《한국 작가연대》에 산문(칼럼) 「소설과 음악이 만나면」 게재
2025년 다섯 번째 장편소설 『리벤지 게임』(푸른고래) 출간

출간 작품 아카이빙

리벤지 게임

장편소설. 푸른고래, 2025년. 자신의 어머니를 살해한 아버지의 딸, 가정폭력의 피해자가 '우리 아빠를 사형시켜주세요'라는 국민청원을 올린 것을 보고, 엄청난 충격에 휩싸여 집필을 결심. 그녀의 수상한 탈옥 지시로 인해 두 번의 교도소 탈옥에 성공한 한 남자의 기구한 운명을 통해 그 과정을 지켜보던 담당 형사가 본, 가증스러운 복수와 진정한 사랑이 어떻게 전개되는가에 관한 추리·스릴러 소설.

사랑과 절망의 이중주

장편소설, 푸른고래, 2023년. 아름다운 불륜의 끝은 고통과 파멸이 아니라, 인간 본연의 사랑으로 돌아가는 과정임을 밝혀, 결혼의 허구와 매너리즘을 극복하고자 이 작품을 기획하였으며, 최초 이 작품은 '지역 문학의 부흥과 지역 문학인들의 가치 재조명'이란 명제로 지역 시인들의 시를 소개한 '시와 소설의 콜라보레이션'을 시도하였다.

유토피아로 가는 여정

스토리집(공저), 푸른고래, 2023년. 경부울의 여러 작가(소설가, 시인, 동화작가)가 모여 만든 지역의, 지역에 의한, 지역을 위한 스토리 콘텐츠로 지역성을 활용하여 작품의 특이성과 차별성을 부각한 이야기들을 모았다.

53일의 여정

장편소설, 푸른고래, 2022년. 2019년 3월 중국을 배경으로 북의 '최고 존엄'의 여동생, 김여정 실종사건을 파헤치는 한국 유학생과 자주 일보 여기자의 집요한 추적과 활약 그리고 그 과정에서 발생하는 보수언론과 야당의 방해, (가칭) 천리교 민방위의 실체, 남북 정보국의 개입 등을 작가적 상상을 더 하여 흥미와 스릴 넘치는 정치 가상소설로, 2023년 대한민국 소설 독서대전(한국소설가협회)에 선정되었다.

심판의 날

장편소설 1, 2권, 전망, 2021년. '사적 복수' '정의와 공정'의 평범한 키워드를 빠른 전개와 독특한 문법(호흡) 그리고 탄탄한 플롯으로 가독성 있게 변모시킨 이 소설은 장르 소설의 대중성과 순 소설의 문학성을 융합한 작품으로 흥미를 넘어 작가가 던지는 주제의식과 메시지가 매우 강력하다. 첫 장을 펴는 순간, 세상에 정의가 강물처럼 흐르게 되기를 바라는 모든 이들의 열망이 들불처럼 일어날 것이다.

지리산에 바람이 분다

장편소설, 전망, 2020년. 외지인과 선주민의 대립, 좌와 우의 대립, 샤머니즘(토속신앙)과 기독교(외래종교)의 대립, 과거와 현재의 대립이 켜켜이 쌓여 전체 서사를 입체적으로 만들고 있다.

그 각각의 대립의 세부 디테일을 들여다보면, 그 대립들이 각각 독립적인 이야기로 뻗어나가면서도 큰 무리 없이 유기적으로 서로 연결되어 있음을 확인할 수 있다. 의문에서 해명에 이르는 서사 전개의 과정을 해원상생(解寃相生)의 주제 의식과 겹쳐놓음으로써 형식과 내용의 조화를 추구한 작품이다.

누가 귀촌을 꿈꾸는가

산문집, 교보퍼플, 2019년. 이 책은 도시의 경쟁적, 소비적, 배제적인 생활을 극복하고 자연과 동화하여 살기 위해 2012년 가을, 부산에서 경남 산청으로 귀촌한 작가의 실제적, 경험적 체험을 문학으로 재구성한 이야기이다. 1부에는 지역 언론매체에 그동안 기고한 칼럼 등 산문 25편이 실려있고 2부에는 자신이 쓴 시(詩) 5편과 단편 시나리오 3편 그리고 3부에는 지역을 배경으로 한 단편 소설 3편이 있다.

여름

경·장편소설 2편, 문학과 감성, 2018년. 살인사건의 피해자, 교도소장과 사건 담당을 하게 된 차 형사. 그리고 속속들이 밝혀지는 그 주변 인물들의 얽히고설킨 관계! 과연 이들 중에 진짜 범인은 누구인가? 누가, 어떻게 그를 살인하였는가? 풀린 줄 알았던 사건은 점점 더 난항에 빠진다. 대표적인 추리·미스터리 소설.

동굴 파는 남자
소설집, 북산, 2015년. 이 책에 실린 8편의 작품들은 타인의 시선을 의식해야 하는 경쟁 사회 속에 내몰린 인간들의 불안과, 슬픈 자의식을 응시하고 있다. 또한, 자본의 논리에 따라 돈이 되지 않는 문학이 죽어 가는 현실에서 소설 쓰기의 고민과도 맞닿아 있으면서 동시에 멈추지 않고 계속 걸어가야 하는 저자의 고민도 녹아들어 있다.

아름다운 사람
장편소설, 해성, 2014년. 지금까지 여러 직장을 전전했지만 젊은 시절에 처음 직장이랍시고 들어간 곳이 일반인들에게 다소 생소한 교도소였다. 그리하여 그곳에서 만났던 어떤 재소자의 기구한 운명과 사랑에 관한 일화가 이 소설의 모티브가 된 작품이다.

지리산 가는 길
소설집, 북두칠성, 2012년. 부산에서 지리산 산청 귀촌 후 낸 첫 단편 소설집이다.
이 소설의 인물들은 얼핏 어디에서 사는 가를 고민하는 듯 보이지만, 궁극적으로 어떻게 사는가, 라는 질문에 대한 답을 찾기 위해 고군분투하고 있다. 지리산 자락에서 소설을 쓰고 음악에 심취하는 작가의 삶이 환기되는 이 작품집은 허구적 상상력과 현실적 행동의 일치를 보여주고 있다.

내 안의 아이
소설집, 청어, 2009년. 정신병리학적 관점에서 내재적 과거 아이를 다룬 단편 소설이다. 2008년 '경남일보 신춘문예'에 당선되었던 이 작품은 인간의 다양한 심리를 독특한 시선으로 파헤친다.

기타 웹소설(e-book)
『짐승의 숫자 666』: 판타지, 한국문학 방송, 2024년
『지리산 디스토피아』: 판타지, 한국문학방송, 2024년
『K- 교도소 생존자 구출팀』: 판타지, 한국문학 방송, 2024년
『윤주』: 로맨스, 스토리로즈, 2023년
『그해 여름 교도소장 살인사건』: 추리·미스터리, 라떼북, 2017년

리벤지 게임

초판 1쇄 인쇄 2025년 11월 12일
초판 1쇄 발행 2025년 11월 20일

지은이 | 이인규

펴낸이 | 오창헌
펴낸곳 | 도서출판 푸른고래

출판 등록 2012년 1월 12일 제2012-000001호
44637 울산광역시 남구 눌재로4번길 12-1, 101호
전 화 | 052-222-0124
이메일 | 2220124@daum.net

ISBN 979-11-92898-24-7 03810 : ₩15000

* 이 책은 2025년 '산청군 문화예술진흥기금'과 '경남문화예술진흥원 지역문화예술육성지원사업'의 지원을 받았습니다.